Heinz G.
KONSALIK

Wer sich nicht wehrt...

Meinen Lesern

Heinz G. Konsalik

Heinz G.

KONSALIK

Wer sich nicht wehrt...

Roman

Bechtermünz Verlag

Genehmigte Lizenzausgabe für
Bechtermünz Verlag im
Weltbild Verlag GmbH, Augsburg 1997

Umschlagmotiv: Studio Mall, Stuttgart
Umschlaggestaltung: Adolf Bachmann, Reischach
Gesamtherstellung: Presse-Druck Augsburg
Printed in Germany
ISBN 3-86047-682-3

Man sehe nur, wie unser christlicher Pöbel gegen die Tiere verfährt, sie völlig zwecklos und lachend tötet oder verstümmelt oder martert. Man möchte wahrlich sagen: Die Menschen sind die Teufel der Erde und die Tiere ihre geplagten Seelen.

SCHOPENHAUER

Grausamkeit gegen Tiere kann weder bei wahrer Bildung noch bei wahrer Gelehrsamkeit bestehen.

ALEXANDER VON HUMBOLDT

Alles, was der Mensch den Tieren antut, kommt auf den Menschen wieder zurück.

PYTHAGORAS

1

Ein schöner, sonnenheller Winternachmittag war es.

Der Schnee glitzerte unter dem wolkenlosen Himmel bläulichweiß, und wenn man aus dem Haus getreten war und sich an die Kälte gewöhnt hatte, war man fast versucht, sich in die Sonne zu legen. Es war einer jener Wintertage, an denen es einem Großstadtbewohner vorkommt, als sei er zum Schneeurlaub aufs Land gefahren.

Horst Tenndorf stand vor dem Reißbrett und zeichnete gerade mit dem Winkellineal die Dachkonstruktion einer Doppelhaushälfte, als Wiga, seine Tochter, in das Architektenbüro kam. Sie war acht Jahre alt, blondgelockt, mit großen, wasserhellen blauen Augen und einer Selbständigkeit, wie sie alle Kinder mehr oder weniger entwickeln, die ohne Mutter aufwachsen müssen.

Nur noch schwach konnte sich Ludwiga, wie sie mit vollem Namen hieß, an den Tag erinnern, an dem ihr Vater sie auf seinen Schoß gesetzt und sie mit stummem Staunen erlebt hatte, daß etwas Unbegreifliches geschah: Ihr Vater weinte. Dicke Tränen rollten über seine Wangen, und als er sprach, klang seine Stimme ganz anders als vorher, zittrig und irgendwie fremd.

»Mami ist weggegangen«, hatte Tenndorf gesagt. »Sie... sie kommt nicht wieder... Sie ist mit dem Auto... es war glatt auf der Straße... frontal gegen einen Baum... o Wiga, mein Kleines...« Und dann hatte er sie an sich gedrückt und laut geschluchzt.

Was frontal war, verstand Wiga damals nicht. Sie begriff nur, daß Mami weggegangen war und nie wiederkommen würde und daß Papi nun allein auf der Welt für sie da war.

Nach dem Begräbnis hatte Tenndorf seiner Tochter eine wunderschöne Katze geschenkt, rotweiß gestreift, mit schillernd grünen Augen. Wiga nannte sie »Micky«, weil das junge Kätzchen gleich am ersten Tag mit den noch kleinen Krallen eine Seite in ihrem Mickymaus-Bilderbuch zerfetzte. Das war nun drei Jahre her, Micky hatte sich zu einer stolzen, gut genährten Katzendame entwickelt. Sie trug ein rotes Lederhalsband, ging wie ein Hund an der Leine, schlief in einem Spankorb in Wigas Zimmer, sprang gegen Morgen regelmäßig zu Wiga ins Bett, rollte sich zusammen und schlief schnurrend weiter.

Die Erinnerung an Mami war im Laufe der Jahre verblaßt. In Wigas Leben spielten nun drei Lebewesen die Hauptrollen: ihr Vater, Micky und Michael. Michael, das war der Junge von gegenüber, Hubertusstraße 15, ihr Spielgefährte, ein Jahr älter als sie, in der selben Schule wie sie, und auch nur mit einem Elternteil. Bei Mike, wie ihn alle riefen, war der Vater eines Tages nicht wiedergekommen, aber merkwürdigerweise hatte es kein Begräbnis und keine Versammlung weinender Leute gegeben.

»Mein Papa ist in Australien«, hatte Mike ihr erklärt.

»Was ist Australien?« hatte Wiga gefragt.

»Irgendein Land weit weg. Ganz weit weg. Ich zeig' dir's mal auf der Karte.«

»Und was macht dein Papa da?«

»Er stellt Kunststoffe her. Mein Papa ist Chemiker.«

»Und er kommt nicht wieder aus... aus Australien?«

»Nein!« Mike hatte mit dem Kopf geschüttelt und fast stolz erklärt: »Meine Mama sagt, sie sind geschieden.«

»Was heißt geschieden, Mike?«

»Papa ist eben nicht mehr bei uns, ist weg mit einer anderen Frau, eben nach Australien. Ehe er wegging, hat er zu mir gesagt: ›Mike, du bist nun der Mann im Haus. Paß gut auf Mama auf!‹ Und dann hat er mir Pumpi geschenkt.«

Pumpi. Das war viel interessanter als Australien, Scheidung und Mikes Mutter, die einen Raum der Wohnung in ein Atelier umwandelte und zu malen begann. Pumpi, das war ein mittelgroßer, merkwürdiger Hund, in dem sich einige grundverschiedene Rassen vereinigt hatten und der jedem auffiel, weil sein Fell aus ineinanderlaufenden schwarz-weiß-roten Flecken bestand. Wenn ein Hund als Musterbeispiel einer Promenadenmischung bezeichnet werden konnte, dann war es Pumpi.

Für Wiga war damals eines sehr wichtig: Würden Pumpi und Micky sich vertragen? Es war, wider Erwarten, eine Freundschaft auf den ersten Blick. Zwar stellte Micky bei der ersten Begegnung ihren Schwanz kerzengerade hoch und versteifte die Muskeln. Aber als Pumpi begann, sie über die Stirn zu lecken, fiel ihr Buckel zusammen, sie legte sich hin und nahm Pumpis Zärtlichkeit schnurrend an. Und so, wie bei Wiga die Erinnerung an ihre Mutter immer mehr verblaßte, so entschwand auch das Bild von Mikes Vater. Micky und Pumpi nahmen die leergewordenen Plätze in den Herzen der Kinder ein.

»Was ist?« fragte Tenndorf und schob das Winkellineal zur Seite. »Schularbeiten fertig?«

»Ganz fertig, Papi.« Wiga schielte nach links hinunter. Micky saß, das Halsbald umgelegt, neben ihr und sah mit ihren grünen Augen zu Tenndorf hinauf. »Darf ich mit Micky in die Große Heide gehen?«

»Jetzt noch?« Tenndorf sah auf seine Armbanduhr. »Es ist schon halb vier. Um fünf ist es dunkel...«

»Nur eine Stunde, Papi. Michael sagt, in der Heide hätte er Schneehasen gesehen, die will er mir zeigen...«

»Quatsch! Hier gibt es keine Schneehasen.« Tenndorf blickte auf seine Zeichnung. Anders als viele Architekten war er gut im Geschäft, baute eine Siedlung und hatte die Aufträge für zwei exklusive Villen bekommen. Seitdem er für den Vorstandsvorsitzenden einer großen Firma ein komfortables Landhaus bei Langenhagen gebaut hatte, war sein Name bei potenten Bauherrn bekannt geworden. In seinem Architekturbüro beschäftigte er sechs Zeichner. Aber die besonderen Ideen für seine Bauten entwickelte er, wie früher, immer zu Hause an seinem Reißbrett im »Studio«, wie er den Raum nannte. »Was sagt denn Michaels Mama?«

»Er darf. Pumpi kommt auch mit.«

»Also gut. Eine Stunde! Und zieh dich warm an, Wiga.«

»Danke, Papi...«

Sie lief hinaus, gefolgt von Micky, zog ihren mit Schafsfell gefütterten Anorak über, riß die Strickmütze vom Haken und klinkte die Leine in Mickys Halsband.

Auf der Straße wartete schon Mike mit Pumpi. »Was ist denn los?« murrte er. Michael war ein schlaksiger Junge mit braunem, ins Rötliche schimmerndem Haar, etwas größer als Wiga und galt in der Schule als Sportskanone. Er gewann jeden Leichtathletikkampf seines Jahrgangs und träumte davon, einmal Olympiasieger zu werden. »Ich steh' hier schon zehn Minuten...«

»Mein Vater...« Wiga machte eine ärgerliche Handbewegung. »Eine Stunde darf ich.«

»Das ist aber kurz.« Mike zog Pumpi von Micky weg. »Mist, daß wir nicht mit dem Rad fahren können...«

Die Große Heide ist ein Waldgebiet und, wie der Name schon sagt, mit Heide durchsetztes Gelände in Bothfeld, einem Außenbezirk von Hannover. Im Sommer nehmen hier zahllose Ausflügler ihr Sonnenbad, im Winter wird gerodelt, und Langläufer üben hier für zukünftige Loipen. Auch an diesem sonnigen Tag war die Große Heide belebt bis auf ein kleines Gebiet, in dem man weder rodeln noch skifahren kann, weil ineinanderverfilzte Büsche und Unterholz keinen Raum dafür lassen. Hier hatte Mike seinen Schneehasen beobachtet. Eine schmale Straße zog sich bis zu den Parkplätzen auf beiden Seiten der Autobahn, kaum befahren, weil die Straße nur freigegeben war für Forstfahrzeuge.

»Hier!« sagte Mike, blieb stehen und machte Pumpi von der Leine los. Auch Wiga bückte sich und löste den Haken von Mickys Halsband. »Wir gehen jetzt zwischen die Büsche und warten. Wir dürfen uns nicht bewegen und keinen Ton sagen... kannst du das?«

»Bist du dämlich!« Wiga sah Mike strafend an. »Ich kann alles, wenn ich will...«

Auf Zehenspitzen schlichen sie in das Buschwerk und hockten sich an einem Baumstamm hin. Micky und Pumpi spielten miteinander, jagten hin und her und wirbelten dabei kleine Schneewolken auf.

Drüben, auf der schmalen Straße, hielt ein Lieferwagen. Der Aufbau war weiß lackiert und mit großen Buchstaben bemalt. »Möbeltransport Rapid«, las Mike, dachte aber nicht weiter darüber nach, was ein Möbeltransporter mitten in der Großen Heide zu tun haben könnte.

Pumpi blieb plötzlich stehen, hob die Nase und schnupperte. Seine Nasenlöcher blähten sich, der Schwanz begann heftig zu wedeln. Ein paarmal sah der Hund zurück auf die Buschgruppe, wo Mike verschwunden war, dann setzte er sich zögernd in Bewegung, immer wieder schnüffelnd, und trabte durch den tiefen Schnee hinüber zu dem Lieferwagen. Micky folgte ihm brav. Wo ihr Freund Pumpi hinging, da ging sie mit.

Eine unerklärliche Unruhe überfiel Mike plötzlich. Er erhob sich aus der Hocke, ging zurück ins Freie und sah, wie Pumpi dem weißen Wagen zustrebte.

»Hierher!« rief Mike. »Pumpi! Bei Fuß! Kommst du her? Pumpi! Bei Fuß!« Als das Rufen nichts nutzte, pfiff er auf den Fingern... ein Pfiff, dem Pumpi sonst unbedingt folgte. Aber dieses Mal gehorchte er nicht. Er drehte nicht einmal den Kopf herum. Und Micky schnürte wie eine Raubkatze hinter ihm her durch den tiefen Schnee.

»Ruf du deine Micky!« sagte Mike und stieß Wiga an, die jetzt neben ihm stand. »Der kann was erleben! Läuft einfach weiter...«

Wiga hob die Schulter. »Meine Micky gehorcht«, sagte sie selbstbewußt. »Paß mal auf.« Sie legte die Hände trichterförmig vor den Mund. »Micky... komm, Micky... komm... Komm, komm... Micky...«

Aber auch Micky reagierte nicht. Sie lief, erreichte mit Pumpi den Lieferwagen und blieb stehen.

Noch einmal schrie Mike: »Pumpi... hierher! Sofort hierher! Platz!« und pfiff noch einmal grell auf den Fingern. Und dann sah er, wie Pumpi unter den weißen Lastwagen kroch, gefolgt von Micky... etwas, was der Hund noch nie getan hatte, denn er empfand eine große Angst vor Autos, seit er vor zwei Jahren von einem Wagen angefahren und leicht verletzt worden war.

Als Mike sich aus seiner Erstarrung löste und durch den Schnee zu der kleinen Straße rannte, fuhr der weiße Lieferwagen wieder an, erst mit durchdrehenden Rädern und dann, als die Räder im Schnee packten, mit großer Geschwindigkeit.

»Pumpi!« schrie Mike. »Pumpi!«

Er erreichte die Stelle, wo der Wagen gestanden hatte. Aber da war kein Hund mehr, und auch Micky war verschwunden, als hätten sich beide spurlos in nichts aufgelöst.

»Wo ist Micky?« rief Wiga, die nicht so schnell wie Mike laufen konnte. »Micky! Micky!«

»Weg...« Mikes Gesicht begann zu zucken. »Weg. Beide weg...«

»Aber das kann doch gar nicht...«

»Sie sind aber weg! Siehst du sie...?«

»Nein.« Wiga starrte auf die Stelle, wo Micky und Pumpi unter den Lastwagen gekrochen waren. Die Reifenspuren waren das einzige, was im Schnee übriggeblieben war. Die Abdrücke von Hund und Katze waren beim Anfahren verweht worden. Es war, als hätte es die Tiere nie gegeben.

»Wie... wie ist das denn möglich, Mike?«

Wiga sah Mike hilfesuchend an. Und als sie merkte, daß der Junge weinte, daß Mike, der starke Mike, hilflos im Schnee stand und schluchzte, begann auch sie zu weinen, zog sich die Strickmütze tief ins Gesicht und heulte hemmungslos.

Carola Holthusen zuckte zusammen, als das Telefon klingelte. Sie hatte seit einer halben Stunde versucht, Mike zu beruhigen und ihn zu einer klaren Schilderung des Geschehens zu bringen. Es war vergeblich gewesen. Mike hockte auf der Couch, faselte etwas von einem Möbelwagen und davon, daß Pumpi sich in Luft aufgelöst haben mußte, etwas, das keinen Sinn ergab. Nur eins war sicher: Mike war ohne den Hund aus der Großen Heide zurückgekommen, tränenüberströmt und verwirrt.

»Ja, bitte?« sagte sie und bemühte sich, ihre Erregung zu unterdrücken. »Hier Holthusen...«

»Hier Tenndorf. Ihr Nachbar von gegenüber. Unsere Kinder sind miteinander befreundet...«

»Ja...« Carola Holthusen atmete tief durch. Hinter ihr, auf der Couch, schluckte Mike sein Schluchzen herunter und wollte tapfer sein. »Sie rufen sicherlich an wegen...«

»Richtig. Wigas Katze ist weg und Mikes Hund. Gestohlen...«

»Glauben Sie, daß jemand...?« Sie stockte, sie mochte das Wort nicht vor Mike aussprechen.

»Am Telefon ist das schlecht zu erklären.« Tenndorf zögerte einen Augenblick. Bisher kannten sie einander nur von flüchtigen Begegnungen auf der Straße. Guten Tag, guten Abend, ein kurzes Zunicken... weiter nichts. »Darf ich zu Ihnen hinüberkommen? Oder wenn Sie – wenn Ihnen das angenehmer ist – zu mir...«

»Was macht Ihre Tochter jetzt?«

»Nachdem sie sich ausgeheult hat, ist ihre Stimmung ins Extrem umgeschlagen. Wiga hat eine Riesenwut auf Micky, weil die nicht gehört hat. Und Ihr Mike?«

»Er sitzt neben mir und begreift die Welt nicht mehr. Ehrlich gesagt, ich begreife auch noch nicht ganz, was da geschehen ist.«

»Eine große Sauerei! Verzeihung, aber anders kann man

es nicht nennen. Ich bin in fünf Minuten bei Ihnen. Natürlich bringe ich Wiga mit, sonst haben wir nur ein einseitiges Bild von dem Vorfall.«

Carola Holthusen legte den Hörer auf, lief ins Bad, zog die Lippen mit einem dezenten Rosa nach, tupfte etwas Puder auf Wangen und Stirn und ordnete ihre Haare. Als es an der Tür klingelte, machte Mike auf. Er hielt sich tapfer, auch beim Anblick von Wigas verheultem Gesicht, gab Tenndorf die Hand und sagte bedrückt:

»Gut, daß Sie kommen. Mama scheint das alles nicht zu verstehen.«

Es ist auch schwer, mein Junge, das zu begreifen, dachte Tenndorf. Da geht man in der verschneiten Heide spazieren, will Schneehasen beobachten, und auf einmal sieht man, wie das Liebste, das man hat, auf einen Wagen zuläuft und plötzlich nicht mehr da ist. Wie weggezaubert...

Er strich Mike über das Haar und ließ sich in das große Wohnzimmer führen. Zum erstenmal sah er Carola Holthusen aus der Nähe. Wo hatte ich die letzten zwei Jahre meine Augen, dachte er. Natürlich auf dem Reißbrett, auf den Baustellen, auf den Plänen... nur nicht dort, wo es Faszinierenderes gibt als Grundrisse und Querschnitte. Das Leben ist an einem vorbeigeflossen, und man hat nicht gesehen, daß genau gegenüber ein ebenso einsamer Mensch wohnt. Was hatte Wiga einmal erzählt? Mikes Papa sei weggelaufen, nach Australien? Er muß ein Idiot gewesen sein! Wer läuft von solch schöner Frau einfach weg?! Aber ist sie wirklich einsam, bei diesem Aussehen, bei dieser Figur? Wie kann man so etwas glauben.

Tenndorf deutete einen Handkuß an. Carola zog die Hand schnell zurück, als erschrecke diese Geste sie. Mit weiten Augen starrte Mike die beiden Erwachsenen an. Er hatte noch nie einen Handkuß gesehen. Wiga, die noch an der Tür stand, schien nicht so verblüfft. Sie kannte das. Die vielen Damen, die zu Papi ins Atelier kamen, begrüßte er immer so. Er hatte es ihr sogar erklärt: Wenn ein Mann besonders höflich zu einer Dame sein will, küßt er ihr die Hand. Ein Zeichen der Unterwerfung... früher küßte man die Füße, dann die Stiefelspitzen, dem Papst küßt man den Fischerring an der Hand – im Fernsehen ist das oft zu sehen – und einer Frau, nun ja, küßt man die Hand, um ihr zu zeigen, daß man sich vor ihr verneigt. Wenn du groß bist, wird man dir auch die Hand küssen. Es sei denn, die menschliche Gesellschaft ist bis dahin so verroht, daß man einander nur noch auf die Schulter schlägt und Hallo ruft.

»Was darf ich Ihnen anbieten?« fragte Carola Holthusen, als Tenndorf in einem Sessel Platz genommen hatte. »Bier, Kognak, Whisky, Wodka, Wein...«

»Ah, Sie betreiben eine Privatbar?« sagte Tenndorf. Es sollte lustig klingen, war aber ziemlich dumm, wie er sofort feststellte.

»Ich bekomme viel Besuch von Kollegen und Kolleginnen«, antwortete Carola zurückhaltend. »Fabrikanten, Designer. Ich arbeite in der Modebranche.«

»Mode? Interessant.«

»Ich bin Modezeichnerin.«

»Dann sind wir ja fast Kollegen! Sie entwerfen die Kleiderträume der Damen, ich baue Häuser, die später Traumhäuser genannt werden.« Tenndorf lehnte sich im Sessel zurück. »Zu Ihrer Frage: Ein Bier täte mir jetzt gut...«

Sie holte Gläser aus der Küche und eine Flasche Pils, gut gekühlt, schenkte ein und setzte sich dann Tenndorf gegenüber auf die Couch.

»Sie trinken nicht mit?« fragte Tenndorf.

»Nein. Danke.« Sie faltete die Hände im Schoß. »Ich bin viel zu aufgeregt. Was hat Ihnen Wiga erzählt? Ich werde aus Mikes Erzählung nicht klug.«

Tenndorf trank einen großen Schluck und stellte das Glas dann auf den Tisch. Ihm gegenüber, neben Carola Holthusen, hockten Mike und Wiga auf der Couch.

»Ordnen wir mal, was wir erfahren haben. Ihr Sohn und meine Tochter gehen mit Hund und Katze in die Große Heide, um dort Schneehasen zu beobachten, die es nicht gibt.«

»Es gibt sie doch!« rief Mike.

»Also, es gibt sie.« Tenndorf lächelte großzügig. »Während unsere Kinder im Gebüsch auf die Hasen lauern, hält auf der Straße, auf der eigentlich nur Forstfahrzeuge fahren dürfen, ein Lieferwagen. Micky und Pumpi rennen auf diesen zu, kriechen darunter, der Wagen fährt wieder an – und Hund und Katze sind weg.«

»Das gibt es doch nicht, Herr Tenndorf.« Carola stieß Mike an, weil er dazwischenreden wollte. »Wenn sie überfahren worden wären – aber spurlos verschwinden...?«

»Mike...« Tenndorf beugte sich etwas vor. »Denk mal ganz scharf nach! Wie sah der Wagen aus?«

»Ein Kastenwagen. VW oder Ford, das habe ich nicht so genau erkannt.«

»Und weiß war er!« rief Wiga dazwischen.

»Ja, weiß. Und an der Seite war aufgemalt: Möbeltransport Rapid.«

»Was stand da?«

»Möbeltransport Rapid. Bestimmt, Herr Tenndorf, ich habe es genau gelesen.«

»Das ist schon etwas!« Tenndorf nahm noch einen Schluck Bier. »Hast du gesehen, ob jemand ausgestiegen ist und Micky und Pumpi in den Wagen gehoben hat?«

»Nein, Papi!« Wiga fuchtelte aufgeregt mit den Armen. »Niemand ist ausgestiegen. Pumpi ist unter das Auto gekrochen, Micky hinterher, und dann ist das Auto schnell weggefahren. Wir sind sofort zur Straße gerannt, aber da war nichts mehr da...«

»Begreifen Sie das, Herr Tenndorf?« fragte Carola Holthusen etwas hilflos.

»Ich fürchte ja.«

»Es kann doch niemand *unter* dem Auto etwas wegnehmen, ohne auszusteigen! Außerdem hätte Pumpi sich gewehrt. Er gehorcht nur Michael. Nicht einmal mich erkennt er voll an.«

»Immerhin haben wir eine ganz dünne Spur. Mike, hol bitte mal das Telefonbuch.«

Nach fünf Minuten war geklärt, daß es einen Möbeltransport Rapid nicht gab. Eingetragen waren eine Wäscherei Rapid, eine Druckerei Rapid, ein »Reparaturdienst für alles« Rapid und ein Reisebüro Rapid. Tenndorf klappte das Telefonbuch wieder zu.

»Stand da wirklich: Möbeltransport?«

»Ja.«

»Aus Hannover?«

»Die Nummer haben wir nicht gesehen.«

»Der Lichtblick ist weg – nun ist es wieder dunkel.« Tenndorf trank das Glas leer und blickte Carola an. »Ich muß es aussprechen, gnädige Frau, so bitter es ist. Es hat keinen Sinn, den Kindern gegenüber so zu tun, als wüßten wir so wenig wie sie. Hört mal zu, Mike und Wiga: Es gibt leider Menschen, die herumfahren und Tiere einfangen. Nicht nur bei uns, überall auf der Welt. Sie fangen die Tiere ein und verkaufen sie woanders für viel Geld. Das ist zwar Diebstahl und eine ungeheure Gemeinheit. Aber man kann kaum etwas dagegen tun. Sie fahren Autos mit falschen Aufschriften, haben vielleicht sogar falsche Nummernschilder... sie sind nicht zu fassen. Nun haben sie auch Micky und Pumpi mitgenommen.«

»Aber... aber... es ist doch niemand ausgestiegen...«, stotterte Mike. »Wenn ein Fremder Pumpi anpackt, beißt er sofort...«

»Und Micky kratzt«, setzte Wiga hinzu.

»Sie müssen es mit einem besonderen Trick geschafft haben.« Tenndorf sah sich um. »Darf ich mal telefonieren?«

»Das Telefon steht im Atelier.«

Carola ging voraus, sie betraten das Atelier, und Tenndorf sah sich interessiert um. An den Wänden große Buntzeichnungen von Mänteln und Kostümen, Abendkleidern und pelzbesetzten Kleidern, teils schick und tragbar, aber auch total verrückte Modelle.

Tenndorf tippte mit dem Zeigefinger auf einen besonders ausgefallenen Entwurf. »Wer – um Himmels willen – trägt denn so was?!«

»Niemand.«

»Und trotzdem entwerfen Sie so einen Alptraum?«

»Die Kunden wollen es so. Sie sehen sich solche verrückten Modelle an, und dann kaufen die Damen die tragbaren Kleider. Mode hat mit Psychologie zu tun, das ist das Geheimnis der großen Modeschöpfer. Jeder in unserer Branche weiß es, aber nur wenige beherrschen es perfekt. Wenn eine Frau ein Kleid kauft, ist das wie eine Liebeserklärung…«

»Das haben Sie wunderbar gesagt.« Tenndorf ging zum Telefon und hob den Hörer ab. »Bei mir ist das anders. Ich kann das Verrückteste zeichnen – die Bauherrn wollen es noch verrückter! Ich hatte da einen Fabrikanten, er wollte asymmetrische, versenkbare Fenster. Warum? Fragen Sie mich nicht. Er hat sie bekommen, hatte sie nach einem Jahr leid, ich mußte umbauen. Und jetzt gefällt ihm das Haus.«

»Wen wollen Sie anrufen?«

»Die Polizei.«

»Glauben Sie, die könnte etwas ausrichten?«

»Man kann es ja versuchen. Auf jeden Fall nehme ich den Diebstahl von Micky und Pumpi nicht stillschweigend hin.«

Im Polizeirevier meldete sich ein Polizeimeister Buchholz. Es war mittlerweile halb sieben Uhr geworden. Im Telefon hörte man, daß Polizeimeister Buchholz wohl gerade in eine Schnitte Brot gebissen hatte und noch daran kaute.

»Da sind Sie bei uns falsch«, sagte er mit vollem Mund. »Ja, völlig falsch. Das ist Sache der Kripo, Kommissariat Diebstahl. Ich gebe Ihnen gleich die Nummer, aber ich möchte vorher noch etwas dazu sagen: Sie melden, daß Tierfänger einen Hund und eine Katze eingefangen haben und damit geflüchtet sind. Glauben Sie wirklich, daß man die Täter finden kann?«

»Das ist Sache der Polizei.«

»Na, dann versuchen Sie es mal bei der Kripo. *Ich* sage es Ihnen gleich: Sparen Sie sich die Telefongebühr. Und hier ist die Nummer der Kripo...«

Im Kommissariat Diebstahl war Kommissar Julius Abbels gerade dabei, seinen Schreibtisch für die Spätschicht zu räumen, als das Telefon schrillte. Abbels blickte auf die Uhr. Für einen Einbruch zu früh, die Geschäfte hatten noch auf... Was konnte es sein: Hauseinbruch oder Beraubung auf der Straße – dunkel genug dazu war es ja – Diebstahl in einem Kaufhaus oder ein geklautes Fahrzeug? Er tippte auf Fahrzeug.

»Kriminalpolizei, Abbels«, meldete er sich.

»Tenndorf. Ich möchte eine Anzeige erstatten.«

»Gegen wen und warum?«

»Gegen Unbekannt.«

»O je.« Abbels setzte sich. Er ahnte Komplikationen. »Was ist denn passiert?«

»Ein Tierfänger hat uns einen Hund und eine Katze gestohlen. Vor zwei Stunden in der Großen Heide.«

Abbels' Blick flog über die große Wandkarte an der Längsseite des Zimmers. Große Heide, das ist in Bothfeld. Tierfänger. Schon wieder. Es ist zum Kotzen! Und allen Bestohlenen muß man das Gleiche erzählen: Zähne zusammenbeißen und den kleinen Liebling vergessen. Ohne konkrete Hinweise ist eine Fahndung ausgeschlossen.

»Vorweg muß ich Ihnen eins sagen, Herr Tenndorf«, sagte Abbels, gütig wie ein tröstender Vater. »Wir...«

»Sie sind kaum in der Lage, uns zu helfen«, unterbrach ihn Tenndorf.

»Das wissen Sie also schon?«

»Der Polizeimeister auf dem Revier hat es klar gesagt: Sparen Sie sich die Telefongebühr.«

»So grob wollte ich das nicht sagen. Nur zur Information: Sie sind in dieser Woche der neunte Betroffene, der sich bei uns meldet. Sechs Hunde und drei Katzen. Von der Straße weg, und keinerlei Anhaltspunkte. Nur ein Mädchen hat etwas bemerkt, beim Gassigehen...« Abbels lachte kurz auf. »Ihr Hund wurde in einen Lieferwagen gelockt.«

»VW oder Ford, weißer Aufbau, Aufschrift ›Möbeltransport Rapid‹.«

»Richtig! Das war der also auch bei Ihnen?! Es gibt keinen Möbeltransport Rapid...«

»Das weiß ich mittlerweile auch. Und was tut die Polizei in dem Fall?«

»Sollen wir alle weißen Lieferwagen anhalten? Sollen wir Zivilstreifen herumschicken und jeden parkenden Lastwagen untersuchen? Natürlich müssen wir Ihre Anzeige aufnehmen – kommen Sie bitte deswegen morgen um zehn Uhr zum Kommissariat. Aber das ist nur noch eine Formsache. Ein guter Rat: Kaufen Sie sich einen neuen Hund und eine neue Katze. Überlegen Sie mal, was ein Hund kostet und wie teuer für den Staat sinnlose Ermittlungen werden können. Es gibt doch keine Zeugen oder konkrete Hinweise...«

»Aber Sie wissen so gut wie ich, wo die Tiere hinkommen.« Tenndorfs Stimme hob sich etwas. »In Laboratorien und Kliniken, für Tierversuche. Sie haben doch genau wie ich in den Zeitungen gelesen, daß allein in Deutschland die Zahl der Tiere für Experimente schätzungsweise zwischen sieben und zehn Millionen liegt. Nicht nur Mäuse, Ratten oder Meerschweinchen, sondern auch Katzen, Hunde, Rinder, Schweine, Affen, Schafe und Ziegen...«

»Sie sagen es. Zehn Millionen Tiere – und zwei davon können Ihr Hund und Ihre Katze sein. Wo sollen wir da suchen? In Hannover und um Hannover herum und in ganz Niedersachsen gibt es eine Unmenge von Forschungsinstituten! Sollen wir die alle nach Ihren zwei Tieren durchsuchen? Wenn Sie nüchtern denken, Herr Tenndorf, ein neuer Hund ist bequemer und billiger...«

»Für meine Tochter ist ihre Katze unersetzbar. Sie war ihr einziger Trost nach dem Tod ihrer Mutter.«

»Das ist zwar sehr tragisch, aber an der Sachlage ändert sich nichts.« Abbels räusperte sich. »Übrigens, wissen Sie, daß nach dem Gesetz ein Tier eine Sache ist? Wie gesagt, kommen Sie morgen um zehn ins Kommissariat. Zweiter Stock, links, Zimmer 204.«

Abbels legte schnell auf. Er wollte keine längere Diskussion mehr am Telefon. Es ist eine Sauerei, zugegeben, dachte er. Wenn ich daran denke, daß jemand mir meinen Hasso klauen könnte, eine Dogge wie aus einem Bilderbuch – ich würde den Kerl verfolgen wie einen Mörder! Aber erst muß man wissen, wer es ist...

Er stand seufzend auf, zog seinen Wintermantel an und verließ das Dienstzimmer. Draußen, im Sekretariatsraum, machte Kollege Aßmann vom Spätdienst gerade einen Witz vor der kleinen, rotblonden Monika an der Schreibmaschine. Sie lachte etwas gequält.

»Nicht aufregen, Moni!« sagte Abbels sarkastisch. »Du weißt doch: Wenn Aßmann einen Witz erzählt, muß er das Kitzeln mitliefern, sonst vergißt man das Lachen.«

»Sehr witzig.« Kommissar Aßmann gab Abbels die Hand. »Was Neues, Julius?«

»Das Übliche... Und wieder der Tierfänger. Eine Katze und ein Hund. Diesmal mit einem weißen Transporter. Habe alles notiert.«

»Da kommt doch nichts bei raus, Julius.«

»Das weiß ich auch. Aber das Kind tat mir leid. Die Katze war eine Art Muttterersatz.« Ohne Abschiedsgruß verließ Abbels das Kommissariat.

Aßmann starrte auf die zuschlagende Tür und schüttelte den Kopf. »Muttterersatz. Eine Katze? Soll man *darüber* lachen?«

»Ich kann's nicht.« Monika faltete die Hände über ihrer Schreibmaschine. »Wenn ich an das kleine, traurige Mädchen denke...«

»Und wenn ich daran denke, was heute nacht wieder alles geklaut wird, kommen mir auch die Tränen!« Aßmann hängte seinen Mantel an den Kleiderhaken. Er war ein noch junger, forscher Kommissar, der wenig Verständnis für Sentimentalitäten aufbringen konnte. »Moni, Häschen, mach mir einen starken Kaffee. Ich ahne Böses. Heute ist ein richtiges Ganovenwetter...«

Unter den fragenden Blicken von Carola Holthusen legte Tenndorf den Hörer zurück aufs Telefon.

»Die Kriminalpolizei kann auch nicht helfen, nicht wahr?« fragte sie leise.

»Kaum. Das war die neunte Anzeige wegen Tierdiebstahls. Übrigens ist nach dem deutschen Gesetz ein Tier nur eine Sache.«

»Aber es gibt doch das Tierschutzgesetz!«

»Das regelt nur das Verhalten des Menschen gegenüber einem Tier. Wenn ich ein Kind stehle, ist das Kindesentführung... wenn ich einen Hund stehle, ist das nicht anders, als wenn ich ein Fahrrad mitnehme. Eine Sache. Das sind unsere humanitären Gesetze, und schon im Wort liegt die Abgrenzung: Humanität heißt Menschlichkeit. Vom Tier ist nie die Rede.« Tenndorf wischte sich mit beiden Händen über das Gesicht. »Mir fällt da der französische Philosoph René Descartes ein, der Mann, der den Lehrsatz geprägt hat: ›Ich denke, also bin ich.‹ Er sah den Menschen aufgrund der Vernunft als höchstes Lebewesen an, von der übrigen Natur rigoros getrennt. Tiere waren für ihn deshalb gefühllos, ohne Empfinden, Reflexautomaten. Das Schreien gequälter Tiere war für ihn nichts anderes als das Quietschen einer Maschine... eine mechanische Reaktion! Welch eine ungeheuerliche Anmaßung! Der Mensch darf alles! Das Tier ist keine Person, das Tier ist nur eine Sache... das wirkt bis heute nach in der Justiz, die aus der römisch-rechtlichen Tradition erwachsen ist. Schon damals gab es den Unterschied zwischen Personen und Sachen, und da ein Tier keine Person ist, wird es zur Sache. Ein Kreisverkehr des Denkens, aus dem noch niemand ausgebrochen ist.«

»Wie klug! Wie ungeheuer klug Sie reden können!« Carolas Stimme war voll Bitterkeit. »Davon kommen Pumpi und Micky aber nicht wieder!«

Tenndorf stieß sich von der Wand ab und suchte in seiner Jackentasche. »Darf ich hier rauchen?«

»Ich rauche auch beim Entwerfen.« Carola wollte ihm Feuer geben, aber er nahm ihr das Feuerzeug aus der Hand und machte dann einen tiefen Zug an seiner Zigarette. Erst dann fiel ihm auf, daß er Carola Holthusen keine Zigarette angeboten hatte, und hielt ihr die Schachtel mit einem »Pardon« hin.

Carola schüttelte den Kopf. »Wie geht es nun weiter, Sie

Philosophenkenner? Sollen wir unseren Kindern erzählen, daß ein Herr Descartes eigentlich an allem schuld ist? Oder die alten Römer? Sollen wir das Verschwinden der Tiere einfach hinnehmen und wirklich einen neuen Hund und eine neue Katze kaufen?«

»Natürlich nicht.«

»Aber was können wir tun?«

»Auf eigene Faust suchen...«

»Wo?«

»Wir brauchen nur ein Sandkörnchen... dann finden wir auch die dazugehörende Wüste.«

»Sie scheinen eine Begabung für schöne Sprüche zu haben, Herr Tenndorf.« Carola verbarg nicht ihre Enttäuschung und ihre innere Hilflosigkeit. »Was können Sie sonst noch anbieten?«

»Die Öffentlichkeit.«

»Was soll denn das?«

»Wir werden in die Zeitungen von Hannover und Niedersachsen eine Anzeige setzen und die Öffentlichkeit auffordern, mit uns Pumpi und Micky zu suchen. Ich stelle mir das so vor: eine schwarz umrandete, zweispaltige Anzeige. Text: Am 3. Dezember wurden uns von der Straße unsere Lieblinge Pumpi und Micky gestohlen. Pumpi ist ein Hund, schwarz-weiß-rotes struppiges Fell, eine richtige Promenadenmischung, aber treu und klug und für mich der schönste Hund, den es gibt. Und Micky ist eine Katze, rotweiß gestreift mit schönen grünen Augen und einem roten Halsband mit kleinen goldenen Nieten. Als meine Mami starb, hatte ich auf der Welt nur noch Papi und sie. Wer hat Pumpi oder Micky gesehen? Wer sie gestohlen hat, soll sie bitte, bitte zurückbringen. Und wenn sie in ein Forschungslabor kommen, schneidet sie nicht auf, quält sie nicht mit Experimenten! Gebt sie uns wieder. Ludwiga Tenndorf, acht Jahre, und Michael Holthusen, neun Jahre. Und dann meine Adresse.« Tenndorf atmete tief auf. »Das wird man lesen.«

»Und Sie glauben wirklich, daß man dann Pumpi und Micky zurückbringt?!«

»Zumindest rechne ich damit, daß der Tierfänger unruhig wird und die Tiere nicht weiterverkauft.«

»Bestimmt nicht. Er wird sie sofort töten, um alle Spuren zu verwischen.«

Tenndorf senkte den Kopf. Er zerdrückte die Zigarette im Aschenbecher und sah von unten herauf Carola an. Die Wahrheit zu sagen ist oft die schwerste Überwindung. »Damit muß man rechnen«, sagte er stockend. »Aber wir sollten alles versuchen, alles... Dieser Aufruf kann nur der Anfang sein. Und ich verspreche Ihnen, Carola: Mir fällt noch mehr ein als eine Zeitungsanzeige.«

Sie nickte. Daß er gerade zum erstenmal Carola gesagt hatte, fiel ihm nicht auf...

2

Wer Prof. Dr. Hans Sänfter kannte, war sich mit vielen einig, daß er ein freundlicher Mensch, ein großer Arzt und ein besessener Wissenschaftler war. Als Chef eines bekannten Krankenhauses für Innere Krankheiten und a. o. Professor an der Hochschule genoß er einen exzellenten Ruf, der sich sogar international ausbreitete: Seine Forschungsberichte über »Neue Wege virenbedingter Infektionen« wurden weltweit gelesen, seine Lehrbücher über Innere Medizin gehörten zum Lesestoff aller Studenten und vieler Ärzte. »Der Sänfter« nannte man ihn einfach... eigentlich die größte Ehre, die einem zuteil werden kann. Wie »Die Garbo«, »Der Caruso«, »Der Picasso« war »Der Sänfter«, so betrachtet, ein Schritt zur Unsterblichkeit.

Aber Ruhm hat oft zwei Seiten: die eine, die polierte, die allen sichtbare, die beneidete und beklatschte... und die andere private, häusliche, vor fremden Blicken verhangene und verborgene. Zwei Seiten, die oftmals voneinander sehr verschieden sind.

Sänfter, fünfzig, hatte vor zwanzig Jahren eine zehn Jahre jüngere Frau geheiratet. Damals war er der jüngste Oberarzt der Universitätsklinik, schon umgeben von der Aura, einmal einer der ganz Großen zu werden. Regina Sänfter, als Tochter eines Fabrikanten für Motorventile vom ärztlichen Ethos wenig beeindruckt, genoß den internationalen Aufstieg ihres Mannes auf ihre Weise. Ihre Garderobe kaufte sie in Paris oder Rom, jedes zweite Jahr wechselte sie ihren

Sportwagen, sie machte den Jagd- und Segelschein, erreichte beim Golfspiel das Handicap 14, spielte eine Zeitlang turnierreif Tennis und fuhr dreimal nach England zu einer Freundin, um besonders interessante Opernaufführungen in der Covent Garden zu besuchen. Zurück kam sie immer etwas bläßlich und abgespannt; die vielen Partys, auf denen sie herumgereicht wurde, waren anscheinend ein großer Streß.

Was Sänfter nicht wußte und nie erfahren sollte: Jeder Englandbesuch diente seiner Frau dazu, sich in einer Spezialklinik einer Abtreibung zu unterziehen. Kinder waren für Regina eine Belastung, sie würden viele ihrer Aktivitäten behindern oder gar unmöglich machen, ihre Freiheit würde eingeschränkt. Und überhaupt war ein Mutterdasein durchaus kein Ideal für sie. Um alle weiteren Komplikationen zu vermeiden, ließ sie nach der dritten Saugkürettage sich eine beidseitige Tubenligatur anlegen, womit das Problem der unerwünschten Schwangerschaft für sie gelöst war.

Prof. Sänfter, ahnungslos wie viele Ärzte, was den eigenen Lebensbereich betrifft, fand sich damit ab, daß Regina keine Kinder bekam. Daß Regina empört auf seinen Vorschlag reagierte, sich von einem namhaften gynäkologischen Kollegen untersuchen zu lassen, machte Sänfter nicht stutzig. Vielleicht liegt es auch an mir, dachte er ein paarmal, aber auch er scheute sich, einen Kollegen der Sexualmedizin zu befragen.

Im Laufe der Jahre machte Regina Sänfter eine Wandlung durch. Zunächst war der kometenhafte Aufstieg ihres Mannes auch für sie so etwas wie ein Höhenrausch, verbunden mit einem gesellschaftlichen Leben, das von Bayreuth und Salzburg mit ihren Opernfestspielen bis zum Schwertfischangeln vor Floridas Küste reichte. Aber dann gewann die Erkenntnis fast aller Frauen erfolgreicher Männer in ihr die Oberhand: Ich bin nur ein mit Geschmeide behängtes und in Modellkleider gestecktes Ausstellungsstück eines Mannes, dessen ganzer Lebenskreis nicht ich bin, sondern sein Beruf. Die Klinik, die Kranken, die Forschung... Wenn er am späten Abend nach Hause kommt, ist er müde, einsilbig, einfach eine Figur, die sich in einen Sessel setzt und ihre Ruhe haben will. Das Leben außerhalb der Klinik fließt an ihm vorbei. Er wird nur munter, wenn er mit Kollegen diskutieren kann. Ich bin nicht mit einem Mann verheiratet, sondern mit Krankheiten.

Regina Sänfter zog daraus lautlos, aber sichtbar die Konsequenzen. Sie rief nicht mehr im Krankenhaus an: »Wann kommst du nach Hause, Liebling?«, »Wie lange dauert es noch... wir haben doch Gäste...« oder »Hast du vergessen? Du hast versprochen, daß wir heute essen gehen...« – Die Antworten waren ja immer die gleichen. Anscheinend lagen in der Klinik nur noch schwere Fälle. Sie fragte nun nicht mehr, sondern gab eigene Partys mit Freunden aus Segel-, Golf- und Tennis-Club, mit Jagdgefährten und den überall auftauchenden Typen, wo die Schickeria feiert. Ja, es tat ihr sogar gut, wenn jemand fragte: »Vivisektiert dein Mann heute wieder ein Kaninchen?«, denn es heißt vivisezieren, und Regina war der Ansicht, daß eine gewisse Unwissenheit charmant sein kann. So wuchs ihr gesellschaftlicher Kreis immer mehr, und es kam öfter vor, daß Sänfter bei seiner Rückkehr aus der Klinik oder dem Labor sein Haus voller Gäste sah, von denen er niemanden kannte.

Das Haus. Er hatte es sich von einem damals noch unbekannten Architekten bauen lassen. Im exklusiven Herrenhausen hatte er ein Grundstück gefunden, das so teuer war, daß sein Schwiegervater, der Ventilfabrikant, mit einspringen mußte. Aber die Villa, die ihm der junge Architekt dann baute, war ein Schmuckstück geworden. Regina machte daraus – mit Vaters Geld – einen Treffpunkt der Prominenz, eine Visitenkarte, die jedem sagte: Prof. Sänfter ist einer der ganz Großen. Die »Villa Sänfter« wurde zum »Salon« der Schickeria, und Regina thronte in ihr als ungekrönte, beneidete und umschmeichelte Königin. Sänfter selbst behielt im ganzen Haus nur einen Zufluchtsort: seine Bibliothek. Dorthin kam keiner der Gäste... es roch zu sehr nach Geist und Wissenschaft.

An diesem Abend kam Sänfter wieder einmal erst spät aus der Klinik. Nicht bei den Kranken hatte er sich so lange aufgehalten, sondern in den weiträumigen Kellern. Ein Teil davon war ausgebaut worden mit einem Labor, einem Operationsraum, einer Röntgenanlage und einem »Geräteraum«, nicht anders als zwei Stockwerke höher das Krankenhaus. Nur daß dort der OP fehlte, denn ein Arzt für Innere Medizin operiert nicht. Aber eine Intensivstation war im Keller genau so vorhanden wie ein EKG-Gerät und Ultraschall-Scanner. Einen großen Unterschied allerdings gab es hier in der Tiefe der Klinik: Die Patienten lagen nicht in Betten, sondern in Käfigen, kleinen und großen, je nach Bedarf... vom Schwein und Hund bis zur zierlichen weißen Maus. Denn dies war eine von Prof. Sänfter eingerichtete medizinische Forschungsstation. Ein halb privates Institut – vom Krankenhausträger erhielt Sänfter nur einen Zuschuß.

Regina hatte diesen Keller nur einmal betreten. Als sie eine auf einen Tisch aufgespannte, sezierte Ratte sah, fiel sie in Ohnmacht, sprach zwei Tage nicht mit ihrem Mann und aß eine Woche lang kein Fleisch.

An diesem Abend also kam Prof. Sänfter erst gegen 21 Uhr heim und fand sein Haus voll erleuchtet. Als er aus dem Wagen stieg, klangen ihm Tanzmusik und Stimmenlärm entgegen, auf der Terrasse entdeckte er ein küssendes Paar, dem auch die Winterkälte nichts anhaben konnte. Solche Abende seit Jahren gewöhnt, umkreiste Sänfter seine Villa, schloß eine Hintertür auf, die zum Wirtschaftsraum der Küche führte, und flüchtete ungesehen in seine Bibliothek.

Niemand würde ihn vermissen, das wußte er. Im Gegenteil, wenn er jetzt bei der Party auftauchte, würde die Stimmung abflauen. Zumal sich in diesen Kreisen herumgesprochen hatte, was er einmal, zornig wie selten, zu einem Partygast gesagt hatte: »Was? Sie leiden unter permanenten Kopfschmerzen? Ein Hohlraum ist doch unempfindlich...« Es handelte sich um den Vorsitzenden eines Segelclubs am Maschsee. Regina wechselte darauf eine ganze Woche kein Wort mit ihrem Mann, und er genoß die Ruhe an den Abenden.

Mit einem Seufzer der Erleichterung ließ sich Sänfter auf das Ledersofa in der Bibliothek fallen, zog die Schuhe aus, rieb die Füße gegeneinander und schloß erschöpft die Augen. Er war ein mittelgroßer, breiter Mann mit eisgrauem Haar und blauen Augen, der im weißen Kittel wirkte wie die personifizierte Zuverlässigkeit und eine Garantie der Heilung. Bei seinen Visiten spürten auch die Schwerkranken neuen Lebensmut, vor allem wenn er am Krankenbett sagte: »Das kriegen wir schon hin!« oder – natürlich nur zu Männern – »Kneifen Sie fest den Hintern zusammen, dann stehen wir das durch!« Seinen Ärzten war er mehr Vater als Vorgesetzter, die Schwestern himmelten ihn an, die Oberschwester – die wichtigste Person in einer Klinik überhaupt! – hätte sich für ihn vierteilen lassen. Wer bei Sänfter arbeitete, war ein glücklicher, auserwählter Mensch.

Es dauerte nur fünf Minuten, bis Sänfter seinen Ermüdungsanfall überwunden hatte. Augen schließen, durchatmen, alle Muskeln entspannen, für fünf Minuten nichts sein... das genügte. Es war eine Reaktivierung, die ihn selbst immer wieder verblüffte. Er fühlte sich wieder so frisch, daß er sich ärgern konnte über den Lärm in seinem Haus und die Zeit, die Regina geradezu verschwendete an Menschen, die sich drängten, in den Gesellschaftsberichten der Illustrierten und Zeitungen zu erscheinen.

Sänfter erhob sich, ging hinüber zu einem der Bücherregale, klappte eine kleine Hausbar auf, entnahm ihr eine lange, dünne Zigarre, ein Glas und eine Flasche Kognak und kehrte zu seinem Ledersofa zurück. Doch auf dem Weg dorthin blieb er plötzlich stehen, stellte Glas und Flasche ab und griff zum Telefon. In einem Adressenbuch suchte er die Telefonnummer und wählte dann.

»Hier Sänfter«, sagte er, als sich der Teilnehmer meldete. »Entschuldigen Sie, wenn ich zu einer so unorthodoxen Zeit anrufe. Aber tagsüber komme ich nicht dazu. Erinnern Sie sich noch an mich?«

»Aber Herr Professor, wie könnte ich Sie vergessen?« Tenndorf, der im Fernsehen gerade einen Krimi ansah, stellte per Fernbedienung den Apparat aus. »Ihr Haus war die erste – wie soll ich es sagen – die erste Prunkvilla, die ich bauen durfte. Mein Vorzeige-Haus. Der Grundriß hängt noch immer in meinem Atelier.«

»Um so einfacher ist es, mit Ihnen alles durchzusprechen.« Sänfter lachte kurz. »Ich trage seit Wochen, eigentlich schon ein Jahr lang, den Gedanken mit mir herum, eine Schwimmhalle anzubauen. Was kostet so eine Halle?«

»Es kommt darauf an, ob es eine Fertigschwimmhalle sein soll oder eine konventionell gebaute Halle. Ob ein Zweckbau oder ein repräsentatives Gebäude. Es sind da keine Grenzen gesetzt.«

»Ich will schwimmen. Weiter nichts.«

»Aber in welcher Umgebung? Sportlich? Oder königlich, wie ein römischer Herrscher?«

»Wenn Sie meine Frau fragen würden, bekämen Sie sicherlich die Antwort: Bauen Sie uns eine Halle, die in der Südsee stehen könnte. Ringsum weißer Korallensand, Palmen und Frangipanibüsche, dazu ein kleiner Wasserfall...«

»Alles möglich, Herr Professor.« Nun lachte auch Tenndorf. »Es ergibt sich kaum etwas Verblüffenderes, als wenn ein Architekt sich austoben darf. Wie hoch ist das Preislimit?«

»Ich habe keine Ahnung, was so etwas kostet. Machen Sie mal einen Vorplan... normal, nicht verrückt! Wie geht es Ihnen persönlich?«

»Miserabel.«

»Krank?«

»Nein – den Bauch voller Wut...«

»Ja, ja, die Bauherrn. Manche können wie Teufel sein.«

»Dieses Mal muß ich sie in Schutz nehmen, Herr Professor. Es ist etwas anderes passiert, das ich eine riesengroße Schweinerei nenne. Meiner Tochter und ihrem kleinen Freund sind heute nachmittag in der Großen Heide ihre Lieblinge von einem Tierfänger gestohlen worden. Eine Katze und ein Hund. Wir sind uns völlig klar darüber, was mit ihnen geschehen wird. Sie werden qualvoll in einem Forschungslabor zu Tode gequält werden. Der Bedarf für diese Institute ist wohl kaum noch zu decken. Was dort geschieht, wird vor der Öffentlichkeit ja sorgfältig verborgen. Das Schrecklichste, was ich in letzter Zeit gelesen habe, sind Experimente von Kosmetikfirmen: Sie ziehen Tieren bei lebendigem Leib das Fell ab und erproben auf den Enthäuteten neue Wirkstoffe für die Schönheitspflege...«

»Das dürfte doch wohl maßlos übertrieben sein, Herr Tenndorf.« Sänfter steckte sich die lange, dünne Zigarre an und blies den Rauch am Telefonhörer vorbei. »Maßlos tendenziös. So etwas gibt es nicht!«

»Versuche bei der Entwicklung neuer Augentropfen, mit denen die Damen am Abend die Pupillen vergrößern und ihre Augen erotischer erscheinen lassen, haben Tausende von Testhasen blind gemacht...«

»Blödsinn! Und wenn, dann sind das extreme Auswüchse.« Sänfter setzte sich in seinen Schreibtischsessel. »In der rein medizinischen Forschung...«

»Ich weiß, was Sie sagen wollen, Herr Professor.« Tenndorfs Stimme blieb ruhig. Die Reaktion Prof. Sänfters verblüffte ihn. »Aber gerade in letzter Zeit werden Stimmen von kompetenten Ärzten laut, die den Nutzen von 95 Prozent aller Tierversuche bestreiten...«

»Ich halte diese Zahl glatt für gelogen. Sie sind ein Gegner der Tierversuche, Herr Tenndorf?«

»Ich war es immer schon. Aber, wie es im Leben ist, bisher zu träge, um auf die Barrikaden zu gehen. Jetzt, wo es mich selbst getroffen hat, fühle ich mich aufgerüttelt. Sie werden es übermorgen in den Zeitungen lesen.«

Prof. Sänfter schwieg einen Augenblick und legte nachdenklich seine Zigarre im Aschenbecher ab. »Ich weiß nicht, was Sie da veröffentlichen«, sagte er betont, »aber Ihr Urteil kommt mir voreilig vor. Zu emotional...«

»Tierfänger haben meiner Tochter die Katze gestohlen, dem Nachbarjungen seinen Hund, zum Verkauf an Tierversuchsanstalten! Wie sollte ich da nicht emotional reagieren?!«

»Natürlich. Das sogenannte Volksempfinden.« Sänfter blickte auf seine Uhr. »Ich halte Ort und Zeitpunkt für denkbar ungünstig, darüber zu diskutieren. Ein Vorschlag: Kommen Sie morgen zu mir in die Klinik, bringen Sie eine Rohskizze der Schwimmhalle mit, und dann unterhalten wir uns über die Notwendigkeit der Forschung. Wann könnten Sie kommen?«

Tenndorf überlegte und rechnete. »Um zehn bin ich bei der Kripo wegen der Anzeige. Dann fahre ich zu den verschiedenen Zeitungen, um das Manuskript abzugeben... Ich könnte um die Mittagszeit bei Ihnen sein, wenn es Ihnen recht ist. Ich kann auch später kommen, Herr Professor.«

»Nein, Mittagszeit ist gut. Ich esse doch bloß einen Joghurt. Habe in letzter Zeit neun Pfund zugelegt, deshalb auch die Schwimmhalle. Sagen wir: 13 Uhr 30?«

»Ist notiert, Herr Professor.«

»Und überlegen Sie das mit Ihrem Zeitungsartikel.«

»Da gibt es nichts mehr zu überlegen. Diese Tierversuche sind ein Verbrechen an der fühlenden, wehrlosen Kreatur!«

»Bis morgen, Herr Tenndorf«, sagte Sänfter kurz.

»Bis morgen, Herr Professor.«

Sänfter legte auf. Er nahm die Zigarre aus dem Aschenbecher, steckte sie neu an und sah dem träge zur Decke steigenden weißen Rauch nach. Ein Verbrechen! Wäre es nicht eher ein Verbrechen, Millionen Menschen sterben zu lassen, als neue Seren gegen Leukämie oder AIDS im Tierversuch zu testen? Ein Herzschrittmacher, heute zigtausendfach als lebensrettend eingepflanzt – wie hätte man seine Wirksamkeit erproben können ohne das Tier? Ist es nicht unerhört, daß man sich dafür auch noch rechtfertigen muß? Da wird die Lebenserwartung des Menschen erhöht, aber die Forscher, die das ermöglichen, schlägt man ins Gesicht.

Sänfter lehnte sich zurück und schloß wieder die Augen. Selbst durch die dicke Tür der Bibliothek drangen Musik und Lachen zu ihm. Reginas Gäste waren in bester Stimmung. Aus den Lautsprechern dröhnte das Gegröle eines der modernen Sänger, die gerade »in« waren: »Ich liebe dich, ich liebe dich... liebst du auch mich, liebst du auch mich...?« Ein hirnloser Text.

Ist das unsere erstrebte Welt? dachte Sänfter und atmete tief durch. Generationen aus Dummheit und Ignoranz? Modeworte-Klopfer. Was wissen sie von denen, die vor mir in den Betten liegen, meine Hand umklammern und mit angsterfüllten Augen sagen: »Herr Professor, retten Sie mich... Versuchen Sie alles... Ich will doch leben...«

Soll ich denen sagen: »Tut mir leid. Es gibt für Sie kein Mittel, weil wir es nicht ausprobieren dürfen. Ihre Krankheit wäre vielleicht heilbar, aber wir können ja keine Versuche mehr machen. Was Ihnen bleibt: Beten Sie...«?

In Otternbruch kannte jeder den Bauern Willi Wulpert und seinen großen Hof am Rande des Otternhagener Moors. Die Wulperts waren eine alteingesessene Familie, deren Stolz eine Urkunde war, in der schon im Jahre 1534 die Wolphards erwähnt wurden. Der jetzige Besitzer des Hofes, Willi Wulpert, war mit nur einem Bein aus dem Krieg zurückgekehrt, und wenn man ihn danach fragte, erzählte er verschmitzt: »Das war bei den Iwans, bei 'nem Panzerangriff hinter Reshew. Flak im Erdeinsatz. Da kommen die T 34 ran, und wir haben nur noch sechs Schuß... Was haben wir gemacht? Wir haben uns jeder gegenseitig ein Bein abgeschnitten und damit geschossen...« In Wirklichkeit war Wulpert hinten beim Troß gewesen, ein Pferd hatte ihn getreten und den Oberschenkel zertrümmert.

Wulpert hatte nach dem Krieg den Hof neu aufgebaut, modernisiert. Bis er plötzlich, vor sechs Jahren, alle Lust an der Landwirtschaft verlor, die Felder verpachtete und nur noch einen kleinen Teil des Hofes bestellte. Dafür baute er an die Ställe zwei langgestreckte Hallen an, ein Stall wurde als eine Art Großküche eingerichtet, Wasserleitungen wurden gelegt, Becken aus Beton gegossen. Drei Lastwagen brachten Käfigkisten in allen Größen, und in der neuen Ausgabe des Telefonbuches lasen die Otternbrucher erstaunt: Tierhandlung Willi Wulpert.

Die Verwunderung legte sich schnell. Die Wulperts zeigten allen ihre neue Anlage, führten die Dorfbewohner herum, man betrachtete die Tiere in den Ställen – es waren damals vierzehn Hunde, neun Katzen, zweihundertzehn Kaninchen, zwei kleine Ponys und ein Fohlen – und jeder fragte sich hinterher: Ist das ein Geschäft? Wie können die davon leben? Geben zig Morgen bestes Ackerland weg, um Viecher zu kaufen und wieder zu verkaufen, das ist doch eine Rechnung, die nie aufgeht.

Aber dann verstummte das Gerede. Die Tierhandlung Willi Wulpert war ein Betrieb wie jeder andere, und es mußte doch ein gutes Geschäft sein. Sohn Josef Wulpert, ein gelernter Elektriker, kaufte sich eine Rakete von Motorrad, eine 750er aus Japan, und Willi Wulpert kam eines Tages mit einem Mercedes nach Hause. Mutter Emmi Wulpert fuhr nach Hannover, wenn sie ein neues Kleid brauchte, trug eine modische Frisur, färbte sich die Haare blond und sah zehn Jahre jünger aus. Als dann auch noch ein kleiner Lastwagen angeschafft wurde und kurz darauf ein VW-Bus, galt Wulpert als ein gemachter Mann. Aus einem Bauern war ein Unternehmer geworden. Nun gut, er handelte mit Tieren... andere handeln mit Zuckerrüben, Holzzäunen, Käse oder Anstreicherbedarf. Warum sollen Tiere keine Ware sein, wenn man mit ihnen Geld machen kann?

Willi Wulpert, seit neununddreißig Jahren im Streit mit seiner Beinprothese liegend, tappte gerade aus Halle I auf den Hof, als Sohn Josef mit dem weißen VW-Bus durch das hohe Tor fuhr. Der Wagen trug keine Aufschrift, ein völlig neutrales Fahrzeug wie Tausende andere Kleinlieferwagen.

Wulpert war mieser Laune. Zwei Affen – Primaten, sagten die Wissenschaftler –, die er in Frankreich von einem Tierimporteur gekauft hatte, waren plötzlich an Tuberkulose gestorben, drei Hunde waren verendet, einer Katze fielen die Haare aus – irgendein verdammter Virus mußte in die Ställe eingeschleppt worden sein.

»Wie war's, Josef?« rief Wulpert seinem Sohn zu. »Was bringst du mit?«

»Ein beschissener Tag, Vater. Vier Hunde und acht Katzen. Und alles kleine Hunde.«

»Verflucht noch mal, ich brauche große Hunde! Zwanzig Stück. Das sind vierzehntausend Mark! Im Hartwig-Labor warten sie darauf. Die stehen mitten in einer Versuchsserie. Ich blamier' mich, wenn ich nicht liefern kann.«

»Ich kann auch keine großen Hunde auf die Straße zaubern! Was ist mit der Lieferung aus der Schweiz?«

»Nicht vor einer Woche!« Wulpert humpelte zum Lieferwagen, kletterte ächzend auf den Fahrersitz und blickte durch eine Scheibe ins Innere. »Du lieber Himmel, da haste aber was eingesammelt! Die können wir höchstens für die Insulinpumpenversuche bei Professor Jenssen loswerden.«

Er kletterte wieder auf den Boden und zog den mit Daunen gefütterten Anorak enger um seinen Körper. Josef fuhr den Wagen an eine Art Rampe, von der ein vergitterter Laufgang ins Innere des Stalles führte. Dann öffnete er die Tür, und die Hunde und Katzen flüchteten in Panik durch den Laufgang in einen größeren Käfig. Dort wurden sie mit Schlägen voneinander getrennt und durch einen Zwischenschieber isoliert. Links die Hunde, rechts die Katzen. Einige der Katzen bluteten aus tiefen Bißwunden. Eng zusammengedrückt, in den Augen jammervolle Angst, hockten sie in einer Ecke ihrer Ställe und beobachteten die Menschen.

Auf einer Rollkarre fuhr Josef einige kleinere Gitterkäfige heran. Willi Wulpert schob die Unterlippe vor. Vier Hunde, davon zwei Weibchen... unbrauchbar. Die Experimentalforscher arbeiteten überwiegend mit männlichen Tieren, nur auf besondere Bestellung hin lieferte Wulpert auch kräftige Weibchen. Für diesen Fall hatte er, am Ende der Halle I, ständig zwanzig Hündinnen auf Lager, mager, mit stumpfen traurigen Augen, eingepfercht in dreckige enge Käfige. Für Wulpert unnötige, unrentable Fresser, die er nur hielt wegen des Kundendienstes.

Wulpert zeigte auf die beiden Hündinnen, die gerade in die Drahtkäfige getrieben wurden, verängstigt, geduckt, am ganzen Körper zitternd. »Sofort in die Glocke mit denen!«

Dann betrachtete er den dritten Hund, eine geradezu unmögliche Promenadenmischung mit schwarz-weiß-rotem Fell. Er ließ sich auch durch Stockstöße und Schläge nicht bewegen, aus dem Käfig herauszukommen. Auf der anderen Seite des trennenden Drahtgitters schmiegte sich eine rotweiß gestreifte Katze gegen ihn und trotzte ebenfalls allen Schlägen. Beide duckten sich nur, zogen die Köpfe zwischen die Vorderpfoten und regten sich nicht.

»Was sind denn das für Typen?!«

»Ich hab' sie zusammen gefangen. Spielten im Schnee.« Josef Wulpert stieß dem Hund brutal den Stock in die Flanke. Der Hund jaulte kurz auf.

»Los, komm raus, du Aas...!«

»Was sollen wir denn mit dem? Ist höchstens für die Chemie geeignet. Bring ihn in Abteilung 6.«

In Abteilung 6 waren die Tiere, die man meistens an die Forschungslabore der Kosmetikindustrie verkaufte. Die Mediziner verlangten gesunde, kräftige Hunde. Den kosmetischen Chemikern dagegen war es gleichgültig, an welchem »Material« man die Giftigkeit und Verträglichkeit von Nagellack, Lidschatten, Körperspray oder Busenvergrößerungscreme testete. »Wir brauchen lebende Organismen als biologische Meßinstrumente«, lautete einer der Kernsätze aus diesen Experimentalstätten. »Wir müssen uns doch über die akute und subakute Toxizität der Präparate informieren – zum Wohle des Menschen. Stellen Sie sich vor, was ein nicht an Tausenden von Versuchstieren getesteter Körperspray beim Menschen für Unheil anrichten kann!«

Wulpert war das gleichgültig. Er lieferte Ware, lebende Ware, und erzielte damit gute Preise. Nur das zählte. Wenn jemand in seiner Gegenwart es wagte zu sagen: »Die armen Tiere«, tippte er sich an die Stirn und bellte zurück:

»Wenn ich das höre! Arme Tiere. Da wimmelt's von Fabriken, die Waffen und Munition herstellen, damit sich die Menschen gegenseitig totschießen können... *ich* helfe mit, daß die Menschen länger leben! Von den Rüstungsfabriken spricht keiner, aber bei mir wollen sie Moral predigen. Diese Heuchelei ist ja zum Kotzen!«

Die Glocke. Wulpert hatte angeordnet, daß die zwei kleinen Hündinnen sofort in die Glocke kamen. Auch sie war eine Erfindung von Wulpert. In Halle II, die im Gegensatz zu Halle I peinlich sauber war, befand sich die eigene Zuchtstation. Die medizinischen Forschungsinstitute bevorzugten Tiergruppen, die unter einheitlichen Bedingungen aufgewachsen waren, oder, wie es die Mediziner nannten, »einheitliche Tiermodelle, die sich in ihrer genetischen Ausstattung weitgehend gleichen«.

Das hatte Willi Wulpert schnell begriffen und sich neben dem Handel auf die Aufzucht von Versuchstieren verlegt. In Halle II reihte sich Käfig an Käfig mit Muttertieren, sorgsam betreut, völlig steril gehalten, bis nach der Berechnung die Geburt kurz bevorstand. Dann wurden die Jungen durch Kaiserschnitt geholt und die Muttertiere getötet... in der Glocke, einem Glaskasten, in den man Giftgas blies. Ein schneller Tod. Wulpert war stolz, auf diesen Gedanken gekommen zu sein.

Aber das war noch nicht alles an Wulpertschen Aktivitäten. In Halle II b züchtete er »Speziale«: zuckerkranke Tiere, fettleibige Hunde und Katzen, Nacktmäuse für dermatologische Experimente und, aus Amerika eingeführt, Nagetiere ohne Thymusdrüse. Sie waren besonders begehrt – eingepflanzte Krebszellen wucherten auf ihnen erstaunlich schnell und üppig. Überhaupt waren voroperierte Tiere besonders gefragt. Die Institute sparten damit viel Zeit an Vorbereitungen und konnten sofort in die Versuchsreihen einsteigen. Nur einmal in all den Jahren hatte sogar Willi Wulpert einen leichten Schock verspürt. Eine amerikanische Firma, die jährlich über 20 Millionen Versuchstiere verkaufte, lieferte ihm zwanzig blinde Tiere. Man hatte ihnen die Augäpfel herausoperiert.

»Es bleibt uns nur noch die alte Masche«, sagte Wulpert an diesem Abend beim Essen und erfrischte sich mit einem Glas Pils. »Ich habe überall herumtelefoniert. Wie verhext ist es. Keiner kann vor einer Woche große Hunde liefern. Dobermänner, Schäferhunde, Boxer, Rottweiler... Fehlanzeige. Aber am Samstag muß die Lieferung stattfinden. Wenn wir absagen, sind wir den Kunden los!«

Er zog ein Blatt an sich heran, drehte seinen Kugelschreiber heraus und dachte kurz nach. »So machen wir es ... ganz neuer Text, der ans Gemüt geht. Hört mal zu: ›Suche großen Hund. Versprochen wird liebevolle Pflege. Ein großer Garten für den Auslauf ist vorhanden. Welcher Tierfreund hilft einem anderen Tierfreund?‹ Na, ist das gut?« Wulpert lehnte sich zurück, schlürfte einen Schluck Bier und erwartete Zustimmung.

Aber nur Emmi nickte beifällig. Sohn Josef verzog das Gesicht.

»Das ist doch kein Geschäft, Vater. Du zahlst für so einen Hund fünf-, sechshundert Mark und vielleicht noch mehr, und siebenhundert bekommen wir! Dazu der Preis für die Anzeigen. Da bleibt doch nichts hängen.«

»Emmi, welchen Hornochsen von Sohn hast du mir geboren?!« Er beugte sich über den Tisch zu Josef vor. »Nun rechne mal andersrum, du Kohlrübe: Wenn ich nicht liefere, geht das Institut zur Konkurrenz. Na, was dann? Wie groß ist da unser Verlust? Lieber lege ich bei dieser Sendung noch ein paar Tausender drauf, als meinen guten Kunden abzischen zu sehen. Kapierst du das?«

»Ja, Vater.« Josef Wulpert aß ärgerlich weiter. Der Alte hat immer recht, dachte er wütend. Kommandiert rum ... das hat er gelernt, als Feldwebel bei der Infanterie, und hat in Rußland bei den Sturmangriffen einen Zug kommandiert. Das erzählt er wenigstens. Er knobelt sich was aus, und ich muß die Drecksarbeit tun.

»Wieviele brauchen wir noch?« fragte er nach einer Weile.

»Jede Menge. Erste Staffel zwanzig Großhunde. Neun haben wir am Lager, fehlen also elf. Die kriegst du durch die Anzeigen schnell zusammen.«

Willi Wulpert trank sein Bier aus, setzte sich vor den Fernseher und kam in einen knalligen Western hinein. Eine Meute Jagdhunde hetzte einen flüchtenden Reiter. »Wenn ich die jetzt hätte«, sagte er und kuschelte sich in seinen Fernsehsessel, »das wär 'n Geschäft. Die würde ich züchten wie die Karnickel. Das wären die richtigen Kerle für unsere Kunden. Die können was aushalten...«

Willi Wulpert war begeistert. Tierfilme waren überhaupt das Liebste, was er sah.

Nachdem Horst Tenndorf mit seinem Wagen Wiga und Mike zur Schule gebracht hatte, fuhr er zum Polizeipräsidium. Zweiter Stock, links, Zimmer 204. Er klopfte, eine weibliche Stimme rief: »Kommen Sie rein.«

»Tenndorf. Ich bin bei Kommissar Abbels angemeldet. Für zehn Uhr.«

»Ich weiß.« Die Sekretärin zeigte auf eine Tür an der Längswand. »Dort. Herr Abbels ist frei, Sie können hineingehen.«

Es vollzog sich alles in geschäftsmäßiger Routine. Name, Adresse, Beruf, Familienstand, wieviel Kinder...

»Ich glaube, hier liegt ein Irrtum vor. Nicht ich bin der

Dieb, und ich will auch kein Geständnis ablegen, sondern den Täter sollen *Sie* finden«, sagte Tenndorf mit erstaunlichem Mut gegenüber einer deutschen Behörde.

Abbels nickte, sah Tenndorf nachdenklich an und unterbrach das Ausfüllen des Fragebogens. »Bevor Sie überhaupt Ihre Anzeige anbringen: Haben Sie Hoffnung, daß sie Erfolg haben könnte?«

»Was wären wir alle ohne Hoffnungen...«

»Ich bin Kriminalbeamter und kein Philosoph. Was ist passiert? Ihrer Tochter wurde eine Katze, dem Freund Ihrer Tochter ein Hund gestohlen. In der Großen Heide. Zeugen: nur die beiden Kinder. Es soll ein weißer Kleintransporter mit einer falschen Aufschrift gewesen sein. Ende. Was sollen wir damit anfangen? Eine Ringfahndung, wegen eines Kätzchens und eines Hündchens? Das ist wie ein gestohlenes Fahrrad. Was glauben Sie, wieviel Fahrräder täglich bei uns geklaut werden? Wenn wir jedem nachjagen wollten...«

»Ein Tier ist kein Fahrrad. Ein Tier ist ein Lebewesen.«

»Viele Fahrräder tauchen irgendwo wieder auf...«

»Sie wissen genau, daß Pumpi und Micky nicht einfach wieder auftauchen werden... Ich wette, in spätestens einer Woche liegen sie irgendwo auf einem Seziertisch. Wir haben also wenig Zeit...«

»Viel Zeit«, sagte Abbels, und diesmal klang es ehrlich bedrückt. »Wir werden sie nämlich nie finden. In den letzten drei Wochen sind allein im Raum Hannover zweihundertneunzehn Tiere verschwunden. Tiere aller Rassen. Das tollste Stück geschah bei einem Rentner in Vahrenwald. Er züchtete Kaninchen, und als er eines Abends vom Stammtisch nach Hause kommt, ist nichts mehr da... dreiundvierzig Stück weg. Der alte Mann war drauf und dran, sich das Leben zu nehmen. Und jetzt sagen Sie mir mal: Wo sollen wir die Kaninchen suchen? Die brutzeln schon längst in irgendwelchen Brattöpfen.«

»Oder sie warten in einem Labor auf ihren qualvollen Tod.« Tenndorf sah Abbels fragend an. »Die Polizei kennt doch die Forschungsstätten, oder nicht?«

»Einige schon. Die medizinischen und die von den Pharmafirmen. Aber da gibt es eine große Dunkelziffer im Umfeld, und da wissen wir gar nichts. Ohne einen begründeten Verdacht können wir gar nichts tun. Außerdem steht uns ein dicker Brocken im Weg – das Recht für die ›Freiheit der Forschung‹.« Abbels atmete tief durch. »Herr Tenndorf, ich habe selbst einen Hund. Hasso, eine wunderschöne deutsche Dogge. Goldgelb. Hat schon neun Preise gewonnen. Wenn ich daran denke, jemand könnte Hasso... Lassen wir das.« Er wischte sich über die Augen. »Also Ihre Anzeige. Schildern Sie den Tathergang. Wir würden Ihnen ja helfen – wenn wir nur könnten...«

Es kommt nichts dabei heraus, dachte Tenndorf, als er nach einer halben Stunde das Präsidium wieder verließ. Ein Diebstahl wird aktenkundig und wird weggelegt... wegen Geringfügigkeit, wegen Überlastung der Polizei, wegen Aussichtslosigkeit. Eine geringwertige Sache wurde gestohlen...

Bis gegen Mittag fuhr Tenndorf von Anzeigenannahme zu Anzeigenannahme der Zeitungen im Umkreis von Hannover. Überall teilte man seinen Kummer, versprach, den Text an bevorzugter Stelle der Zeitung abzudrucken. Einer sagte sogar: »Wenn man so einen Kerl bekommt, den sollte man selbst für Versuche zur Verfügung stellen!« Und ein Lokalreporter machte mit Tenndorf sofort ein Interview. Überschrift: So werden Kinderherzen gebrochen.

Tenndorf blickte auf die Uhr, setzte sich in einem Café ans Fenster und trank ein Kännchen Mokka. Noch eine halbe Stunde bis zum Besuch bei Prof. Sänfter. Während dieser halben Stunde wurde ihm demonstriert, wie hoffnungslos eine Suche war. Neun weiße Lieferwagen fuhren in dieser Zeit auf der Straße vorbei, und jeder hätte der Tierfänger sein können. Abbels hatte recht: Hier war die Polizei hilflos.

Ein paar Minuten dachte Tenndorf auch an Carola Holthusen. Sie hatte sich angeboten, Wiga und ihren Sohn von der Schule abzuholen. Eine schöne Frau, so um die Dreißig, sah fabelhaft jung aus und hatte zwei Grübchen in den Wangen, wenn sie lachte. Ihr Mann, Holger Holthusen, mußte ein Idiot sein ... von einer solchen Frau läuft man nicht weg nach Australien. Ob sie einen Liebhaber hat? Natürlich hat sie einen ... eine solche Frau bleibt doch nicht allein! Gerade in der Modebranche ergeben sich ungezählte Möglichkeiten. Warum soll sie auch keinen Liebhaber haben? Über die Hälfte des Lebens liegt ja noch vor ihr ... wie bei mir.

Tenndorf bezahlte, watete durch den Schneematsch zu

seinem Wagen und fuhr zur Klinik. In der Tasche hatte er eine Rohskizze der Schwimmhalle für Sänfter; gleich nach dessen Anruf hatte er sie gezeichnet.

Prof. Sänfter war noch in einer Konferenz mit seinen Stationsärzten. Tenndorf nahm vor dem mit Papieren, Broschüren, Röntgenmappen und Zeitschriften übersäten Schreibtisch Platz und wartete. Frau Bordo – Sänfter nannte sie »Château Lafite«, nach einem großen Weingut bei Bordeaux – hatte Tenndorf eine Flasche Mineralwasser gebracht. Ja, rauchen dürfe er. Der Professor rauche auch, viel zu viel!

Tenndorf sah sich um. Regale voller medizinischer Literatur, ein paar eingerahmte Urkunden, die den internationalen Ruf von Sänfter dokumentierten, zwei Fotos von würdigen alten Herren, Sänfters Lehrern für Pathologie und seinem Doktorvater – alles so, wie man sich ein Chefarztzimmer vorstellt. Tenndorf mußte lächeln. Es ist wahr, dachte er. Das Leben ist voller Klischees, aber die wenigsten wollen es wahrhaben.

Sein Blick fiel auf einen kleinen Stapel Fotos. Neugierig beugte er sich vor, betrachtete das obere Bild und zuckte dann von seinem Stuhl hoch.

Die Aufnahme zeigte ein Schaf in einer Wanne, die mit eisigem Wasser gefüllt war. Dicke Eisstücke schwammen auf der Oberfläche. Aus dem Maul und dem Hals führten Schläuche zu einigen Meßgeräten.

Mit zitternden Fingern blätterte Tenndorf die Fotos durch. Nicht nur Schafe waren dort abgebildet. Hunde mit

Elektroden im Kopf, Katzen mit aufquellenden Geschwüren, Meerschweinchen, die apathisch mit geweiteten Augen am Boden hockten.

»Nun, haben Sie genug gesehen, Herr Tenndorf?« fragte eine Stimme von einer Seitentür.

Tenndorf ließ die Fotos auf den Tisch fallen und drehte sich langsam um. Prof. Sänfter war eingetreten, lautlos, in einem blendend weißen Kittel mit Mao-Kragen. Er ging an Tenndorf vorbei, richtete die Fotos wieder zu einem Stapel und schob ein Röntgenkuvert darüber, als bereite ihm der Anblick Schaudern.

»Ich bin wie vor den Kopf geschlagen, Herr Professor...« Tenndorf setzte sich wieder und starrte Sänfter fassungslos an. »Sie also auch...?«

»Möchten Sie einen Kognak?«

»Nein. Danke. Erklären Sie bitte, daß diese Fotos nicht von Ihnen sind...«

»Den Gefallen kann ich Ihnen nicht tun, Herr Tenndorf. Es handelt sich um Forschungsaufnahmen aus meinem Institut.«

Tenndorf erhob sich brüsk, legte die Schwimmhallenskizze auf den Schreibtisch und nahm seinen Mantel über den Arm. »Ich möchte gehen, Herr Professor.«

»Das ist Ihr gutes Recht. Aber vorher sollten wir uns etwas unterhalten.«

»Ich habe Ihnen erzählt, daß die Katze meiner Tochter...«

»Ich habe das nicht vergessen. Ich besitze auch einen

Hund. Einen Schäferhundrüden. Arras heißt er. Mehrfach prämiiert. Ich kann Ihren Schmerz und Ihre Empörung nachempfinden.«

»Und trotzdem...« Tenndorf zeigte auf den Fotostapel. »Das Schaf im Eiswasser. Sie sind fähig, so etwas zu tun?!«

»Reden wir mal ganz vernünftig miteinander. Sie glauben doch wohl nicht, daß die Bilder zufällig hier liegen. Nein, ich wußte, daß Ihnen die Fotos auffallen würden.« Sänfter ging zur Tür des Sekretariats, bestellte bei »Château Lafite« eine Kanne Kaffee und setzte sich Tenndorf gegenüber.

»Sie sehen mich an wie einen Mörder«, sagte er mit einem Anflug von Bitterkeit.

»Soweit möchte ich nicht gehen, Herr Professor, aber...«

»Das ist es, das Aber. Ich möchte Ihnen etwas erzählen, was eigentlich jeder wissen sollte.«

3

Er sah aus, als hätte er die letzten Nächte in kalten Scheunen geschlafen, eingewühlt in Heu und Stroh, am Leben erhalten nur durch mildtätige Menschen, die einen Landstreicher – behördlich »Nichtseßhafter« genannt – nicht sofort von der Tür jagen.

Er schob ein altes Fahrrad vor sich her, auf dessen Gepäckträger ein kleiner Sack mit Wäsche und zwei flachen Blechbüchsen lagen, in denen er eßbare Abfälle sammelte für den Fall, daß ein Tag ohne einen mitfühlenden Menschen verging. Er glich einem biblischen Heiligen: bis zum Brustbein reichender Bart, lange Haare, die auf die Schultern fielen, ein bis zum Boden reichender weiter, dicker grauer Mantel, der nicht nur als Kleidungsstück diente, sondern anscheinend auch als Schlafdecke. – Das einzige wirklich Solide an ihm waren seine Schuhe. Das wichtigste Werkzeug seines Daseins – ohne gute Schuhe ist ein Tippelbruder verloren. Sie müssen dicksohlig, wasserdicht und aus derbem Rindsleder sein. Wer die Welt unter seine Füße nimmt, muß auch auf Steine treten können.

Er kam die Straße von Otternbruch herunter, auf den Lenker des Fahrrades gestützt, sichtlich müde trotz der morgendlichen Stunde, schwenkte an der Kreuzung ab und trottete den Privatweg des Wulpert-Hofes entlang. Vor den Ställen blieb er stehen, lehnte das Rad an eine Mauer und sah sich um.

Willi Wulpert, der aus dem Wohnhaus kam, um nach Hamburg zu fahren, wo ein internationaler Tierhändler auf ihn wartete, der Affen aus Borneo, Celebes und West-Irian in großer Menge anzubieten hatte, Willi Wulpert also blieb erstaunt stehen und kam dann näher. Der Landstreicher grinste breit und zutraulich.

»Wie bist du reingekommen?« fragte Wulpert barsch.

»Über die Straße und durchs Tor...«

»Das Tor war offen?!«

»Zum Drüberklettern ist's zu hoch...« Der Landstreicher hob lauschend den Kopf. »Das ist ja ein Gebell! Sie müssen 'ne Masse Hunde haben. Wohl Jäger, was? 'ne Meute Jagdhunde? Da habe ich mal in Frankreich bei einem Marquis übernachtet, in 'nem richtigen Schloß, so mit Türmchen und so, der hatte vierunddreißig Jagdhunde, die ihm das Wild vor die Flinte trieben. Und in Spanien...«

»Was willst du hier?« unterbrach Wulpert grob.

»'ne Art Frühstück, wie man so sagt. Kann auch altes Brot sein. 'nen Schluck Kaffee könnte ich auch vertragen. Saukalt ist's geworden.«

Wulpert musterte den Tippelbruder. Im Sommer standen oftmals solche »Wanderer« vor seiner Tür, bekamen Kaffee, ein Wurstbrot oder übriggebliebene Kartoffeln. Und wer arbeiten wollte und es auch tat, konnte sich mit Schinken und Speck vollschlagen und erhielt sogar eine Flasche Korn als Prämie. Aber länger als zwei Wochen war kaum einer geblieben... die Verlockung der Ferne und der Freiheit waren stärker.

»Hast den Absprung verpaßt, was? Deine Kumpane haben längst ihr Winterquartier bezogen.« Wulpert winkte dem Landstreicher zu, trat mit ihm unter das Garagendach und bot ihm eine Zigarette an.

»Bei mir hat's nicht geklappt. Mich haben se um 'n warmes Bett beschissen.« Der bärtige dürre Mensch inhalierte gierig den Zigarettenrauch. »Zum erstenmal seit sieben Jahren. Scheiße, sage ich! Jedes Jahr ist's mir gelungen: Ein kleiner Diebstahl, so gerade am Mundraub vorbei, den sie ja immer milde beurteilen, brachte jedesmal rund fünf Monate Knast... von November bis März. Gut zu fressen, ein warmes Bettchen, Radio, Hausbibliothek und tolle Bekanntschaften für später. Die reinste Erholung ist das für mich. Sieben Monate auf Walze, fünf Monate Urlaub, bezahlt vom guten Vater Staat, das ist doch was, oder...?!«

»Und das ist dieses Mal schiefgegangen?« Wulpert musterte den Landstreicher schon etwas wohlwollender. Einige Gedanken gingen ihm durch den Kopf, die ihm beim Anblick des Halbverhungerten plötzlich gekommen waren.

»Und wie in die Hose! Ich heiße übrigens Laurenz Kabelmann. Sie können Lauro zu mir sagen, das sagen sie alle. Beruf – jeh, ist das lange her – Metzger. Dann war ich im Zoo, zuletzt Tierpfleger. War eigentlich 'ne schöne Zeit, wenn ich da zurückdenke.«

»Du warst Tierpfleger?« Wulpert reichte ihm die zweite Zigarette. »Bei was denn?«

»Erst bei den Lamas. Aber da wollte ich bald weg. Die spuckten mich immer an. Ich bin ja hart im Nehmen, aber immer nur Spucke im Gesicht – nee! Dann war ich bei den Bären. Das sind Typen! Sehen so harmlos aus, so putzig, wie 'n Spieltier, kraule-kraule hinterm Ohr. Von wegen! Nachdem sie mir dreimal die Arschbacke aufgehackt hatten, wollte ich endgültig weg. Dann bekam ich die Affen... war das schön. Wenn ich an den Schimpansen Bongo denke, kommen mir jetzt noch die Tränen. Aber dann flog ich doch raus, weil ich mit Bongo eines Abends so richtig gesoffen hatte. Haben Sie schon mal 'nen besoffenen Affen gesehen? Das ist ein Theater...«

»Du kennst dich mit Affen aus?« Wulpert sah Laurenz

Kabelmann nachdenklich an. Wenn das Geschäft in Hamburg klappte, kann ich den Kerl gut gebrauchen, dachte er. Es werden dann laufend Affen geliefert. Ich muß eine Quarantänestation bauen, eine neue Investition, aber sie lohnt sich. Auf Affen sind die Forschungsinstitute ganz wild, da können sie experimentieren wie am Menschen. Das gibt fabelhafte Preise.

»Kommen Sie mal mit, Lauro...«

Wenig später saß Kabelmann in Halle II auf einem Hokker und blickte die langen Reihen Drahtkäfige entlang. Gebell, Gekreische, Miauen und ein unbeschreiblicher Gestank von Kot, Urin und Verfaultem umgaben ihn.

Wulpert schien das nicht mehr zu riechen. »Na?« fragte er.

»Das haut den stärksten Goliath um! Junge, Junge... wieviel sind das denn?«

»Das kann ich dir nur nach der Tagesliste sagen. Das geht hier rein und raus. Ist das was für dich? Der Winter ist gerettet. Du bekommst 'ne warme Bude, soviel Essen, daß du dich verdoppeln kannst, einen vernünftigen Lohn...«

»Wieviel, Chef?«

»Stunde acht Mark... netto, steuerfrei, schwarz in die Hand...«

»Zehn, Chef...«

»Acht, oder du kannst dir weiter den Arsch abfrieren!« Wulpert stützte sich auf seinen Stock. Der verdammte Beinstumpf juckte und brannte. Es gab anderes Wetter. »Also – was ist?«

»Ich hab' 'ne Abneigung gegen Ratten, Mäuse und so 'n Zeug. Aber 'ne warme Bude, gutes Essen... Gibt's hier auch zackige Weiber?«

»Das ist deine Sache!« Wulpert lachte kurz auf. »Mit acht Mark Stundenlohn netto kannste dir ab und zu einen Ausflug nach Hannover leisten.«

»Das ist wahr. Das ist wahr!« Kabelmann geriet in sichtbare Begeisterung. »So 'n richtiger Puffbummel, den kann sich unsereins sonst ja nie gönnen. Aber ich habe nur Ahnung von Lamas, Bären und Affen, Chef.«

»Es werden in Kürze so viele Affen kommen, daß du ins Schwitzen kommst.« Wulpert hielt seine Hand hin. »Abgemacht? Aber eins sag' ich dir schon vorweg: Wenn du bei mir auch mit den Affen säufst, fliegst du sofort. Ich brauche kerngesunde Primaten...«

»*Was* brauchen Sie?« Kabelmann starrte Wulpert verblüfft an.

»Primaten! So nennen die Wissenschaftler die Affen, weil sie aus der Vorstufe des Menschen stammen...«

»Aha. Muß man ja wissen.« Kabelmann zögerte noch einen Augenblick, dann schlug er in die angebotene Hand ein. Der Vertrag war damit nach uralter Bauernregel geschlossen. Für den Winter war er versorgt. Und die Arbeit? Die konnte man so einteilen, daß sie nicht belastete. Ob jeder Käfig jeden Tag gesäubert wurde, darauf kam es nicht an. Er hatte bei der Führung durch die Hallen genug Dreck gesehen, wochenalten Dreck, in dem die Tiere lebten, in so engen Käfigen, daß sie sich oft nicht einmal umdrehen konnten. »Wann kann ich anfangen?«

»Sofort, Lauro.« Wulpert blickte auf die Uhr. Er hatte noch ein wenig Zeit. Die Fahrt nach Hamburg über die Autobahn war kein Problem. »Wir gehen jetzt ins Haus, und meine Frau wird alles regeln.«

»Zuerst 'ne Tasse Kaffee, Chef.« Kabelmann zog die Schultern hoch. »Ich hab' schon Eis in den Knochen...«

Im umgebauten Bauernhof – Wulpert hatte die Fassade mit dem herrlichen Fachwerk gelassen, aber innen alles umgekrempelt und mit schweren, geschnitzten Eichenmöbeln ausstaffiert, weil nach seiner Meinung geschnitzte Möbel der absolute Höhepunkt deutscher Wohnkultur waren – saß Laurenz Kabelmann dann an dem großen Eßzimmertisch, aß, nein fraß einen Berg Schinkenbrote, trank zwei Kannen Kaffee dazu und erzählte von seinem Pech mit der diesjährigen Überwinterung. Dreimal hatte ihn der Richter nun auf Bewährung verdonnert – was Kabelmann als Unrecht empfand! Auf jeden Fall war der günstigste Zeitpunkt vorbei, und eine größere Sache wollte Kabelmann nicht riskieren. Neun oder gar zwölf Monate waren zuviel. Es wurde immer schwerer, genau die richtige Tat für fünf Monate zu begehen. Die Strafanstalten waren überfüllt mit Gaunern, die ein warmes Bett nicht so nötig hatten wie er. Irgendwie war das soziale Gewissen des Staates nicht mehr in Ordnung.

»Du bist wohl verrückt geworden, Willi?!« sagte Emmi Wulpert, die ihrem Mann zum Auto nachgelaufen war. »Wie kannst du so ein Individuum einstellen? Der Kerl stinkt gegen den Wind!«

»Wenn er zweimal gebadet hat, nicht mehr.« Wulpert gab seiner Frau einen Kuß auf die Stirn. »Beruhige dich, Emmi. Der Bursche ist nicht übel, und außerdem hat er im Zoo Affenpflege gelernt. Genau der richtige Mann für uns.«

»Hast du gesehen, wie der frißt?«

»Auch das läßt bald nach. Und wenn er sich vom ersten Monatslohn einen richtigen Anzug kauft, sieht er schon anders aus.«

»Der Bart und diese Haare, alles verfilzt! Hast du das gesehen?«

»Ich sage ja: Ein Bad, und er ist wieder ein Mensch.«

»Und wenn er Läuse hat?«

»Dann richten wir eine neue Abteilung ein: Menschenläuse, Stück zehn Mark. Auch die werden gekauft.« Wulpert lachte und stieg in seinen Wagen. »Die Labors können alles gebrauchen, was sich bewegt. Zeig Lauro die Kammer hinter dem Ziegenstall. Da hat er alles, was er braucht. Wasser, Licht und ein Bett. Tschüß, Emmi...«

Wulpert fuhr frohgemut nach Hamburg. Das war ein guter Fang, dachte er. So schneit einem das Angenehme ins Haus: ein gelernter Tierpfleger. Affenspezialist. Das Glück liegt tatsächlich auf der Straße.

Laurenz Kabelmann war mit der Kammer hinter dem Ziegenstall sehr zufrieden. Sie besaß, durch eine Gerätekammer hindurch, einen eigenen Eingang... ein Tor zur geliebten Freiheit war also immer erreichbar. Er hängte seinen langen schweren Mantel an einen Haken, setzte sich auf die

Bettkante und rieb sich wie ein beschenkter Junge die Hände.

»Hab' ich 'n Glück!« sagte er, treuherzig zu der abweisenden Emmi Wulpert hinaufblickend. »Den Winter auf der Walze, den überlebst du nicht, habe ich gedacht. Kein Knast will dich haben... der Staat bringt dich also jetzt um. Lauf, solange du noch laufen kannst, und dann fall um und verreck im Schnee... Und da treffe ich Ihren Mann! Welch ein Herz für unsereins, welch eine Seele. Ein Samariter, ja, ein Samariter, das ist er. Das muß er auch sein... wer die Tiere so liebt wie er, ist auch ein guter Mensch.«

»Wo haben Sie Ihre Sachen?« Emmi Wulpert überhörte die Lobeshymne auf ihren Mann.

»Hinten, auf dem Rad. Ein kleiner Sack...«

»Hemden?«

»Zwei, und zwei Unterhosen, ein Paar Strümpfe, ein Halstuch... man ist ja bescheiden geworden...«

»Bringen Sie das in die Waschküche.«

»Waschküche? Werden sich die Hemden und Hosen wundern! Bisher hab' ich die immer in 'nem Bach oder 'nem Tümpel gewaschen. Gebügelt werden die auch?«

»Selbstverständlich.«

»Gebügelt! Meine Hemden! Die werden so vornehm werden, daß ich sie nicht mehr anziehen kann...«

»Und Sie baden jetzt!« Emmi Wulpert zeigte auf sein Gesicht. »Der Bart, muß der sein?«

»Der gehört zu meinem Image«, sagte Kabelmann betont. Es klang sogar stolz.

»So lang und zottelig?«

»Nicht die Haartracht macht einen Menschen, sondern sein Charakter.«

»Da haben wir ja noch etwas zu erwarten.« Emmi Wulpert wurde immer mißtrauischer, je länger sie mit Kabelmann sprach. Es war nicht erklärbar, der Mann war höflich, seine Verwilderung hatte viele Gründe, von denen er einige erzählt hatte – und trotzdem, sie spürte eine innere Abwehr, die zur Vorsicht gemahnte.

»Wer wohnt denn alles im Haus?« fragte Kabelmann. Er erhob sich mit einem Seufzer von der Bettkante, murmelte etwas wie »Baden... auch das noch« und zog seinen geflickten Parka aus, den er unter dem Mantel getragen hatte. Es war seine einzige Jacke.

»Am Tag haben wir noch einen Tierpfleger hier. Sie haben ihn ja gesehen. Sonst mein Mann, ich, mein Sohn. Und jetzt noch Sie.«

»Ein Sohn ist auch noch hier?« Kabelmann setzte sich wieder. »Wie alt? Wenn ich dem nicht gefalle, gibt's sicher sofort Krach.«

»Josef ist neunundzwanzig, und wenn mein Mann Sie eingestellt hat, ist das auch für ihn in Ordnung. Bei meinem Mann gibt es keine Widerworte.«

»Das muß man sich merken. Wo ist der Josef jetzt?«

»Unterwegs!« Das klang so abweisend, daß Kabelmann auf weitere Fragen verzichtete.

Er badete fast eine Stunde lang. Als er dann wieder bei Emmi Wulpert erschien, sah er wesentlich sympathischer aus. Er hatte sogar seinen Bart etwas gestutzt und die Wangen rasiert.

»Ich bin ein hygienischer Mensch, Chefin«, sagte er, »auch wenn's keiner glaubt. Aber mein Rasierzeug habe ich überall mit. Das muß ich Ihnen mal erzählen. Da war ich vor drei Jahren auf Sizilien...«

»Sie sind zwar erst ab morgen eingestellt«, unterbrach Emmi Wulpert ihn barsch, »aber wenn Sie wollen, können Sie sich schon heute ein paar Mark verdienen.«

»Acht Mark pro Stunde, Chefin. Ohne Abzüge...«

»Ich weiß. In etwa einer halben Stunde kommt Josef zurück. Holen Sie große und kleine Käfige und stellen Sie sie neben den Aufnahmekäfig mit dem Laufgitter. Dann können Sie in Halle I die Abteilung V saubermachen. Die Kaninchen werden morgen früh abgeholt.«

»Bringt Ihr Sohn einen neuen Transport?«

»Ja.« Und dann, angeekelt: »Ihre Wäsche ist eine Zumutung...«

Emmi Wulpert ließ ihn stehen, und Kabelmann blickte ihr nach, auch dann noch, als die Tür längst hinter ihr zugefallen war. Dann ging er durch die Halle II, zu seiner Kammer. Auf dem Weg dahin blieb er vor den beiden Ziegenställen stehen und nickte den Tieren zu. »Daß ihr mir nachts nicht meckert«, sagte er fröhlich. »Ich hab' einen leichten Schlaf. Wir wollen doch friedliche Nachbarn sein, was?«

Laurenz Kabelmann tat, was man ihm aufgetragen hatte. Er schleppte die Käfige zum Aufnahmekäfig, reinigte dann die völlig verdreckten Kaninchenboxen, die – für drei Tiere berechnet – mit der doppelten Anzahl belegt waren, und bürstete sogar das Fell der fast schon apathischen Tiere aus. Seine Arbeit wurde von lautem Hupen auf dem Hof unterbrochen. Josef war gekommen.

Gespannt, wie ein Wildtier lauernd, wartete Kabelmann auf die Begegnung mit dem jungen Wulpert. Dieser erste Eindruck, dieses erste Gegenüberstehen würden entscheidend für seinen geretteten Winter sein. Das beste Essen wird ungenießbar, wenn einer immer auf den Teller spuckt.

Josef Wulpert sah Laurenz Kabelmann nur kurz an, als dieser ins Freie trat. Der weiße VW-Kastenwagen war an die Rampe der Halle I gefahren worden, Josef schob das Laufgitter an die Rücktür und nickte Kabelmann zu. Er zeigte sich überhaupt nicht überrascht. Aus dem Inneren des Wagens ertönte Gebell, dann dumpfe Schläge. Mehrere Körper schienen sich immer wieder gegen das Blech zu werfen.

»Ich heiße Josef«, sagte der junge Wulpert kurz.

»Ich Laurenz, genannt Lauro...«

»Mein Vater hat dich eingestellt?«

»Und gebadet und rasiert hab' ich auch!« Kabelmann grinste breit. Josef Wulpert grinste zurück. Das Problem war gelöst. Man mochte einander auf Anhieb.

»Was haben Sie denn da drin?« fragte Kabelmann und klopfte an den VW.

»Zwölf Hunde und neun Katzen. Heute lief's wie geschmiert. Wo ist mein Vater?«

»In Hamburg. Affen holen.«

»Ha! Das klappt tatsächlich?«

»Muß wohl. Fragen Sie die Chefin. Ich hab' das nur so am Rande mitgekriegt.« Er rieb sich die Hände. »Ich freue mich schon drauf.«

»Auf die Affen?«

»Ja. – Ich war doch mal Affenpfleger im Zoo.«

Sie luden die eingefangenen Tiere aus. Die meisten hatten Bißwunden oder waren so verängstigt, daß sie zitternd durch den Laufgang in den Aufnahmekäfig schlichen. Es waren zwei Collies darunter, wunderbare Tiere, denen man die ständige Pflege ansah. Einer trug sogar ein Halsband mit einem goldenen Schild. »Mogul« stand darauf... Mogul wie die sagenhaft reichen Herrscher Indiens vor Hunderten von Jahren.

»Ein Prachtkerl!« sagte Kabelmann. »Wo ist denn der her?«

»Von 'ner Villa in Eilenriede. Der bringt 'nen Batzen Geld.«

Die Arbeit verlief komplikationslos. Die Tiere wurden in ihre Drahtkäfige getrieben, mit einem Elektrokarren zu den freien Plätzen in den Hallen gefahren und dort abgestellt wie irgendeine Stapelware. Nur die beiden Collies kamen in einen richtigen Stall mit kleinem Auslauf und einem Bretterverschlag, in dem sie schlafen konnten. Sie standen dann fast bewegungslos am Gitter und sahen die Männer ratlos und flehend an. Es kostete Kabelmann Überwindung, sich von ihrem Blick loszureißen und hinter Josef Wulpert herzulaufen, um das Innere des Wagens auszuspritzen und zu säubern.

»Beginnen wir mit einer Frage, Herr Tenndorf«, sagte Prof. Sänfter, nachdem »Château Lafite« eine Kanne starken Kaffee gebracht hatte. »Sie haben eine Tochter, nicht wahr?«

»Ja. Wiga. Acht Jahre alt.«

»War Ihre Tochter schon einmal krank? So richtige Kinderkrankheiten, Wasserpocken, Masern, Mumps...«

«Ja. Mumps.«

Sänfter rührte in seiner Kaffeetasse herum. »Auch Ziegenpeter genannt, Bauernwetzel, Wochentölpel, wissenschaftlich Parotitis epidemica. Diese nichteitrige Ohrspeicheldrüsen-Schwellung hat im Volksmund viele Namen und ist über die ganze Erde verbreitet. Der Erreger ist der Mumps-Virus, entdeckt von Johnson und Goodpasture. Im allgemeinen harmlos, kann er aber auch das Zentralnervensystem in Mitleidenschaft ziehen. Dann wird es ernster: Meningitis, hin und wieder auch Enzephalitis. Komplikationen kann man bei jeder Krankheit erwarten.«

Tenndorf sah Prof. Sänfter irritiert an. Noch begriff er nicht, wohin die Mumpserzählung führen sollte.

Sänfter trank einen Schluck Kaffee, sagte genußvoll: »Ah! Das ist mal wieder ein Kaffee, so richtig dick und ungesund!« und sah dann Tenndorf fragend an. »Haben Sie Ihre Tochter impfen lassen?«

»Natürlich. Eine Kombinationsimpfung...«

»Natürlich! Wieso ist das natürlich? An den Impfstoffen wurde jahrelang geforscht...«

»Bitte, Herr Professor, kommen Sie jetzt nicht damit!« unterbrach ihn Tenndorf und hob abwehrend beide Hände.

»Aber ja komme ich damit. Damit Ihre Tochter vor Pokken und anderen Krankheiten geschützt ist, damit sie keinen Mumps, keine Kinderlähmung, keine Lungentuberkulose bekommt, mußten vorher Hunderttausende von Tieren an den Versuchen sterben. Nicht Tausende... nein, Hunderttausende! Wissen Sie, wie hoch die Norm ist, um ein einziges Arzneimittel bis zur Marktreife durchzutesten? Einhunderttausend Versuchstiere! Für *ein* Mittel! Und das alles nur für die Gesundheit der Menschen, für ihre Heilung, gegen Schmerz und Seuchen, zur Verlängerung des Lebens! Wenn Sie morgen Schnupfen bekommen oder Husten, dann regt Sie das nicht auf – Sie nehmen Tropfen und Pillen, und weg ist die Infektion. Früher endete eine Erkältung oft in einer tödlichen Lungenentzündung. Wissen Sie, wieviel Millionen in aller Welt starben, bevor es die Antibiotika gab? Warum gibt es heute nicht mehr wie im Mittelalter Choleraepidemien, Pestseuchen, Typhuskatastrophen? Weil wir uns wirksam dagegen schützen können, durch Hygienemittel, durch Medikamente, Impfstoffe, Lebendvakzine... alles erforscht im Tierversuch. Soll das gestoppt werden? Sollen wir zurückfallen in die Zeit, wo ein vereiterter Blinddarm ein Todesurteil war? Wenn die ohne Zweifel ehrenwerten Tierschützer und Gegner der Tierversuche einmal selbst krank werden – was tun sie dann? Sie rufen ihren Hausarzt, der gibt ihnen eine Injektion oder eine Salbe oder eine Kapsel, und jeder Kranke erwartet, daß er nun gesund wird. Aber keiner denkt mehr daran, daß für diese Medikamente Millionen Tiere sterben mußten. Auch die

Tierschützer denken nicht daran – sie wollen ja gesund werden. Hier beginnt in meinen Augen eine ungeheure, schädliche Heuchelei! Selbst den Segen der modernen Medizin auszunutzen, aber gegen die Entdecker der helfenden Präparate ins Feld zu ziehen. Mit Transparenten ist noch niemand geheilt worden! Auch Sprechchöre sind keine Therapie!«

»Muß man rasierten Kaninchen neue Waschmittel in die Haut massieren? Müssen Katzen neue Bodenreiniger schlucken? Müssen Tausende Kaninchen blind werden, um neue kosmetische Augentropfen zu testen, nur, damit die Damen abends große, leuchtende Augen haben?«

»Ich spreche von der medizinischen Forschung«, antwortete Sänfter steif.

»Sie macht nur zehn Prozent der Tierexperimente aus. Lidschatten und Nagellack, Aromastoffe für Lebensmittel und Holzkonservierungsmittel werden an Tieren erprobt... davon spreche *ich*. Wenn ich mir vorstelle, daß unsere Micky in einem Gestell hängt und durch eine Sonde ein neues Fensterputzmittel schlucken muß, dann könnte ich um mich schlagen.«

»Ich gebe Ihnen – mit Einschränkungen – recht, Herr Tenndorf.« Prof. Sänfter erhob sich. »Alles im Leben hat zwei Seiten. Das ist zwar abgedroschen, aber immer noch die Wahrheit. Kein anderer Spruch ist umfassender.« Er knöpfte seinen weißen Kittel zu und kam um den Schreibtisch herum. »Darf ich Sie einladen, mein Labor zu besichtigen?«

»Ihre Versuche an... an Tieren?«

»Ja. Am 5. Juni 1981, bei der Durchsicht des Hauptbuches für die Verteilung von Pentamidin an amerikanische Kliniken wurde man zum erstenmal stutzig. Die Zahl der Patienten, die mit diesem Antibiotikum behandelt wurden, war ungewöhnlich hoch. Das Mittel war zur Bekämpfung eines einzigen Mikroorganismus entwickelt worden: Pneumocystis carinii. Im Großen gesehen für den Menschen ungefährlich, nur bei denen, deren Abwehrkräfte geschwächt sind, kann es zur schweren Lungenentzündung kommen. Nachfragen ergaben: Die Erkrankten waren alle junge Männer, lebten in Los Angeles und waren homosexuell. Es gab für dieses Phänomen keine Erklärung, zunächst nicht... aber so beginnt die Geschichte einer Krankheit, die zu einer neuen Geißel der Menschheit werden kann: AIDS! Im Januar 1982 lagen der staatlichen amerikanischen Gesundheitsbehörde CDC bereits 202 Fälle der neuen Krankheit vor, und alle 202 Patienten starben. Nun begann eine verzweifelte Forschung, ein Wettrennen mit der Zeit, denn die tödlichen Immunschwächen häuften sich dramatisch: Im August 1983 zählte man wöchentlich 60 neue Fälle... 1984 waren es pro Woche 100!«

Sänfter blieb an der Tür stehen, die Hand auf der Klinke. »Wissen Sie, wie der Stand heute ist? Allein in Deutschland gibt es jetzt rund 300000 AIDS-Kranke. Ein großer Teil ist nicht selbst gefährdet, aber Zwischenträger des Virus HTLV-3. 300000 lebende Zeitbomben, Herr Tenndorf – wenn hier nicht etwas geschieht, die Dunkelziffer der Infizierten kennen wir nicht, aber schon der Gedanke an die Zahl läßt uns erschauern, erlebt die Menschheit eine neue Seuche mit rasend schneller Verbreitung.« Sänfter drückte die Klinke herunter. »Auf der Isolierstation meiner Klinik leben zur Zeit drei AIDS-Kranke. Ich weiß, daß sie sterben müssen, ich weiß, daß ich sie mit unzulänglichen Mitteln behandele, ich weiß, daß ich als Arzt heute noch hilflos bin. Können Sie dieses schreckliche Gefühl nachempfinden? Aber ich will nicht hilflos sein ... ich kämpfe mit gegen diese heimtückische Krankheit. Darf ich bitten?«

Sie fuhren mit dem Lift in den Keller und erreichten nach zwei Infektionsschleusen das Forschungslabor. Sie hatten sterile Kleidung angezogen ... weiße Hose, weißer Kittel, alles desinfiziert. Die Schuhe waren aus Gummi, vor dem Gesicht trugen sie einen Mundschutz. Die Hände staken in Gummihandschuhen. Später, beim Hinausgehen, würden sie alles in der ersten Schleuse abgeben zur Sterilisierung.

Zwei junge Biochemiker begrüßten Sänfter und Tenndorf. Sie standen im vorderen Raum des Versuchskellers vor langen Labortischen, überwachten Kolben und Reagenzgläser, fertigten Präparate für das Elektronenmikroskop an und kontrollierten die einzelnen Experimentalreihen.

»Mein Privatlabor«, sagte Sänfter etwas undeutlich unter der Gesichtsmaske. »Ich habe bisher rund drei Millionen darin investiert. AIDS ist nur eine der Krankheiten, die hier durchgetestet werden. Die Virenforschung ist heute das wohl wichtigste Gebiet der Medizin.«

Sie betraten den zweiten Raum. Schon an der Tür blieb

Tenndorf wie angewurzelt stehen. Der Raum blitzte vor Sauberkeit. Gekachelter Boden, gekachelte Wände, Klimaanlage – eine keimfreie Höhle. In bequemen Käfigen saßen oder lagen Hunde und Kaninchen, in einem großen Käfig jagten drei Äffchen herum und quietschten erfreut, als sie Sänfter erkannten. Auf einem langen Marmortisch lagen zwei kleinere Hunde... tot und offenbar gerade erst seziert. Lungen, Leber, Milz und das Gehirn waren entfernt worden.

Tenndorf rührte sich nicht von der Tür. Prof. Sänfter ging an den Affenkäfig heran, sprach mit den Äffchen und reichte ihnen aus einer Kiste eine Banane.

»Die beiden sezierten Hunde waren mit AIDS-Viren geimpft. Auch die Affen sind mit AIDS infiziert. Es hat sich die Theorie gefestigt, daß die ersten AIDS-Träger Affen waren. Also müßte man bei Forschungen an den Primaten weiterkommen.«

Sänfter trat vom Käfig zurück, ging zu einer Art Pult und hielt Tenndorf einige Vergrößerungen von Mikrofotografien hin. »Hier, sehen Sie sich das an. So sieht ein AIDS-Retrovirus HTLV-3 aus. Dieses kugelförmige, genau abgegrenzte Gebilde ist das reife Virus. Ein mikroskopisch kleines Teilchen, dessen Durchmesser wir in Hundertstel Nanometer messen und das man nur im Elektronenmikroskop bei 100000facher Vergrößerung sehen kann. Und trotzdem kann es die T-Helfer-Zellen, die Regler unserer Immunabwehr, zerstören. Die Abwehrkraft des Organismus bricht zusammen... der Mensch stirbt qualvoll.« Sänfter zeigte auf die noch munteren Äffchen. »Diese Affen werden nicht nach langem Leiden eingehen – sie werden in einem bestimmten AIDS-Stadium schmerzlos getötet, allein nur zu dem Zweck, Millionen Menschen zu helfen und eine schreckliche Krankheit zu besiegen. Ist das verdammungswürdig?«

»Ich darf nicht daran denken, daß dort auf dem Tisch Pumpi und Micky liegen könnten…« Tenndorfs Stimme klang heiser hinter dem Mundschutz. Die Äffchen knabberten ihre Bananen und waren in den Augen der Wissenschaft bereits tot. »Gibt es keine anderen Forschungsmöglichkeiten, Herr Professor?«

»Nein! Ganz klar: Nein! Woran soll man die Entwicklung von Krankheiten erkennen, wenn nicht am lebenden Organismus? Wie kann man Gegenmittel entwickeln, ohne sie am kranken Lebewesen auszuprobieren? Versuche an Menschen? Auch die gibt es schon. Es melden sich überall Probanden, die sich für ein gutes Honorar der pharmazeutischen Forschung zur Verfügung stellen… solange keine absolute Lebensgefahr besteht. In Amerika – aber nur da ist das möglich – haben sich vor einiger Zeit zu lebenslänglich Zuchthaus oder zum Tode Verurteilte für Experimente zur Verfügung gestellt, bis ein lauter Protest diese wirkliche Unmenschlichkeit stoppte. Die Freiwilligen wurden sogar mit einigen Krebsarten infiziert. Aber ich glaube nie und nimmer, daß sich Freiwillige für AIDS-Forschungen zur Verfügung stellen. Was bleibt also für den Kampf gegen eine Geißel der Menschheit? Nur das Tier!«

»Ich möchte gehen, Herr Professor«, sagte Tenndorf tonlos. »Bitte, bringen Sie mich aus dieser sterilen Höhle hinaus. Ich sehe nur durch Menschenhand todgeweihte Tiere...«

»... und vergessen dabei die todgeweihten Menschen. Gehen wir.«

Sie verließen den Keller, fuhren mit dem Lift wieder hinauf in die Klinik und blieben in der Eingangshalle stehen – Professor Sänfter blickte auf seine Armbanduhr. »Ich müßte jetzt auf die Intensivstation«, sagte er. »Kommen Sie mit?«

»Nicht unbedingt...«

»Ich habe Verständnis dafür, Herr Tenndorf. Es gibt viele Menschen, die keine kranken Menschen sehen können. Schade. Aber gerade auf der Intensivstation hätte ich Ihnen zeigen können, wie wir Menschen retten, mit Medikamenten und Maschinen, die wir nur am Tier entwickeln konnten.« Prof. Sänfter hielt Tenndorf die Hand hin. »Denken Sie mal darüber nach...«

»Das ändert nichts daran, daß ich Micky und Pumpi suchen werde und die Tierfänger dazu!«

»Tun Sie das. Übrigens, das habe ich noch vergessen: In meinem Labor haben wir keine gestohlenen Hunde. Ich bekomme die Tiere ausschließlich aus Tierzuchtanstalten.«

»Das gibt es?«

»Aber ja. Fast jede große Hochschule hat sie. Die Freie Universität in Berlin zum Beispiel hat einen eigenen Bau dafür, eine Art Pyramide aus Beton. Dort leben rund 88000

Versuchstiere.« Sänfter hob die Hand. »Bau! Wir haben uns noch nicht über die neue Schwimmhalle unterhalten.«

»Ach ja.« Tenndorf holte aus der Tasche die Rohskizze. »Es sind nur Gedanken, Herr Professor. Vorschläge.« Er reichte ihm die Papiere hin. »Wir können jederzeit darüber sprechen.«

»Danke.« Sänfter steckte die Zeichnungen ungesehen in die Tasche. »Ich rufe Sie an, Herr Tenndorf.« Noch ein freundliches Nicken, dann verschwand Sänfter im Lift nach oben.

Tenndorf wartete, bis die Kabine unter der Decke verschwand, und wandte sich dann um. Den Bauherrn bin ich los, dachte er und verließ die Klinik. Rund zwanzigtausend Mark Architektenhonorar sind weg. Aber auch für zwanzigtausend gäbe ich Micky nicht her! Es gibt Dinge im Leben, die unbezahlbar sind... und wenn es *nur* eine kleine Katze ist.

Der neue Helfer stellte sich ganz brauchbar an, soweit man das am ersten Tag beurteilen konnte.

Als Willi Wulpert sehr spät aus Hamburg zurückkam, brannte noch Licht in Halle II. Emmi und Josef waren schon längst ins Bett gegangen, ohne auf ihn zu warten. Das hatten sie aufgegeben; es kam öfter vor, daß Wulpert sich entschloß, auswärts zu übernachten. Oft im Geschäftsleben werden Verträge bei einem guten Essen und noch besserem Wein ausgehandelt, und da war Wulpert vorsichtig und bezog lieber ein Hotelzimmer als eine Polizeizelle wegen zu hohen Alkoholanteils im Blut.

In Halle II arbeitete noch Laurenz Kabelmann. Er hatte den Boden abgespritzt und nach den Kaninchenkäfigen auch die Hundeboxen gesäubert. Als Wulpert eintrat, bürstete er gerade das Fell eines alten Sennhundes, eines der »voroperierten« Tiere, die schon einige chirurgische Eingriffe hinter sich hatten und nun auf ihren Versand zu Industrielabors warteten... auf die Endstation.

»Da haut einer aber Stunden runter!« sagte Wulpert gemütlich. »Aber für den, den du gerade im Schönheitssalon hast, kriegste keinen Pfennig, Lauro! Das ist ein Krüppel, den ich im Dutzend billiger verkaufe. Der braucht keine ondulierten Löckchen mehr.«

Er lachte kräftig über seinen bitteren Witz und ging dann die Reihe der Hundeboxen ab. Vor einem Drahtkäfig blieb er stehen. In ihm kauerte ein Hund mit einem schwarz-weiß-roten Fell. Wulpert schüttelte den Kopf und winkte Kabelmann heran.

»Hast du den Kerl gesehen? Das ist eine Type, was?! Schwarz-weiß-rot... da juckt mein Nationalgefühl! Der kommt in kein Labor, den behalte ich für mich. Mach einen Auslaufstall frei. Was für 'nen Namen würdest du dem geben?«

»Bismarck...«

»Bismarck? Hast du 'nen Aderriß im Gehirn?! Der heißt ab sofort ›Fähnchen‹. Die Flagge schwarz-weiß-rot... Guck nicht so dämlich, Lauro, für die Farben habe ich mein Bein verloren.« Er beugte sich zu dem Drahtgitter vor, schnalzte mit der Zunge, sagte fast zärtlich: »Ja, wo ist er denn? Wo ist Fähnchen? Komm her, Fähnchen. Komm zu Herrchen, Fähnchen...« Aber der Hund rührte sich nicht. Er kroch nur noch enger in die Ecke des Käfigs. Pumpi hatte Angst... und zudem war Micky nicht mehr bei ihm. Irgendwo in der großen Halle saß auch sie in einem engen Käfig, leckte ihre Wunden und war völlig verstört.

Am nächsten Tag, nach dem Mittagessen, bei dem Kabelmann drei Teller leerte – es gab Nudeln mit Rindfleisch –, bat er um eine Stunde Urlaub. Er habe gestern acht Stunden gearbeitet, das mache vierundsechzig Mark, die solle man ihm bitte auszahlen. Davon wolle er zwei Hemden und zwei Unterhosen kaufen, damit die Chefin nicht weiterhin denke, er sei ein Schwein. Wulpert lachte laut, gab ihm frei, und Kabelmann fuhr mit seinem Rad nach Otternbruch.

Er kaufte sich tatsächlich in dem Geschäft, das alles führte – vom Bodenwachs bis zum vom Pfarrer gesegneten Rosenkranz –, die billigsten Hemden und dazu zwei Unterhosen. Eine Unterhose mußte er sogar auf Kredit kaufen, da das Geld nur noch für eine reichte, aber als er sagte, er sei bei Willi Wulpert angestellt, hatte man keinerlei Bedenken mehr. Der Name bürgte für jeden Kredit.

Mit dem Paket unterm Arm ging Kabelmann dann durchs Dorf zur Posthalterstelle, schloß hinter sich die Fernsprechzellentür und wählte. »Hier ist Hans«, sagte er, als sich der Teilnehmer meldete. »Leute, es hat alles geklappt. Ich bin bei Wulpert angestellt. Den Tippelbruder Laurenz Kabelmann haben sie mir sofort abgenommen.«

Der Angerufene schien etwas zu fragen, Kabelmann nickte.

»Was ich bisher gesehen habe, reicht hundertmal aus, Wulpert in die Mangel zu nehmen. Vater und Sohn. Ich war zweimal nahe dran, mit der Faust zuzuschlagen. Aber den Kerlen ist nichts nachzuweisen. Alle Tiere, ob geklaut oder woher sie auch kommen, erhalten hier Papiere. Verkaufsquittungen, Einfuhrbescheinigungen, Briefe von angeblichen Vorbesitzern – das alles liegt blanko im Büro und wird bei den Einlieferungen ausgefüllt. Nichts ist ihnen zu beweisen! Aber irgendwo entdecke ich eine schwache Stelle. Ich brauche nur Zeit. Schrecklich ist, daß bis dahin einige hundert Tiere in die Labors wandern. Aber ich kann's nicht ändern. Ihr könntet höchstens hier aufkreuzen und die Wulperts nervös machen. Ja, noch was: Ich brauche die Kamera, die Minox. Schickt sie nach Otternbruch, postlagernd, Kennwort ›Valencia‹. Ja, das ist blöd, ich weiß. Ich bin in drei Tagen wieder auf der Post und hole das Päckchen ab. Vergeßt nicht drei Ersatzfilme. Macht's gut, Leute.«

Kabelmann hängte ein und ging zum Schalter. Dort saß ein ältliches Fräulein mit dicker Brille und las in einem Roman. Auf der Poststelle von Otternbruch war es immer still, bis auf die Tage vor Ostern und vor Weihnachten. Da stapelten sich die Pakete, und Erna Sudereich stöhnte über ihr Schicksal.

Kabelmann klopfte auf die Theke. Erna Sudereich blickte hoch.

»Verzeihung, wenn ich gerade störe, wenn der Graf mit

dem Bauernmädchen in einer blühenden Wiese verschwindet – ich kann Ihnen sagen, wie's weitergeht: Er leugnet später alles! – Aber ich habe einen Wunsch.«

»Bitte?!« Erna Sudereich schuf durch Haltung und Stimme einen deutlichen Abstand zu Kabelmann. »Was wollen Sie?«

»Es wird in den nächsten Tagen ein Päckchen für mich ankommen. Postlagernd. Kennwort Valencia. Das Kennwort bin ich. Ich hole es auch ab.«

»Warum Kennwort?«

»Ich bin verheiratet. Aber das Päckchen kommt von einem Schätzchen, von dem meine Frau keine Ahnung hat.« Er legte den Finger auf die Lippen. »Psst! Nicht weitersagen. Als Beamtin sind Sie zum Schweigen verpflichtet...« Er tippte an die Schläfe und verließ die Poststelle.

Erna Sudereich starrte ihm entgeistert nach, notierte sich auf einem Zettel »Kennwort Valencia« und beglückwünschte sich wieder einmal, nicht geheiratet zu haben.

Draußen schwang sich Kabelmann auf sein Rad und fuhr zurück zum Wulpert-Hof.

So gut geschützt hast du alles, Willi Wulpert, dachte er. Keiner kann dir etwas nachweisen. Du fühlst dich bombensicher. Nur eins hast du nicht verhindern können: Jetzt sitzt dir eine Laus im Pelz.

4

Am Nachmittag schlug die Klingel an Tenndorfs Haustür an. Er wußte sofort, wer es war, lief aus seinem Konstruktionszimmer in die Diele und öffnete. Beim Weg zur Tür verspürte er ein lange verschüttetes Gefühl, eine freudige Erregung, die Erfüllung eines Wartens. Carola Holthusen hatte die Kinder von der Schule abgeholt und brachte nun Wiga herüber. Außerdem war sie neugierig zu hören, was Tenndorf am Vormittag bei der Kriminalpolizei und den Zeitungen erreicht hatte.

Dreistimmig schallte Tenndorf der Ruf entgegen: »Was ist mit Pumpi und Micky…?«

»Das ist alles ganz, ganz mies. Kommt rein…« Damit war auch Carola gemeint, und sie faßte es genau so auf. Im Wohnzimmer setzten sich alle auf die große Eckcouch und sahen Tenndorf auffordernd an.

»Ich schlage vor, ihr geht erst mal in Wigas Zimmer und kümmert euch um eure Hausaufgaben«, sagte Tenndorf zögernd.

»Sind schon gemacht!« rief Wiga sofort. »Bei Tante Carola.«

»Ich hab' sie auch fertig. Mama paßt da schon auf…«, bekräftigte Mike.

»Ach so.« Tenndorf blickte etwas unschlüssig zu Carola Holthusen. »Tun Sie das immer?«

»Ja. Wenn… wenn noch ein Vater da wäre, dann… Aber so habe ich mich daran gewöhnt, Mutter und Vater zu sein.

Es geht ganz gut.«

»Und wenn Sie auf Reisen gehen, zu den Modeschauen in Paris und Mailand, zu den Modemessen?«

»Dann bringe ich Mike zu meiner Tante nach Braunschweig.« Sie hob bedauernd die Schultern. »Anders geht es leider nicht.«

»Früher! Jetzt könnte es anders gehen. Wenn Sie verreisen müssen, bringen Sie Mike einfach zu mir.«

»Au fein!« schrie Mike sofort. »Mama, wann verreist du wieder?!«

Carola Holthusen schüttelte den Kopf. »Das kann ich unmöglich verlangen«, sagte sie und wich Tenndorfs Blick aus.

»Verlangen nicht... ich bitte Sie darum.«

»Mike ist ein wilder Junge. So brav, wie er jetzt hier sitzt, ist er gar nicht.«

»Ich werde ihn schon an die lange Leine nehmen.« Tenndorf lächelte. »Auch Wiga ist kein Engelchen, obwohl sie so aussieht. Sie verstehen sich blendend... und das ist mein Hintergedanke: Wenn ich verreisen muß, schicke ich Wiga zu Ihnen hinüber.«

»Jederzeit.« Carola holte aus ihrer Handtasche ein Päckchen Zigaretten und ein vergoldetes Feuerzeug und legte sie auf den Tisch. »Darf ich? Danke. Auch Sie müssen ab und zu weg?«

»Meine Bauherrn sind verstreut über ganz Deutschland. Der entfernteste wohnt im Süden, am Tegernsee. Obzwar es dort hervorragende Architekten gibt, wollte er, daß ich sein Landhaus entwerfe. Ja, und dann –« Tenndorf ritt der Teufel, aber es machte ihm Spaß, das zu sagen – »man hat ja auch ab und zu persönliche Interessen, die einen für zwei, drei Tage wegführen...«

»Ich verstehe.« Sie sagte das ganz nüchtern, als sei es selbstverständlich, daß ein Mann ihr mit einer Umschreibung mitteilte, daß er ab und zu mit einer Frau ins Unbekannte verschwinde. »Und wer paßt dann auf Wiga auf?«

»Das ist verschieden. Wir haben keine Oma und keinen Opa, keine Tante, keinen Onkel, nur einen Vetter zweiten Grades, aber der ist ein hochnäsiger Fatzke. Besitzer von drei Zementfabriken. Entweder bringe ich Wiga zu Freunden – es sind ja immer nur ein paar Tage – oder Frau Hülstenbek kümmert sich um sie.«

»Wer ist Frau Hülstenbek?«

»Eine nette, ältere Dame, die bis zu ihrer Pensionierung als Haushälterin bei einem Direktor Wiggele angestellt war. Für Wiggele habe ich mal einen Wohnblock gebaut, daher kenne ich sie. Nun lebt sie allein und ist glücklich, wenn sie bei uns sein darf.«

Mit großen Augen hatte Wiga zugehört. Als Tenndorf jetzt Atem holte, wurde sie endlich ihre Frage los: »Wer ist Frau Hülstenbek, Papi?«

»Aber Wiga!« Tenndorf warf verlegen einen Seitenblick auf Carola. Um ihre Lippen spielte ein leichtes Lächeln. »Tante Paula...«

»Tante Paula...? Ich kenne nur Tante Evelyn, Tante Marion, Tante Lola, Tante Christa, Tante Pussy...«

»Das reicht, Wiga.« Carola Holthusen legte den Arm um

Wiga. »Bei so vielen Tanten kann sogar dein Papi die Namen verwechseln. Sind sie nett?«

»Nicht immer, Tante Carola...«

»Nein, bitte das nicht.« Carola drückte Wiga an sich. »In diese Reihe von Tanten passe ich nicht rein. Sag einfach Carola zu mir.«

»Au fein!«

Tenndorf war plötzlich wütend, nicht auf Wiga, sondern auf sich selbst. Da versucht man, Reaktionen zu entlocken, und fällt voll auf die Nase. Er ging zur Hausbar und drehte sich dort kurz um. »Was wollen wir trinken?«

Carola schüttelte den Kopf. Sie hatte die Arme um die Kinder gelegt und sie an sich gezogen. Es war ein schöner Anblick... wie eine glückliche Familie.

»Sie können trinken, was Ihnen schmeckt. Ich trinke am Tag nie Alkohol. Vielleicht einen Orangensaft.«

»Genau den habe ich nicht.«

»Aber ich habe Milch!« Wiga sprang auf. »Ich hol' sie aus der Küche, Carola.« Sie lief hinaus, und Mike folgte ihr.

Tenndorf drehte sich an der Bar voll zu Carola um. »Jetzt denken Sie: Meinen Jungen werde ich nie diesem Wüstling zur Bewahrung geben! In Wirklichkeit ist das alles harmlos...«

»Sie sind mir doch keine Rechenschaft schuldig.« Ihr Lächeln war von einer Art, die Tenndorfs Herz weitete. »Auch meine Reisen dienen nicht ausschließlich der Mode.«

»Das konnte ich mir denken.« Tenndorfs Stimme klang plötzlich anders, etwas gepreßt.

»Wieso?«

»Eine so attraktive Frau wie Sie...«

»Ach, lassen Sie das doch, Herr Tenndorf.« Sie winkte scheinbar ärgerlich ab und zog den hochgerutschten Rock tief über die Knie. »Ich hätte Ihnen solche abgedroschenen Floskeln nicht zugetraut.«

»Soll ich sagen: Sie sind eine phantastische Frau?«

»Auch nicht besser. Was halten Sie von ›Tante‹ Pussy...?«

»Ach, bloß das nicht!« Tenndorf schüttete sich einen großen Kognak ein. Blattschuß, dachte er begeistert. Die »Tanten« hat sie doch nicht so einfach weggeschluckt. Horst, mein Junge, sie zeigt Wirkung. Warum kann man jetzt nicht Juchhu schreien?! »Wir sollten lieber über den fast vergangenen Tag reden. Er war, um mit einem Wort alles zu sagen, beschissen... Pardon –«

Wiga und Mike kamen aus der Küche zurück. Wiga trug ein hohes Glas, Mike die Milchtüte. Es war entrahmte Milch, Carola sah es an der Farbe des Aufdruckes. Wieder lächelte sie – jetzt sah es sogar provozierend aus.

»Entrahmt?«

»Wegen der Figur.«

»Ganz klar. Tante Pussy mag nur sportliche Männer mit strammen Muskeln.« Sie goß die Milch in das Glas, prostete damit Tenndorf zu und trank einen kleinen Schluck. »Was hat die Polizei gesagt?«

»Um auf Tante Pussy zurückzukommen...«, setzte Tenndorf an, aber Carola Holthusen schüttelte den Kopf.

»Wir wollten über Pumpi und Micky reden, Herr Tenndorf.«

Das Tenndorf klang so, als falle eine Schranke zwischen ihnen. Sie hat eine grandiose Selbstbeherrschung, dachte Tenndorf bewundernd. Wer ihr erstmals gegenübersteht, glaubt niemals, daß sie sich so fest in der Hand hat. Sie war eine Frau, die in ihren jungen Jahren schon mit einer großen Enttäuschung hatte fertig werden müssen, sie war begreiflicherweise auf der Hut. Sie streckte ihre Stacheln aus, sie wollte erobert werden, nach einem kurzen Leben voller Lügen wollte sie jetzt in der Klarheit leben.

In diesem Augenblick war Tenndorf sogar dankbar für Wigas Tantenaufzählung. Alle Namen, die sie genannt hatte, waren die Ehefrauen der Bauherrn, die der Tochter des Architekten, wenn er zu Besprechungen bei den Ehemännern war, Schokolade schenkten, ihr Kakao kochten, Schüsseln mit süßem Knabbergebäck hinstellten und sogar Puppen schenkten. »Tante Pussy«? Tenndorf mußte innerlich lachen. Pussy war die Frau eines Zahnarztes, Anfang Fünfzig, aber Wiga hatte der Kosename, mit dem der Arzt seine Frau immer anredete, so gut gefallen, daß sie sich überlegt hatte, ob sie Micky nicht in Pussy umbenennen sollte.

Ich bin Ihnen zu großem Dank verpflichtet, gnädige Frau, dachte Tenndorf. Ihr Name Pussy wurde ein Stich ins Herz. Irgendwie sieht der trübe Wintertag heller aus. Und Wiga, du hast jetzt einen Wunsch bei mir frei. Auf die Idee mit den vielen Tanten wäre ich nie gekommen.

»Also«, setzte Tenndorf wie zu einem Vortrag an, »Kommissar Abbels ist ein zugänglicher, verständnisvoller Mann mit keinerlei Möglichkeiten. Er hat die Tiere mit Fahrrädern verglichen... beides wird täglich in Mengen geklaut. Ein Tag ohne Diebstahl ist fast so selten wie eine Sonnenfinsternis. Das Kommissariat kann sich deshalb nur um die spektakulären Einbrüche kümmern. Ein verschwundener Hund, eine verschwundene Katze – da nimmt man die Anzeige auf, fertigt ein Protokoll an – und legt die Akte weg.«

»Also nichts?«

»Doch. Die immer wiederkehrende Weisheit: Kaufen Sie sich eine neue Katze, davon gibt es genug.«

»Ich will keine neue, ich will Micky wiederhaben!« sagte Wiga laut.

»Darauf hoffen wir alle.« Er warf einen Blick zu Carola, und sie verstand ihn. Es gab keine Hoffnung mehr. »Morgen erscheinen die Aufrufe in den Zeitungen. Vielleicht hilft uns das weiter.«

»Das hat also geklappt?«

»Wenn man dafür bezahlt... immer. Nur ein Reporter hat das Thema aufgenommen und will einen Bericht bringen. Aber da ist noch etwas anderes.« Tenndorf nippte wieder an seinem Kognak. »Ich habe unter meinen Bauherrn auch einen berühmten Medizinprofessor...«

»Wen?«

Tenndorf zögerte, aber dann sagte er doch: »Professor Sänfter.«

»Oh, gratuliere.«

»Danke. Für Sänfter soll ich eine Schwimmhalle an seine Villa bauen. Er hatte mich am frühen Nachmittag zu sich bestellt – und ich bin lange bei ihm geblieben.« Tenndorf senkte etwas die Stimme. »Er hat mich auch in den Keller der Klinik geführt, in sein privates Forschungsinstitut...«

»Ich verstehe.« Carolas Stimma klang gepreßt. »Niemand, keine Behörde, weiß, wo überall man mit Tieren arbeitet. Es kann der Nachbar sein, und keiner ahnt es.«

»Im Laufe des Gespräches habe ich von Sänfter einen Namen bekommen. Ich glaube, er hat das gar nicht gemerkt, als er ihn aussprach. Er arbeitet jetzt an der AIDS-Forschung zusammen mit einem pharmazeutischen Werk, das Biosaturn heißt. Diese Fabrik ist draußen in Kirchwalde – ich habe sofort im Telefonbuch nachgesehen. Und dann habe ich angerufen, mich zu einem Verwaltungsdirektor durchgefragt und zwei große Hunde angeboten. Die Antwort: Kommen Sie mal vorbei und stellen Sie mir die Hunde vor. Kein Ja, kein Nein...«

»Sie glauben, daß Pumpi?«

»Wo ist Pumpi!?« schrie Mike dazwischen.

»Es könnte ein ganz roter Faden sein, der uns weiter zu anderen Versuchsanstalten führt. Wenn das geschehen ist, was wir glauben, bleiben Pumpi und Micky hier im weiteren Umkreis.«

»Und was wollen Sie jetzt unternehmen?«

»Mir ist ein Gedanke gekommen, den nur Sie ausführen können.«

»Ich?«

»Sie mischen sich in einem weißen Laborkittel unter die zur Arbeit kommenden Angestellten und treten einen Dienst in der Versuchsabteilung an. Wenn Pumpi und Micky nicht innerhalb einer Woche dort auftauchen, sind sie in einem anderen Labor verschwunden. Länger als eine Woche wird der Fänger die Tiere nicht bei sich behalten. Außerdem läuft dann unsere Aufrufaktion. Vielleicht bekommen wir Hinweise. Es wäre zu schön, wenn uns ein Labor schreiben würde: Wir haben Ihre Anzeige gelesen, holen Sie die Tiere bei uns ab. Der Verkäufer hat uns nicht gesagt, woher er sie hat. Manchmal muß man an solche Wunder glauben...«

Tenndorf wartete auf eine Antwort von Carola Holthusen, aber sie schwieg und sah ihn nur mit großen Augen an.

»Ein ganz dummer Vorschlag, was?« sagte er enttäuscht.

»Das... das muß man erst überlegen. Ich kann doch nicht einfach im weißen Kittel...«

»Warum nicht? Keiner wird Sie anhalten.«

»Sie Optimist!«

»Ein weißer Kittel in solch einem Betrieb ist wie eine Uniform. Niemand wird Sie fragen. Denken Sie an den Hauptmann von Köpenick – da hat sich bis heute nichts geändert. Eine Uniform ist ein Ausweis, den man nicht kontrolliert. Und eine solch große chemisch-pharmazeutische Fabrik wird keinen mißtrauisch ansehen, der in einem weißen Laborkittel im Haus herumläuft.«

»Ich soll also wirklich...«

»Nur, wenn Sie den Mut dazu haben und die Zeit.«

»Die Zeit hätte ich, den Mut muß ich mir zusammensuchen.« Carola umklammerte das Glas Milch und fühlte sich ausgesprochen unbehaglich. Der Gedanke, jemand könne sie als unechte Laborantin entdecken, erschreckte sie schon im voraus. Aber was konnte in diesem Fall geschehen? Nur ein Hinauswurf. Sie hatte keinen geschädigt. – Ob es im deutschen Gesetz einen Paragraphen für Werkspionage gab, wußte sie nicht.

»Wann soll ich anfangen?« fragte sie mit halber Stimme.

Tenndorf atmete auf. »Wir kaufen morgen früh den weißen Laborkittel, und dann gehen Sie im Laufe des Mittags unbefangen hinein, als hätten Sie draußen eingekauft. Das ist übrigens eine Idee: Sie tragen deutlich sichtbar eine Einkaufstasche mit sich. Bäckerei, Metzgerei, Supermarkt... was der Biosaturn am nächsten liegt.«

»Und der Portier am Eingang?«

»Nichts. Sie tragen einen weißen Kittel, eine Uniform... Sie sind sicher.«

»Und wenn ich nicht ins Versuchslabor hineinkomme?«

»Aber Carola!« Er nannte sie wieder wie selbstverständlich beim Vornamen; er merkte es nicht, und ihr tat es gut. »Wie können Sie so etwas denken? Eine Frau wie Sie! Ihnen öffnen sich doch alle Türen...«

Nach der Visite auf der Intensivstation II, in der vor allem Herzinfarkte und Apoplektiker lagen, kehrte Prof. Sänfter in seinen Versuchskeller zurück und stand dann eine Weile vor den Käfigen und Boxen mit den Ratten, Meerschweinchen, Kaninchen, Katzen, Hunden und Äffchen.

»Woher haben wir eigentlich die Tiere, Barthke?« fragte er einen seiner Assistenten, der gerade den Raum betrat. Dr. Barthke sah seinen Chef erstaunt an. Er hatte alles erwartet, nur nicht diese Frage.

»Aus Versuchstier-Zuchtanstalten, Herr Professor.«

»Sind Sie sich dessen sicher?«

»Vollkommen. Die Kaufpapiere liegen bei den Akten.« Dr. Barthke zögerte. »Das heißt...«

»Was bedeutet: Das heißt?«

»Einige Großtiere haben wir von einem Tierhändler bezogen. Sie hatten einwandfreie Papiere. Nachweisbar vom Vorbesitzer gekauft. Ab und zu brauchen wir ganz schnell größere Tiere, da kann uns nur der Tierhändler helfen.«

»Warum habe ich davon bis heute nichts gewußt, Barthke?!«

Dr. Barthke sah seinen Chef verblüfft und verständnislos an. »Sie haben nie danach gefragt, Herr Professor. Ist etwas nicht in Ordnung?«

»Doch, doch...« Sänfter drehte den Käfigen den Rücken zu. »Aber ich möchte bei den nächsten Lieferungen sofort verständigt werden. Und wir nehmen keine Tiere mehr ab, ohne daß ich selbst die Papiere kontrolliere.«

Dr. Barthke nickte. Was ist bloß los? dachte er. Auf einmal kümmert sich der Chef darum, woher die Tiere kommen. Da haben wir Hunderte verbraucht, und plötzlich verlangt er Nachweise! Hat auch ihn nun die dümmliche Pressekampagne angesteckt, dieses Amoklaufen der Tierschützer? Eßt kein Fleisch mehr, denn die unschuldigen Tiere werden ermordet, damit ihr fressen könnt! Und bedenkt: Auch Pflanzen sind Leben... fragt die Biologen danach. Also Hände weg von Salat und Spinat, Kohl und Möhren! Lebt von der Luft! Wenn ihr das nicht könnt, seid ihr eine Fehlentwicklung der Schöpfung. Schinken, Speck, Wurst – weg damit! Dafür wurden Lebewesen umgebracht! Wir alle, die Fleisch und Wurst essen, sind Beteiligte an einem Massenmord! Gibt es einen größeren Blödsinn?! Der Mensch will leben, lange leben... und wodurch lebt er? Durch das Tier... das Tier als Nahrung und das Tier als Testobjekt für lebenverlängernde Mittel. Man kann das eine nicht täglich tun und das andere bekämpfen. Warum sagt das keiner, laut genug, damit es jeder hört: Wenn du morgen krank wirst, sagst du zu deinem Arzt: Doktor, helfen Sie mir... und dein Doktor wird dir heilende Medikamente geben, die an Tieren getestet wurden, und ganz selbstverständlich wirst du sie schlucken. Wenn du aber dann wieder gesund bist, rollst du wieder dein Transparent auf und marschierst durch die Straßen: »Stoppt die Tierversuche. Auch Tiere sind Lebewesen wie ihr.« Warum ist die Dummheit dem Menschen näher als die Vernunft?!

»Einen Großteil der Tiere bekommen wir weitergereicht. Sie werden von der Biosaturn gekauft und uns herübergeschickt. Wir müßten dann die Papiere bei der Biosaturn durchsehen.« Dr. Barthke verzog die Lippen zu einem spöttischen Lächeln. »Die werden uns dumm angucken.«

»Stört Sie das, Barthke?« Prof. Sänfter verließ den Tierraum und überflog die Notizen, die ihm ein anderer Assistent reichte. »Ich werde mich selbst dumm angucken lassen«, sagte er und warf das Berichtsbuch auf den Tisch. »Sie brauchen sich nicht ironischen Bemerkungen auszusetzen. Ich werde mich selbst bei der Biosaturn darum kümmern. Guten Tag, meine Herren.« Er ging.

Der andere Assistent blinzelte Dr. Barthke verblüfft an. »Was ist denn mit dem Alten los? Krach mit der Biosaturn?«

»Nein. Er will wissen, woher unsere Tiere kommen.«

»Auf einmal?«

»Das sag' ich auch. Rotzt mich an wie den dämlichsten Pinkelflaschenspüler.«

»Die Presse, Ludwig, die Presse! Hämmert auf uns herum, bis die ganze Welt nervös wird. Nur, daß das den Alten kratzt, das ist neu...«

Dr. Barthke winkte ab und ging zu einem Mikroskop, unter dem ein Schnittpräparat lag. Ein hauchdünnes Scheibchen eines Kaposi-Sarkoms, das Todesurteil der AIDS-Kranken.

»Was soll's?« sagte er. »Die da immer herummeckern, sollen mal einen Blick hier durchs Mikroskop werfen. Und dann muß man ihnen sagen: Wenn ihr so ein paar Kaposis am Leib habt, könnt ihr eure Tage oder Wochen zählen. Heilung? Gibt es nicht. Mögliche Chancen verhindert ihr doch selbst.«

Er beugte sich über das Okular des Mikroskopes, schraubte das Gesichtsfeld schärfer und betrachtete die eingefärbten Krebszellen. Wir wollen Leben retten, dachte er dabei. Aber was ist Leben in unserer Welt noch wert?

Die Anzeige und der Aufruf, die am nächsten Morgen in vielen Zeitungen Niedersachsens erschienen, in manchen Blättern groß aufgemacht (ohne erhöhte Kosten für Tenndorf!), erregten erwartungsgemäß die Massen der Leser. Tausenden traten die Tränen in die Augen, Tausende setzten sich hin und schrieben spontan an die Redaktionen oder direkt an die Kinder, denen man ihr Liebstes gestohlen hatte.

Carola kam zu Tenndorf, nachdem die Kinder zur Schule gegangen waren, und schwenkte eine Zeitung. »Haben Sie das schon gesehen?« rief sie. In der Aufregung erschien sie noch schöner, ein Gesicht, in dem sich Leidenschaft spiegelte. »Das wird Wirkung haben!«

»Hoffentlich.« Tenndorf zeigte auf den Stapel Zeitungen, die er in der Frühe schon gekauft hatte. »Wenn den Menschen nicht alles Gefühl abhanden gekommen ist, muß eine Reaktion kommen. Mehr können wir nicht tun. Und jetzt fahren wir in die Stadt und kaufen den Laborkittel. Heute mittag tritt Fräulein Biochemiker ihren Dienst an...«

Beim Frühstück las auch Willi Wulpert den Aufruf und schob die Kaffeetasse von sich weg. »Da hat mal wieder einer was losgelassen«, sagte er und hielt Emmi die Zeitung hin. »Was soll das? Davon bekommen sie ihre Viecher nicht wieder. Eine rot-weiß gestreifte Katze und ein schwarz-weiß-roter Hund... Halt mal!« Wulpert riß die Zeitung wieder an sich. »Den haben *wir* doch! Den hat Josef doch eingesammelt. Der sitzt hinten in Halle I. Und dann muß auch die Katze da sein... Verdammt noch mal, das geht ja uns an! Wo ist Josef?«

»Schon unterwegs, Willi.«

»Die Zeitung weg, damit Lauro sie nicht in die Finger bekommt.« Er zerknüllte die Blätter, und Emmi Wulpert stopfte sie in den Kachelofen, ein Kunstwerk aus handgearbeiteten Kacheln. Sie zeigten die Heilige Familie auf dem Weg nach Bethlehem. Heimatforscher stuften den Kachelofen in das 17. Jahrhundert ein, kurz nach dem Dreißigjährigen Krieg. Der Wulpert-Hof war damals schon über hundert Jahre alt.

»Den Hund und die Katze kriegste jetzt nirgendwo los, Willi«, sagte Emmi und kehrte zum Frühstückstisch zurück. »Die müssen in die Glocke.«

»Normal ja. – Aber seit gestern will ich den Hund gar nicht mehr verkaufen. So 'ne Type ist einmalig. Schwarzweiß-rotes Fell... Der bleibt hier bei mir.«

»Willi, das ist zu gefährlich! Den Hund kennt jetzt jeder. Wenn jemand kommt und sieht ihn bei dir, dann ist der Teufel los! Der Hund muß weg, in die Glocke.«

»Niemand wird Fähnchen sehen.«

»Wer ist Fähnchen?«

»Mein Hund in den alten Nationalfarben!«

»Fähnchen!« Emmi tippte sich an die Stirn. Sie kannte nun Wulperts überraschende Einfälle seit 34 Jahren, aber manchmal wurde es auch ihr zuviel. »Du bist doch nicht mehr ganz dabei.«

»Emmi, das verstehst du nicht. Ich habe in Rußland ein Bein verloren...«

»Was hat denn der Hund damit zu tun?!«

»Ich sag's ja... Weiber haben dafür keinen Nerv!« Wulpert stand auf, trank die Tasse im Stehen leer und zog seinen Rock über. »Ich gehe jetzt zu Fähnchen. Wenn jemand kommt, ruf mich in Halle I an.«

Laurenz Kabelmann fütterte gerade die Hunde in den engen Versandkäfigen. Sie sollten in zwei Stunden abgeholt werden für ein Labor bei Braunschweig. Pumpi hatte, wie angeordnet, den größeren Auslaufstall und eine Schlafbox bekommen, aber er machte von dem bißchen gewonnener Freiheit keinen Gebrauch. Ohne Micky war sein Leben trostlos. Er hockte wieder in der äußersten Ecke und blickte mit trüben Augen in seine noch trübere Umwelt.

Wulpert trat an das Gitter heran und ging in die Knie. »Da ist ja mein Fähnchen«, sagte er, und Kabelmann war so verblüfft, daß er das Füttern unterbrach. Wulperts Stimme hatte einen fast zärtlichen Ton. Er paßte ganz und gar nicht zu ihm, vor allem einem Tier gegenüber. Die Hunderte von Tieren in den Hallen waren für ihn eine Ware wie Kohlköpfe oder Kartoffeln, nur daß man bei Kartoffeln auf eine bessere Lagerung bedacht war als bei Tieren.

»Komm her, mein Fähnchen. Bist ja ein ganz berühmter Hund geworden... Nun hast du ein neues Herrchen, und es soll dir gut gehen, mein Kleiner. Komm doch her, Fähnchen... komm, komm...«

Pumpi rührte sich nicht. Wulpert richtete sich wieder auf

und winkte Kabelmann. »Fähnchen bekommt ab sofort Vollnahrung, Lauro!«

»Dieser scheußliche Bastard?«

»Du lieber Himmel, was bist du denn? Und willst auch gut fressen! Haben wir eine rot-weiß gestreifte Katze auf Lager?«

»Vier, Herr Wulpert.«

»Bring sie her.«

»Alle vier?«

»Verdammt, frag nicht immer so dämlich...«

Kabelmann unterdrückte eine Widerrede, ließ Wulpert stehen und kam nach kurzer Zeit mit einem Transportkäfig und vier Katzen zurück. Wulpert griff in den Käfig, holte am Genick eine Katze heraus und zeigte sie Pumpi.

Der Hund rührte sich nicht.

Auch die zweite Katze starrte er nur trübe an. Aber bei der dritten sprang er plötzlich auf, warf sich gegen sein Gitter und begann laut zu heulen und zu winseln. Und die Katze in Wulperts Hand begann mit den Beinen um sich zu treten, spreizte die Krallen und begann zu schreien.

»Da haben wir sie ja«, sagte Wulpert gemütlich. Er öffnete die Käfigtür, warf Micky in den Auslauf und sah mit Befriedigung zu, wie sich der Hund und die Katze aufeinander stürzten und sich gegenseitig zärtlich ableckten. Nach dieser stürmischen Begrüßung lag dann Micky auf der Seite und ließ sich von Pumpi die Bißwunde lecken, die sie beim Transport von einem anderen Hund bekommen hatte.

»Die Katze kriegt Penicillin, und du reinigst die Wunde«,

sagte Wulpert.

Ungläubig sah Kabelmann ihn an. Was ist hier los, dachte er. Irgend etwas stimmt hier nicht. Daß Wulpert plötzlich ein Tierfreund wird, ist völlig ausgeschlossen. Den Beweis erhielt er sofort.

»Und die anderen drei Katzen?« fragte er.

»In die Glocke! Rot-weiß gestreifte Katzen sind in den nächsten Wochen nicht zu verkaufen.« Wulpert sagte es, während er mit einem zärtlichen Lächeln Pumpi und Micky beobachtete.

»Man könnte sie in Halle II in einer Ecke zurückstellen...«

»Wozu? Sie kosten mich nur Geld, und Katzen gibt's genug.«

Kabelmann nickte und trug den Transportkäfig wieder hinaus. Außer Hörweite von Wulpert beugte er sich über das Drahtgitter und schnalzte mit der Zunge. Die drei Katzen sahen ängstlich zu ihm hoch.

»Von wegen Glocke«, sagte Kabelmann. »Ich weiß schon, wo ich euch verstecke. Hinter meinem Zimmer, im Geräteschuppen, da ist ein Verschlag. Muß früher mal ein Scheißhaus gewesen sein. Da guckt keiner mehr rein. Da werdet ihr überleben.«

Wulpert war wieder in die Knie gegangen und steckte drei Finger durch das Drahtgitter. »Komm her, Fähnchen«, lockte er wieder. »Mein Kleiner, komm zu Herrchen... nun komm schon... komm...«

Pumpi hob den Kopf und schien zu überlegen. Dann

stand er auf, unterbrach das Wundenlecken bei Micky und kam näher an das Gitter. Hier zögerte er wieder, sah Wulpert mit schräg geneigtem Kopf an und begann dann, ganz vorsichtig die durch das Gitter gehaltenen drei Finger zu lecken.

Er hatte Micky wieder und bedankte sich.

Wulperts Gesicht strahlte vor Freude. »Mein Fähnchen«, sagte er zärtlich. »Wir werden uns aneinander gewöhnen. Was steht in der Zeitung? Pumpi heißt du? Ein saudummer Name! Und deine Freundin heißt Micky? Genau so dämlich! Du bist jetzt Fähnchen, und Micky taufen wir um in Mausi. Ihr kommt heute noch ins Haus. Es soll keiner erfahren, daß es euch noch gibt.« Er blieb in der Hocke und sah weiter zu, wie Pumpi und Micky miteinander spielten.

Zwei Stunden später trafen zwei Maurer ein und begannen, einen Teil der Waschhalle abzutrennen. Die »Sonderstation« für die gekauften Affen wurde gebaut. Gut isoliert und klimatisiert. Denn gerade Affen in der Gefangenschaft sterben vornehmlich an Lungenentzündung.

Nachdem Carola ihren weißen Laborkittel gekauft und gleich im Geschäft die Zusammenlegfalten hatte ausbügeln lassen, damit er nicht so neu aussah, fuhren Tenndorf und sie hinaus zu den Biosaturnwerken.

Das nächstgelegene größere Geschäft war ein SB-Laden. Dort kaufte Carola ein Pfund Äpfel, einen Karton mit spanischen Weintrauben und eine Rolle Kekse. An der Kasse ließ sie sich eine Tüte geben, auf der groß gedruckt der

Name des SB-Ladens stand.

Tenndorf, der draußen wartete, klatschte lautlos in die Hände. »Vollkommen! Eine Laborantin, die eben mal eingekauft hat.« Er gab ihr die Hand und hielt sie über Gebühr lange fest. »Angst?«

»Ein bißchen schon.«

»Es kann gar nichts passieren.«

»Und wie komme ich zu den Versuchstieren?«

»Einfach fragen. Ein neuer Mitarbeiter kann nicht alles kennen.«

»Wenn das gut geht...«

»Es geht gut, Carola. Nur keine Unsicherheit zeigen. Sie müssen nur denken: Jetzt führt man ein neues Modell von mir vor...«

»Dann wäre alles aus.« Sie lachte etwas gequält. »Gerade da habe ich ein furchtbares Lampenfieber. Erst wenn die Modezaren klatschen, atme ich auf.«

»Ich werde applaudieren.« Tenndorf ließ ihre Hand los. »Viel, viel Glück, Carola...«

Sie nickte, drehte sich um und ging die Straße entlang, an deren Ende sich das Eingangstor der Biosaturn befand.

Tenndorf blickte ihr nach, bis sie verschwunden war. An diese Frau könnte ich mich gewöhnen, dachte er jungenhaft fröhlich. Und Wiga mag sie auch. Schon beim ersten Händedruck hat es mich voll getroffen. Vier Jahre wohnen wir einander gegenüber, anonym, abgeschirmt, getrennt durch eine Straße von zwölf Meter Breite. Wie anders ist jetzt alles geworden... nach knapp drei Tagen. Jetzt stehe ich manchmal im Zeichenzimmer am Fenster und blicke hinüber, nur, um einen Schatten von ihr zu sehen. So weit bin ich schon... Mit sechsunddreißig wieder ein verliebter Gockel.

Carola Holthusen hatte forschen Schrittes das Eingangstor der Biosaturn erreicht und ging ebenso forsch an dem Pförtnerhäuschen vorbei. Dabei schwenkte sie ihre Einkaufstüte und nickte dem Pförtner zu. Der Mann, der gerade eine Zeitung las, blickte auf, grüßte zurück und las weiter.

Niemand fragte, niemand kontrollierte sie. Tenndorf hatte recht: Ein weißer Kittel ist eine Uniform, vor der sich alle Türen öffnen.

Aber dann, auf dem weiten Grundstück des Werkes, wurde es kritisch. Die Häuser trugen nur Nummern. Welche Abteilung sie beherbergten, wußten nur die Angestellten. Es gab Chemiker, die in Haus 4 arbeiteten und nicht wußten, was in Haus 7 experimentiert wurde.

Nur keine Unsicherheit zeigen, sagte sich Carola. Geh erst einmal von Haus zu Haus, vielleicht hängt eine Wegweisetafel in der Eingangsdiele. Sie blieb vor Haus 5 stehen, holte tief Luft und wollte es gerade betreten, als ihr ein geradezu unwahrscheinlicher Zufall zu Hilfe kam.

Durch das Tor rollte ein kleiner neutraler Lieferwagen, fuhr an ihr vorbei und um das Haus Nummer 8 herum. Carola wußte später nicht zu sagen, warum sie gerade diesem Wagen eilig gefolgt war. Als sie um die Ecke von Nummer 8 bog, hatte der Fahrer schon die Ladetür geöffnet und begrüßte zwei Laborhelfer.

»Die Kaninchen sind da, dreihundert Stück! Da könnt ihr wieder spritzen, impfen und schneiden, was das Zeug hält.«

»Idiot!« Einer der Weißbekittelten blickte in den Wagen. »Wo sind die anderen? Die dreihundert sind schnell verbraten...«

»Morgen kommen noch mal vierhundert.«

Entsetzen erfaßte Carola. Sie ging an den beiden Labordienern vorbei ins Haus und kümmerte sich nicht darum, daß sie ihr erstaunt nachsahen. Eine Neue, oder...? Bei fast zweitausend Mitarbeitern kann man ja nicht jeden kennen! Weißt du, wer in Haus 1 arbeitet?

An der Treppe, die zu den Kellern hinabführte und deren Abschlußtür jetzt weit offen stand – sicherlich, um die Kaninchen hineinbringen zu können –, blieb Carola stehen, atmete tief, schluckte das gallige Gefühl von Angst hinunter und stieg dann die Treppe hinab zu den Räumen mit den Versuchstieren.

Sie hoffte jedenfalls, daß es der richtige Weg war.

5

Gerade von der Biosaturn zurückgekehrt, erhielt Tenndorf drei Anrufe.

Der erste kam aus dem Präsidium. Kommissar Abbels begrüßte Tenndorf mit einem Knurren, als dieser sich meldete. Schon daran war zu hören, daß er, milde ausgedrückt, unwirsch war.

»Ihre Anzeige in den Zeitungen, Herr Tenndorf...«, setzte er an.

Tenndorf unterbrach ihn sofort. »Gut, was? Das haut rein...«

»Ein Druck auf die Tränendrüsen, als wären Sie Serienschreiber beim Fernsehen. Was soll das?«

»Genau das, was Sie gerade sagten: Die Leute sollen aufgewühlt werden.«

»Wissen Sie, wie viele Anrufe wir heute schon hatten? Das Telefon ist dauernd blockiert.«

»Hervorragend, wenn die Menschen so reagieren!«

»Ich habe ab Mittag einfach nicht mehr durchstellen lassen. Ihre Annonce, die ja mehr ein Aufruf ist, stellt die Polizei als hoffnungslose Bettnässer hin...«

»Das habe ich nicht geschrieben, Herr Kommissar.«

»Aber jeder, der lesen kann, liest das heraus!« Abbels schnaufte auf. »Wir sind leider nicht in der Lage wie Sie, erklärende Anzeigen zu veröffentlichen. Für eine amtliche Stellungnahme ist der Fall zu geringfügig...«

»Ich weiß, ein Tier ist eine Sache...«

»Nun reiten Sie doch nicht immer auf diesem juristischen Begriff herum. Natürlich ist ein Tier keine Sache, es ist ein Lebewesen mit allen Gefühlen... ich habe ja selbst einen preisgekrönten Hund!« Abbels schnaufte wieder. Wenn er sich erregte, ähnelte sein Luftholen dem Geräusch eines Blasebalges. »Nun sagen Sie mal ehrlich: Was kann die Polizei tun, wenn ein Hund oder eine Katze geklaut werden? Entweder brechen die aus und kommen zurück, oder sie bleiben verschwunden. Das ganz große Glück ist, jemand erkennt sie irgendwo wieder. Aber wer hat schon das Glück? Die Polizei ist da völlig aus dem Spiel. Wie und wo soll man suchen?«

»Es gibt doch Tierhändler.«

»Natürlich. Die werden auch überprüft. Und alle Tiere, die sie verkaufen, haben Papiere: Zuchtstätte, Vorbesitzer, Impfpaß, bei zugelaufenen und abgegebenen Tieren tieramtsärztliches Zeugnis. Da geht es korrekt zu.«

»Und wie ist es bei den sogenannten Nebengeschäften?«

»Nachweisen, Herr Tenndorf, nachweisen! Sie wissen: Wo kein Kläger...«

»Ich bin Kläger!«

»Und wo ist der Beklagte? Na? Da liegt doch der Hund begraben...«

»Im wahrsten Sinne des Wortes!«

»Wenn Sie einen Verdacht haben – wir sind sofort zur Stelle. Aber bitte, bringen Sie uns einen handfesten Verdacht!«

»Die pharmazeutische Fabrik Biosaturn arbeitet mit Versuchstieren...«

»Wissen wir. Tiere aus Versuchstieranstalten oder von lizenzierten Händlern. Wer hier im Umkreis mit Tieren arbeitet, ist uns bekannt. Und es gibt auch Tierhändler, die ihre Kunden bis nach Bayern, Berlin oder Köln beliefern. Auch im Falle einer kriminellen Handlung verwischen sich da alle Spuren, weil über diese Geschäfte keine Papiere geführt werden.« Abbels schnaufte noch einmal. »Ihr tränenlockender Aufruf weckt nur Emotionen, aber er wird keinerlei Nutzen haben.«

»Abwarten, Herr Kommissar. Vielleicht hat doch jemand einen weißen Lieferwagen gesehen und kann sich erinnern. Irgendwo muß dieser Wagen ja stationiert sein, und es gibt in Deutschland keine völlige Einsamkeit mehr. Nachbarn sind überall. Darauf hoffe ich noch.«

»Dann viel Glück.« Abbels räusperte sich. »Ich wollte Ihnen mit meinem Anruf nur sagen, daß Sie jemandem in den Hintern treten, der nichts dafür kann: der Polizei.«

Kurz darauf rief Prof. Sänfter an. Noch bevor er mehr als seinen Namen sagen konnte, wollte Tenndorf ihm den Wind aus den Segeln nehmen. »Ich weiß, womit Sie anfangen wollen, Herr Professor: Meine Anzeige befeuchtet Hunderte von Taschentüchern... Das sollte sie auch!« Tenndorf lachte kurz und bitter auf. »Die erste Beschwerde war eben schon da: von der Kriminalpolizei.«

»Die sieht die Dinge naturgemäß anders.«

»Wie sehen Sie die Dinge denn, Herr Professor?«

»Wie Sie.«

»Das müssen Sie mir bitte erklären...«

»Sie haben völlig recht damit, die Öffentlichkeit zu mobilisieren. Eine kleine Katze und ein struppiger Hund werden gestohlen, um sie – vielleicht! – zu Versuchszwecken zu verkaufen. Das ist eine riesengroße Sauerei! Sie haben sich selbst überzeugt: Ich arbeite bei meinen Versuchen nur mit besonders für Tierversuche gezüchteten Tieren. Auch das ist zwar grausam, aber – wir sprachen ja schon darüber – sollen wir Millionen Menschen durch Epidemien umkommen lassen, nur weil man am Tier Gegenmittel nicht ausprobieren darf? Und auch die Biosaturn verbraucht – schreckliches Wort – nur gezüchtete Tiere. Albert Schweitzer, der tiefreligiöse Humanist, dürfte ja über jeden Zweifel erhaben sein. Und selbst er hielt Tierversuche für eine Notwendigkeit ... zum Wohle der Menschheit. Aber ausschließlich für die medizinische Forschung.«

»Und die Versuche mit Lippenstiften, Haarsprays, Waschmitteln, Holzschutzmitteln, Pflanzenschutzgiften, Nagellacken? Oder da pflanzt man Katzen Elektronen ins Gehirn, um Verhaltenssteuerungen zu erproben ... wem nutzen sie etwas?!«

»Sie haben sich schnell in die Materie eingelesen, Herr Tenndorf.«

»Ich wollte mich informieren, was man mit Micky und mit Pumpi alles anstellen kann ... es ist die Hölle auf Erden! Und immer heißt es: zum Nutzen des Menschen. Eine infame Lüge ist das!«

»Diskutieren wir nicht wieder darüber, und schon gar nicht am Telefon.« Prof. Sänfter war von einer bemerkenswerten Zuvorkommenheit. »Ich wollte Ihnen nur sagen, daß ich Ihren Aufruf voll unterstütze. Nur wird er ins Leere gehen.«

»Das meint Kommissar Abbels auch.«

»Den Tierdieb kennt keiner. Die Firmen, die von ihm Tiere beziehen, sind ebenso wenig bekannt und werden sich nach Ihrem Aufruf erst recht vor der Öffentlichkeit zumauern. Das wissen Sie ja alles selbst, nicht wahr?«

»Ja. Innerlich habe ich Micky und Pumpi aufgegeben... es ist fürchterlich, sich das einzugestehen. Aber nach außen hin *muß* ich etwas tun! Schon Wigas wegen. Soll sie sagen: Mein Vater sitzt da und tut gar nichts? Er läßt Micky einfach stehlen und wehrt sich nicht. Ist mein Papa so feige?! Meine Tochter und auch Frau Holthusens Sohn wollen Taten sehen... selbst wenn die am Ende zu nichts führen. Und sie sollen erkennen, daß man Dinge nicht so einfach hinnimmt. Glauben Sie an Wunder, Herr Professor?«

»Eine schwere Frage. Als Arzt habe ich noch keine gesehen... auch sogenannte Spontanheilungen sind keine Wunder, sondern psychisch bedingt. Überhaupt: Was ist ein Wunder? Für mich ist das größte Wunder das Leben selbst. Dieses präzise – oder auch nicht präzise, dann also kranke – Zusammenspiel von Zellen, Hormonen, Genen, chemischen Reaktionen im lebenden Körper – das könnte man ein Wunder nennen! Das fasziniert mich immer wieder... gerade jetzt bei der AIDS-Forschung! Aber Sie glauben an Wunder?«

»Nein. Ich hoffe auf ein Wunder, auch wenn es unwahrscheinlich ist.«

»Der zweite Grund meines Anrufes: Bauen Sie mir die Schwimmhalle, wie Sie sie mögen. Sie haben freie Hand... und wenn ich Ihnen irgendwie helfen kann, sagen Sie es mir bitte. Ich werde mich dafür einsetzen, daß auch bei der Biosaturn strengste Maßstäbe angelegt werden. Möglich, daß ich dort etwas über Tierversuche anderer Firmen erfahre, die im Umkreis liegen und nicht so streng selektieren.«

»Danke, Herr Professor.«

Tenndorf legte auf. Aber er hatte wenig Zeit, Sänfters Worte noch einmal zu überdenken. Der dritte Anruf riß ihn aus seinen Grübeleien.

»Hier Steffen Holle«, sagte eine Stimme. »Herr Tenndorf selbst?«

»Ja.«

»Gott sei Dank.«

»Was soll das heißen? Wer sind Sie?«

»Den ganzen Vormittag haben wir schon versucht, Sie zu erreichen...«

»Sie werden es vielleicht nicht glauben, aber ich habe auch einen Beruf. Und was heißt ›wir‹?«

»Wir, das sind die Mitglieder der Aktionsgemeinschaft ›Rettet die Tiere e. V.‹, hier in Hannover. Ich bin Steffen Holle, der Vorsitzende. Ihre Anzeige in den Zeitungen war eine Wucht! Die hat Bewegung in die Massen gebracht. Hundertmal mehr als unsere Flugblätter. Aber wir haben ja auch kein Geld für eine solche Anzeigenaktion.«

»Danke.« Tenndorf mußte unwillkürlich lächeln. Aber es war ein bitteres Lächeln. Da werden in Deutschland alljährlich Milliarden Zigaretten geraucht, Millionen Schnapsflaschen geleert – aber wenn jeder nur eine Mark für den Tierschutz geben sollte, würde sich ein Riesenschrei erheben. So wenig wert ist den Menschen das Tier, und fast alle bezeichnen sich als Tierfreunde! Was ist mit den Menschen bloß los? Die Tiere verlängern und retten ihr Leben, aber eine Mark sind sie ihnen nicht wert. Auch das sollte man ihnen einmal ganz deutlich sagen: Es ist so vieles faul im Zusammenleben von Mensch und Tier und mit der Natur im allgemeinen.

»Es freut mich, daß Sie angerufen haben, Herr Holle.«

»Das allein ist es nicht.« Steffen Holle sprach schnell, weil er spürte, daß Tenndorf einhängen wollte. Sein Gefühl trog ihn nicht... Tenndorf hielt den schon weggenommenen Hörer wieder an sein Ohr. »Wir haben noch eine Bitte.«

»Ich höre...«

»Wenn es Ihre Zeit zuläßt, wäre es für alle sehr nützlich, wenn Sie bei uns einmal vorbeikämen.«

»Sehr gern.« Tenndorf hängte einen uralten Witz an, der ihm immer wieder gefiel. »Aber von meinem Vorbeikommen haben Sie gar nichts... ich müßte schon reinkommen!«

»Sehr witzig.« Steffen Holle lachte etwas gequält. »Ich denke, wir können Ihnen vielleicht helfen. Wir haben eine Menge Adressen von Tierhändlern – legalen und illegalen – und von Instituten und Firmen, die sich mit Tierversuchen beschäftigen.«

»Das ist ja toll, Herr Holle! Ich bin schon morgen vormittag bei Ihnen.«

»Wir haben unser Büro in der Harvelust-Straße 14. Am Eingang steht allerdings nicht unser Vereinsname, sondern IMPO – Import und Export von Südfrüchten. Warum, das erfahren Sie, wenn Sie hier sind und – wie soll ich mich ausdrücken – unser Vertrauen gewonnen haben. Verzeihen Sie, das klingt dumm, ich weiß es, aber wir müssen aus bestimmten Gründen sehr vorsichtig sein.«

»Ich beginne zu verstehen«, sagte Tenndorf langsam. Gedanken jagten durch seinen Kopf. Das war es! Wenn es eine reale Chance gab, die letzte Möglichkeit vielleicht... das war es!

»Wir wären Ihnen sehr dankbar, Herr Tenndorf«, sagte Steffen Holle eindringlich, »wenn Sie von diesem Telefongespräch keinem erzählen würden. Auch der Mutter des betroffenen Jungen nicht.«

»Versprochen.«

»Danke. Dann also bis morgen vormittag.«

»Bis morgen.« Tenndorf legte auf. Er atmete ein paarmal tief durch. Namen von Instituten und Firmen, die mit Tierversuchen arbeiten. Waren Micky und Pumpi mit Hilfe dieser Aktionsgemeinschaft wiederzufinden? Die innere Spannung war so groß, daß Tenndorf aufsprang, zu seiner kleinen Hausbar ging und sich einen doppelten Kognak einschüttete. Jetzt nur den kühlen Kopf behalten, dachte er. Keine dumme Euphorie, keine voreiligen Erwartungen, keine übersteigerten Hoffnungen. Denn morgen sind Micky und Pumpi drei Tage verschwunden.

Im langen Gang des Kellers kamen Carola Holthusen nacheinander drei weißbekittelte Herren entgegen, ohne sie zu beachten oder anzusprechen. Weißer Kittel – sie gehörte dazu. Nur ein älterer »Kollege« blieb stehen, als sie etwas hilflos vor dem Labyrinth der Flure und Zimmer stand.

»Kann ich Ihnen helfen?« fragte er freundlich.

»Ich weiß nicht... Ich... ich komme von Haus Vier und soll in den Versuchstierstallungen einen Beagle-Hund abholen. Wir... wir probieren ein neues Sulfonamid aus...«

»Da sind Sie hier völlig falsch, Kollegin. Flur fünf, ganz hinten durch und dann links.«

»Flur fünf? Danke...« Carola stockte. »Wo ist Flur fünf?«

»Sie sind neu bei uns?«

»Ja. Warum?«

»Dachte ich mir. Bei uns haben die Flure keine Ziffer, sondern an den Ecken eine Farbe. Eins ist rot, zwei blau, drei gelb und so weiter. Flur fünf ist lila.«

»Danke, Herr...«

»Borromäus Polder. Ein ungewöhnlicher Name, ich weiß. – Aber meine Eltern werden sich damals vor 55 Jahren etwas dabei gedacht haben.«

»Ich bin Carola Holthusen. Nochmals vielen Dank.«

»Aber ich bitte Sie, nicht der Rede wert.« Polder, seit über zwanzig Jahren bei der Biosaturn und Chemiker für organische Chemie, winkte ab. »Wenn ich Ihnen irgendwie helfen kann, rufen Sie mich an. Hausnummer 583. Ich kenne das: Wer hier eintritt, irrt erst einmal herum und ist hinterher total verwirrt.«

»Vielleicht komme ich darauf zurück, Herr Polder.« Carola sah zur Flurecke, sah, daß sie gelb war, also Flur drei, und ging weiter. Polder blickte ihr kurz nach, so wie ein Mann auch reiferen Alters einer jungen schönen Frau nachblickt, und verschwand dann in seinem Zimmer.

Am Ende von Flur fünf – lila Farbe – und dann links im Stichflur lagen die Tierställe. Eine Doppeltür ohne Aufschrift führte in einen großen Raum, an dessen Wänden Transportkäfige standen. Aus den hinteren Räumen ertönte Gebell, Quietschen, Kreischen... ein Wirrwarr von Tierstimmen. Ab und zu überlagerte ein Schrei alle anderen Stimmen – ein Schrei, der fast menschlich klang.

Die große Doppeltür stand offen. Carola hörte, daß über einen anderen Gang Tiere herangeschafft wurden. Sie sah sich schnell um, wählte irgendeine Tür und schlüpfte in den Raum. Es war die Abteilung der schon mehrfach »laborierten« Tiere, armer, geschädigter Kreaturen, die Experimente überlebt hatten und nun wieder für neue Versuche hochgepäppelt wurden, Langzeitforschungen über die Wechselwirkung von Medikamenten und die Dauer der Absorption.

Die Tiere, meistens Hunde, aber auch Katzen, zwei Ziegen und ein Gewimmel von Meerschweinchen, lagen teils apathisch in ihren Käfigen, teils sprangen sie gegen die Gitter, fletschten die Zähne und benahmen sich wie toll, wenn Carola in ihre Nähe kam. Angstreaktionen? Haß auf den Menschen? Oder Wahnsinn, erzeugt durch Medikamente?

Zögernd, von kalten Schauern geschüttelt, ging Carola von Käfig zu Käfig. Pumpi war nicht hier, und auch Micky nicht. Aber da waren noch viele Türen, die von dem Zentralraum abgingen. Sie betrat wieder den großen Mittelraum und stieß auf die beiden Labordiener oder Tierpfleger. Verblüfft sahen sie Carola an, während der Lastwagenfahrer einen Drahtkorb mit vier dicken Kaninchen wegschleppte. Er schien sich hier gut auszukennen.

»Was machen Sie denn hier?« fragte einer der Tierpfleger. »Wer hat Sie reingelassen?«

»Die Tür steht ja weit offen.« Carolas Angst war plötzlich verflogen. Es war wie bei einem Sänger oder Schauspieler: Der erste Schritt hinaus auf die Bühne, in den Scheinwerfer, ist der schwerste. Steht man erst im Licht, ist alles Lampenfieber vorbei, und man spielt seine Rolle.

»Und was wollen Sie hier?«

»Ich soll einen Beagle-Hund aussuchen.«

»Anforderungsschein?« Der Tierpfleger hielt seine Hand hin.

»Hab' ich nicht.«

»Das gibt's doch nicht! Wovon kommen Sie denn?«

»Haus Vier...«

»Ausgerechnet! Die wissen doch, daß kein Tier rauskommt ohne Anforderungsschein und Registrierung. Bei uns herrscht Ordnung. Kommen Sie wieder, junge Frau, wenn Sie den Zettel haben.«

»Aber...«

»Nix aber! Wir sind hier doch kein Selbstbedienungsladen!« Die Pfleger ließen Carola einfach stehen und eilten den Gang hinunter, um den neuen Transport auszuladen. Der Fahrer des Lastwagens kam grinsend aus dem Raum für Kaninchen und andere Nagetiere zurück.

»Die machen sich für jede weiße Maus in die Hosen!« sagte er und tippte sich an die Stirn. »Die würden selbst

Buch über die Flöhe führen, wenn sie welche hätten.«

Carola antwortete nicht, verließ die Versuchstier-Ställe und bog in den Gang Nummer 6 ein... Farbe Orange. Nach einigen neutralen Türen kam sie an einigen breiteren Türen vorbei, an denen ein Schild »EINTRITT VERBOTEN« oder »ACHTUNG! SEPTISCH« hing. Sie war noch nie in einem Krankenhaus gewesen, aber im Fernsehen hatte sie so etwas oft gesehen. Genauso hatten die Türen zu den Operationsräumen ausgesehen.

Carola blieb stehen, überlegte und raffte allen Mut zusammen. Dann ging sie den Flur zurück, öffnete eine der breiten Türen und trat ein.

Mag sein, daß die Mittagszeit für diese Abteilung noch nicht beendet war oder daß die Mitarbeiter in mehreren Räumen gleichzeitig arbeiteten... der gekachelte, nach Desinfektion riechende Raum war leer. Die Lampen brannten, auch die breiten Scheinwerfer über drei Spezialtischen. Dort lagen, abgedeckt wie bei einer Operation an Menschen, drei Tierkörper. Große Hunde, wie Carola an der Abdeckung sah. Die Rasse war nicht zu erkennen. Die Hunde waren narkotisiert, aber sie schienen nicht mehr zu leben. Ihre Bäuche waren aufgeschnitten, wie bei den Menschen chirurgisch versorgt – nur hatte man sie nicht wieder zugenäht. Alles war steril, medizinisch einwandfrei, so wie Prof. Sänfter es geschildert hatte: Bei uns werden die Tiere wie Menschen behandelt... zum Nutzen der Menschen, für ihre Gesundheit.

Carola blickte noch einmal über die OP-Tische und verließ dann schnell den Raum. An der Tür stieß sie mit einem Mann zusammen, der – wie ein Chirurg – einen grünen Operationskittel und eine grüne Haube trug. Der Mundschutz baumelte unter seinem Kinn.

»Nanu, wen haben wir denn da?« sagte er jungenhaft fröhlich. »Ein verirrtes Rehchen? Die Behandlung von Bambis findet im Raum III statt. Dort gibt es eine schöne breite Couch, eine kleine Hausbar… es ist mein Zimmer! Gang Rosa – welche Farbe sonst? – Nummer III.«

»Sie sagten es bereits. Sie sollten im Staatsforst eine Tafel aufstellen, damit die Rehlein auch wissen, wohin sie kommen müssen…«

»Fabelhaft!« Der grün bekittelte Mann versperrte Carola den Durchgang zum Flur. »Eberhard Schelling, so heiße ich. Freunde nennen mich Hardy! Sie dürfen auch Hardy zu mir sagen. Sie gefallen mir.«

»Sehr gütig und großzügig. Aber Sie gefallen mir nicht!«

»Das gibt es doch gar nicht!« Dr. Schelling, bekannt in der Firma für seine plump-charmante Art, Frauen »aufzureißen«, lachte wohltönend.

»Sie sehen, es gibt so was! Bitte, geben Sie die Tür frei, Herr Schelling.«

»Nicht ohne Wegzoll, Bambi…«

»Warum wollen Sie unbedingt eine Ohrfeige haben?«

»Hinreißend!« Dr. Schelling ging nicht einen Schritt zur Seite. »Erst erklären Sie mir, was Sie hier suchten. Vor der Tür steht: Eintritt verboten. Trotzdem sind Sie drin. Das ist eine grobe Verfehlung.«

»Beginnt man so eine Erpressung?«

»Ich möchte eher sagen: die Klärung einer Lage.«

»Und damit Sie völlig klar sehen: Ich habe Dr. Borromäus Polder gesucht...«

»Im OP?! Der gute alte Borro kocht doch nur Affenurin!« Dr. Schelling lachte wieder. »Ich warne Sie, schöne Kollegin: Borro ist ein berüchtigter Hobbykoch. Man weiß nie, womit er seine Speisen würzt. Ob normal oder biologisch... er ist ganz verliebt in die Affenurin-Sedimente. Lehnen Sie jede Einladung zu einem selbstgemachten Essen ab. Kommen Sie zu mir...«

»Ich werde es mir notieren.« Das klang mehr als kühl, ja eisig. »Darf ich jetzt auf den Flur?«

»Freie Fahrt!« Dr. Schelling gab die Tür frei. »Schöne Kollegin, scheiden wir nicht im Groll. Lächeln Sie mal...«

»Worüber?! Wenn ich Sie anschaue?« Sie drehte sich brüsk um und ging schnell den Gang hinunter. Nur weg... diese Situation war ausgesprochen gefährlich. Sie wußte, daß Dr. Schelling ihr nachblickte, und bog deshalb in den nächsten Quergang ab. Erst, als sie um die Ecke gegangen war, atmete sie auf und ging langsamer. Ihr Herz klopfte, als sei ihr Brustkorb zu eng geworden.

Dr. Schelling ging in den Tier-OP zurück und schloß die breite Tür. Ein bemerkenswertes Mädchen, dachte er. Hübsches Gesicht, ausgewogene Figur und einen phantastischen Hintern. Man sollte sie nicht aus den Augen lassen. Bei dem alten Borro ist sie also. Was macht sie da? Und vor allem: Was soll der schon leicht potenzgeschädigte Polder mit ihr anfangen? Dort ist sie völlig fehl am Platz. Wir wollen doch mal sehen, ob wir da nicht was ändern können... Grundbedingung: Man muß ihren Namen wissen. Das andere regelt dann der wissenschaftliche Personalchef... zu Prof. Dühlken hatte er einen guten Draht.

Dr. Schelling trat an den ersten OP-Tisch. Während er arbeitete, traten drei weitere grün bekleidete Wissenschaftler ein und zwei OP-Gehilfen.

»Nanu?!« sagte einer der Forscher und stieß im Vorbeigehen Schelling in die Seite. »Schon an der Arbeit? Heute kein Mittagsschläfchen mit Katharina?«

»Seit gestern abend aus!« Dr. Schelling trat vom OP-Tisch zurück. Einer der OP-Gehilfen deckte das Tier ab und warf die grünen Tücher in einen großen Korb. Der tote Hund war ein mächtiger Rottweiler. Sein Fell wies zahlreiche kahlgeschorene Stellen auf, aus denen sich Eitergeschwüre herauswölbten. »Kathi kam auf den verrückten Gedanken, geheiratet werden zu wollen. Sofort Bremse ziehen, Freunde, zurücksetzen und mit voller Fahrt in entgegengesetzter Richtung weg!« Schelling ging zum Becken, wusch sich Unterarme und Hände und tauchte sie dann noch in eine Desinfektionslösung. »Aber nicht den Kopf hängen lassen, meine Lieben... es geht in Kürze weiter. Ich habe da heute eine entzückende Maus kennengelernt... eine Stachelmaus! Hat sofort die Stacheln ausgefahren. Aber es nutzt ihr nichts... Ich werde sie schon bald in meinem OP haben.«

Er lachte wieder schallend, ließ sich den grünen Kittel

ausziehen und zog in einem seitlich anschließenden Raum seine Zivilkleidung an. Draußen vor dem OP zögerte er etwas, schlug dann die Fäuste gegeneinander und ging zu Borromäus Polder, Zimmer 583.

Polder saß vor einem komplizierten Meßgerät und blickte bei Schellings Eintritt nur kurz auf. Im Zimmer roch es tatsächlich scharf nach Urin.

»Was hast du denn da in der Pfanne?« rief Schelling munter. »Saure Nierchen, was?«

»Eine Mukopolysaccharidose...«

»Du lieber Himmel, da muß man ja ein Zungenartist sein!« Schelling setzte sich auf die Kante des Schreibtisches. »Wie heißt deine neue Mitarbeiterin?« fragte er unvermittelt. Er wollte den Überraschungsmoment ausnutzen.

Aber Dr. Polder reagierte überhaupt nicht. »Von wem sprichst du?« fragte er nur und schaute weiter durch die Okulare seines Gerätes.

»Nun spiel nicht den Säulenheiligen, Borro. Die Kleine mit dem tollen Hintern.«

»Bei mir ist kein toller Hintern.«

»Willst du sie verstecken? Borro, sei vernünftig... setz dich keinem Herzinfarkt aus... die schaffst du nicht mehr!«

»Ich weiß nicht, wovon du sprichst. Wirklich nicht.«

»Sie war bei mir im OP und hat dich gesucht.«

»Unmöglich. Ich war die ganze Zeit hier. Sie hat wirklich meinen Namen genannt?«

»Dieses kleine Luder!« Dr. Schelling schlug mit der flachen Hand auf den Tisch. »Legt mich rein! Aber sie muß dich kennen, denn sie hat deinen Namen wie selbstverständlich genannt. Wie eine alte Mitarbeiterin, zumindest wie eine vertraute.«

»Wie sah sie aus?« Dr. Polder drehte sich auf seinem Stuhl um.

»Hübsch.«

»Das ist keine Beschreibung.«

»Himmel noch mal. Spiel nicht den völlig Ahnungslosen! Jemand, den du nicht kennst, kann dich ja nicht nennen!«

»War sie groß, etwa 1,70 Meter, und schlank?«

»Ja.«

»Mittelblonde Haare?«

»Ja!«

»Sportliche Figur, Alter so Ende Zwanzig, trägt einen weißen Laborkittel...«

»Du kennst sie!« Dr. Schelling sprang von der Tischkante herunter. »Wie heißt sie? Wo finde ich sie?«

»Keine Ahnung.«

»Borro, mach keinen Quatsch! Du kannst sie nicht einsperren!«

»Ich weiß weder, wie sie heißt, wo sie wohnt, wo man sie erreichen kann noch was sie tut. Ich bin ihr auf dem Flur begegnet, da stand sie hilflos rum und suchte die Tierabteilung. Ich habe ihr den Weg beschrieben.« Dr. Polder wischte sich über die Augen. »Ach ja, sie sagte noch, sie käme aus Haus Vier. Das ist alles.«

Polder sah Schelling unbefangen in die Augen. Carola Holthusen heißt sie, dachte er. Aber den Namen wirst du von mir nie erfahren, mein Junge! Sie kommt nicht auf deine »Abschußliste«. Ich werde alles tun, was ich tun kann, um das zu verhindern.

»Zufrieden?« fragte er.

»Damit kann man schon was anfangen. Ich werde Haus Vier durchforsten. Danke für den Hinweis... und nun forsch schön weiter in deinem Affenurin!« Vor sich hinpfeifend, ging Dr. Schelling hinaus.

Dr. Polder schüttelte den Kopf. »Du Lackaffe!« sagte er laut.

Den ganzen Nachmittag lief Carola von Haus zu Haus und erkundete die Biosaturn. Ihre anfängliche Angst hatte sich völlig gelegt. Wo sie auch hinkam, man fragte nicht, nickte ihr grüßend zu, arbeitete weiter. Sie sah große Laborsäle, kleinere Speziallabors, Zimmer mit Spezialmaschinen, riesigen Mikroskopen, komplizierten Geräten, deren Funktionen ihr völlig rätselhaft vorkamen. Und die langen Hallen der Herstellung, die automatischen Pillen- und Dragee-Former, die Automaten für die Injektionsampullen, die Verpackungsmaschinen, die Packerei. Es war faszinierend, zum erstenmal den Weg vom Labor bis zum fertigen, helfenden oder sogar heilenden Medikament zu verfolgen.

Die Zeit ging schnell herum. Mit dem Schwarm der anderen Angestellten verließ Carola nach Dienstschluß das Gelände der Biosaturn, stieg in ihren Wagen, den sie drei Straßen weiter geparkt hatte, und fuhr nach Hause. Der erste Tag war ein Erfolg gewesen. Sie hatte die Biosaturn genau kennengelernt, wußte, wo die Versuchstiere gehalten wurden. Vor allem aber: Niemand hatte Verdacht geschöpft. Sie gehörte, wie selbstverständlich, zur Belegschaft der Biosaturn.

Welch ein Irrtum!

Kaum hatte Dr. Schelling den Kollegen »Borro« verlassen, rief Dr. Polder die Personalabteilung an.

Es dauerte nur ein paar Sekunden, bis der Computer meldete: Nein, bei uns gibt es keine Carola Holthusen.

»Sie muß neu sein. Gerade eingestellt...«

»Auch dann wäre sie im Computer, Herr Doktor.« Die Sekretärin schien noch einmal den Computer abzurufen. »Tut mir leid, auch bei den Probeanstellungen ist keine Carola Holthusen verzeichnet. Jeder Mitarbeiter wird sofort eingespeichert.«

»Aber diese Carola ist hier, läuft im weißen Laborkittel herum! Ich habe doch selbst mit ihr gesprochen.«

»Das ist unmöglich...«

»Halten Sie mich für geistig verwirrt?!«

»Das wage ich nicht zu behaupten, Herr Doktor...«

»Danke!« Dr. Polder knallte den Hörer auf das Telefon.

Es gibt keine Carola Holthusen. Wer war also die junge hübsche Dame?

Eine merkwürdige Angelegenheit, wert, es dem Leiter des Werkschutzes zu melden.

Aber Dr. Polder rief nicht bei der Sicherungsabteilung an. Er beschloß, die Dinge selbst in die Hand zu nehmen. Wer diese Frau auch war, sie war nicht zum letztenmal in der Biosaturn gewesen. Sie würde wiederkommen.

Irgendwo würde er sie treffen ... hoffentlich nicht später als Dr. Schelling.

Am Abend ging Horst Tenndorf wieder hinüber zu Carola. Er platzte fast vor Neugier und Spannung. Mike, der nach der Schule den ganzen Nachmittag bei ihm verbracht hatte, war eine Quelle von Informationen, was seine Mutter betraf. Tenndorf lenkte ihn durch Fragen geschickt immer wieder in Erinnerungen, die vor ihm das Bild der Familie Holthusen, vor allem aber von Carola entstehen ließen.

Danach war Mikes Vater eines Morgens zur Arbeit gefahren, aber am Abend nicht wie gewohnt zurückgekommen. Dafür rief er, bevor Carola die Polizei alarmieren konnte, aus Rom an und sagte ganz einfach: »Ich komme nicht wieder. Du hast es vielleicht schon geahnt, und nun sage ich dir, es ist wirklich so: Ich liebe Lilo, wir werden aus Europa verschwinden, ein völlig neues Leben anfangen. Frag nicht, warum ... Ich hätte nie gedacht, daß so etwas möglich sein könnte. Aber du bist ja noch jung genug, um wieder in deinen Beruf hineinzukommen, du hast noch viele Bekannte in der Modebranche. Für den Übergang habe ich dir auf dein Konto dreißigtausend Mark überwiesen. Und verdamme vor Michael nicht seinen Vater, sag ihm, daß ich ihn, wo ich auch sein werde, immer liebe und daß ich da bin, wenn er mich braucht. Nein, Carola, verlange von mir keine Erklärungen. Fühle dich völlig frei ...« Dann hatte er aufgelegt.

Carola hatte dieses Gespräch aufgeschrieben, und Mike

hatte es später – vor einem halben Jahr – gelesen. »Das schaffen wir auch ohne ihn, was, Mama?« hatte er gesagt und ihre Hände umklammert. »Du hast ja schon wieder vier Kollektionen entworfen...«

Ein Junge, in die Selbständigkeit hineingeworfen, und eine Mutter, die sich durch Kummer und Enttäuschung durchgekämpft hatte.

Dieser Holthusen muß ein Riesenrindvieh gewesen sein, dachte Tenndorf zum wiederholten Male. Wer läßt eine solch fabelhafte Frau im Stich? Das ist doch hirnverbrannt! Er kannte zwar diese Lilo, Holthusens Sekretärin, nicht, aber er stellte sie sich als ein Püppchen vor, anschmiegsam, katzenschnurrend, immer zum Liebesspiel bereit, ein wenig dümmlich, aber sonst geladen mit Raffinesse, und Holthusen war darauf hereingefallen. Wie's auch gewesen war, Tenndorf sah es als seine Pflicht an, sich jetzt um Carola zu kümmern. Auch wenn ihn niemand dazu aufgefordert hatte, der Schicksalsschlag, der die Kinder getroffen hatte, verband sie miteinander.

Die Gedanken Tenndorfs waren typisch Mann: Stets suchte er nach einem Staubkorn von Rechtfertigung...

»Wie war es?« fragte er sofort beim Eintritt in die Diele.

»Es ist wirklich gut gelaufen. Ich kenne jetzt die ganze Biosaturn.« Carola lachte und ging ihm voraus ins Wohnzimmer. Er sah ihr nach... auf ihre Beine, auf die Schultern, über die ihre Haare fielen. Holthusen, du warst wirklich ein Idiot...

»Waren Sie auch bei den Tieren, Carola?«

»Ja, aber nur in einem Raum. Doch ich weiß jetzt, wo sie gehalten werden. Morgen werde ich in die anderen Räume hineinkommen.«

Und auch das war wieder ein großer Irrtum.

6

Die »Imexsüd«, wie sich die Import- und Exportgesellschaft von Südfrüchten nannte – unter dem Schild stand auch noch »Impo«, als handele es sich um eine umfangreiche Firma –, hatte ihr Büro in einem schönen Jugendstil-Haus in der Harvelust-Straße. Nichts wies darauf hin, daß es sich um eine Scheinadresse handelte und die beiden Räume äußerst kärglich eingerichtet waren: Im ersten Zimmer gab es zwei einfache Tische, ein paar Stühle, einen Kleiderständer, ein offenes Regal mit ein paar Büchern, ein Telefon.

Der dahinter liegende Raum war leer bis auf sieben größere Tierkäfige und einen Berg Decken. Einige Näpfe aus Plastik waren ineinandergestapelt. In einer Ecke standen zwei Kartons mit Blechkonserven – Hunde- und Katzenfutter. An der Längswand hing ein großes Farbposter: ein struppiger Dackel, der Männchen macht, und darunter dick die Schriftzeile »Bitte, bitte, nicht auf den Versuchstisch«.

Der Vorsitzende der Aktionsgemeinschaft »Rettet die Tiere e. V.« erwartete Horst Tenndorf schon. Steffen Holle war ein noch junger, langgelockter Mann in einer abgewetzten Lederjacke und engen, ausgewaschenen Jeans. Ein Typ, den biedere Bürger meist scheel von der Seite ansehen und nicht ahnen, was sich hinter der äußeren Lässigkeit verbirgt. Er wirkte wie ein Mensch, der sich das Leben nach Gelegenheiten einteilt und ganz glücklich dabei ist.

Holle gab Tenndorf die Hand und wies auf einen der alten Stühle. »Schön, daß Sie gekommen sind. Zigarette? Schnäpschen?«

»So früh am Vormittag nicht. Danke.« Tenndorf blieb stehen und sah sich um. »Ihr Südfrucht-Import scheint mit faulen Früchten zu handeln. Nach viel Umsatz sieht es hier nicht aus.«

»Wir lieben die englische Art.« Holle lachte jungenhaft. »Nicht zeigen, was man auf dem Konto hat, aber um so potenter sein.«

»Haben Sie viel auf dem Konto?«

»Ja, und wie... massenhaft Luft!«

»Wer trägt denn Ihren Verein?«

»Wir Mitglieder und freiwillige Spenden.« Holle breitete die Arme weit aus. »Wir sind die letzten großen Idealisten.«

»Und deshalb verstecken Sie sich auch hinter einem fremden Firmenschild.«

»Genau. Gegen uns, das heißt gegen Unbekannt, laufen vier Ermittlungsverfahren der Staatsanwaltschaft. Wegen Einbruchs und wegen Diebstahls verschiedener Tiere unterschiedlicher Rassen, wie es so schön heißt.«

»Das ist ja ein Hammer!« Tenndorf setzte sich, nahm eine Zigarette an und steckte sie in Brand. »Das waren Sie? Die spektakulären Tierbefreiungen, über die alle Zeitungen und Illustrierten schrieben?«

»Ich und meine Freunde... ja.«

»Es gab Bilder von einem Mann mit einer Strumpfmaske... das waren also Sie? Wirklich, Sie konnte keiner erkennen!« Tenndorf sah Holle durch den Rauch der Zigarette an. »Warum erzählen Sie mir das? Ich bin Ihnen völlig fremd. Ich könnte Ihr Inkognito verraten, zumal ich Kommissar Abbels kenne. Der hat den Fall doch in den Händen, nicht wahr?«

»Ja. Und ich nehme an, Sie waren wegen Pumpi und Micky bei Abbels vorstellig.«

»Vorstellig? Sie sprechen wie ein Jurist.«

»Ich bin einer.«

»Das ist wirklich ein Streich!«

Holle grinste breit und setzte sich vor Tenndorf auf die Tischkante. »Sie werden es für total verrückt halten, aber ich bin in der hiesigen Staatsanwaltschaft. Mein lieber und geschätzter Kollege Ernst Doenburg ermittelt gegen mich Unbekannten. Verstehen Sie nun, daß ich mich hinter Impo und Imexsüd verbergen muß? Noch kann es mich meine ganze Karriere kosten...«

»Noch? Sie glauben, daß sich da was ändert? Einbruch bleibt Einbruch, und Diebstahl bleibt Diebstahl. Sie haben ja keine Lebewesen vom sicheren, furchtbaren Experimentiertod befreit, sondern ganz klar eine Sache gestohlen!«

»Genau das ist es, was ich hoffe, ändern zu können. Nicht nur ich, sondern viele meiner Kollegen: die Anerkennung des Tieres als Lebewesen und nicht als juristische Sache.« Holle winkte ab. »Aber das ist ein Fernziel. Wir werden noch lange im Untergrund arbeiten müssen, bis die Herren in Bonn aufwachen und sich zu Gesetzesänderungen durchringen. Ein mit konzentrierter Waschmittellauge gefütterter Hund ist ja nicht so wichtig wie ein Beschluß, die Abgeordnetendiäten zu erhöhen. Da sind alle Parteien einstimmige Freunde.«

»Das sagt ein Diener des Staates? Sie sind mir der richtige Staatsanwalt!«

Beide lachten. Dann wurde Holle sehr ernst.

»Ich habe Sie nicht in diese Höhle eingeladen, um Sie zu einer Spende zu animieren. Ich wollte Ihnen einen Teil unseres Materials vorlegen.«

»Danke. Mir reicht das, was ich bei Professor Sänfter gesehen habe. Nur...«

»Was nur...?« Holle zog die Augenbrauen hoch. »Das hat den Unterton von Kompromißbereitschaft...«

»Vom Diphtherieserum bis zum Insulin, von den Antibiotika bis zu den Schutzimpfungen, von Venenverpflanzungen bis zur Herztransplantation – alles ist erst an Tieren erprobt worden und nutzt jetzt uns, den Menschen. Millionen Leben wurden dadurch gerettet. Da muß ich Sänfter recht geben.«

»Ich auch.«

»Ach!«

»Aber darum geht es ja nicht. Ich will jetzt nicht fragen: Wenn Ihre Micky dazu beitrüge, in der Therapie der Multiplen Sklerose einen Schritt weiterzukommen, würden Sie dann sagen: Gut denn, schreiben wir Micky ab!? Es geht um ganz andere Versuche, Experimente der Perversion, so möchte ich es nennen.« Holle griff hinter sich, zog eine Mappe zu sich heran und schlug sie auf. Sie enthielt Fotos über Fotos. Schon beim Blick auf das zuoberst liegende krampfte sich Tenndorfs Herz zusammen.

»Haarsträubende Beispiele – wollen Sie sie sehen?« sagte Holle.

»Ja«, Tenndorf überwand sich und nickte. »Ich frage mich nur: Warum?«

»Das erkläre ich Ihnen später.« Holle reichte ihm ein Bild. »Fotos aus einer sogenannten LD-50-Testreihe. Zur Erklärung: L heißt letal, also tödlich, D heißt Dosis, und 50 ist der Prozentsatz. Mit diesem LD-50-Test wird die akute und subakute Toxizität einer Substanz ermittelt, also die Giftigkeit eines Mittels. Mehrere Versuchsgruppen bekommen unterschiedliche Konzentrationen. Wenn in einer Gruppe 50 Prozent der Tiere sterben, ist das Testziel erreicht. Daher also 50! Mit anderen Worten: Die in den LD-50-Test genommenen Tiere sind zum Tode verurteilt. Wir wissen, wie lange so ein qualvolles Giftsterben dauern kann – Stunden, Tage, Wochen, ein Todeskampf unter fürchterlichen Qualen. So wurde ein neues Pflanzenschutzmittel getestet an Affen, Hunden und Katzen. Die Tiere litten danach an Atemnot, Übelkeit, Erbrechen, Lähmungen, Erblindungen, Lungenzersetzung und Hirnkrämpfen, bis sie endlich nach über zwei Wochen von ihren Leiden erlöst wurden.

Nur, damit eine Rose keine Blattläuse bekommt!« Holle nahm Tenndorf das Foto ab. »Für diese LD-50-Versuche braucht man keine wertvollen Zuchttiere. Da genügen auch auf der Straße eingefangene Hunde und Katzen…«

»Mein Gott! Woher nehmen Sie die Perversität, mir, gerade mir das zu sagen?« sagte Tenndorf gepreßt.

Holle winkte ab und griff zum nächsten Foto. »Was sehen Sie hier? Ein Schwein, ein richtiges Hausschwein, auf dem Seziertisch. Eine Tierklinik, wird jeder denken, der das Foto sieht. Irrtum! Das Foto zeigt eine Vivisektion im Auftrage der Bundeswehr. Denn das Schwein wurde erschossen. Mit einer neuen Munition, deren Durchschlagskraft und Wirkung man auf verschiedene Entfernungen testet. So erprobt man an Tieren auch die sogenannte C-Waffe, die chemischen Kampfmittel wie Giftgas. Ebenso Bakterienbomben und Vakuumgranaten. Und auch das ist bekannt: Für militärische Versuche sind in den Jahren 1970 bis 1983 von der Bundeswehr rund 96000 Schafe, Schweine, Ziegen, Maultiere und Hunde herangezogen worden. Sie hören richtig – im Militärjargon heißt es tatsächlich ›herangezogen‹. Ab 1983 bisher Schweigen, aber wir ahnen Schreckliches.«

Holle legte das Foto zu den anderen. Tenndorf schwieg. Nur um seine Augen zuckte es merklich.

»Sie könnten jetzt entgegnen: Was wollen Sie eigentlich! Sie regen sich über ein erschossenes Schwein auf, und täglich werden in der ganzen Welt Millionen Schweine geschlachtet und gegessen. Millionen Rinder, Millionen Hammel, Millionen Kälbchen. Wir, die Menschen, fressen sie. Warum soll man da nicht ein paar Ziegen oder Schweine mit neuer Munition erschießen oder in Gaskammern umbringen? Die Jäger schießen ja auch Rehe, Böcke, Fasanen – für die Pfanne, für den Brattopf, für den Grill. Dieses erschossene Bundeswehrschwein vermittelt aber Erkenntnisse, die im Ernstfall eines Krieges verwertet werden können, zum Schutz der Menschen! Eine Argumentation wie bei den Medizinern. Was denken Sie jetzt?«

»An mein Mittagessen. Ich wollte mir ein Steak braten...« Tenndorf verzog den Mund zu einem matten Lächeln. »Sollen wir alle Vegetarier werden? Da werden Grüne Botaniker behaupten: Auch Pflanzen sind Lebewesen! Amerikanische Forscher haben angeblich festgestellt, daß Blumen, wenn sie ausgerupft oder geschnitten werden, weinen können! Was bleibt uns dann noch? Nur das Verhungern! Herr Holle, das ist doch irr!« Tenndorf schlug sich mit der flachen Hand gegen die Stirn. »Wenn man das ganze Problem der Tierversuche so sieht, hat jede Diskussion überhaupt keinen Sinn mehr! Es geht doch nicht um das getötete Tier, es geht um das gequälte Tier! Um eine vermeidbare Grausamkeit am Tier.«

»Genau das wollte ich von Ihnen hören, Herr Tenndorf.« Holle klappte die Bildermappe zu. Die anderen Fotos zeigten doch nur in Variationen das Gleiche: verstümmelte Kreaturen, auf Seziertischen, in Foltergeräten, in Apparate eingespannt, aufgehängt oder mit eingepflanzten Elektroden. »Mir schien es, als habe Professor Sänfter Sie unsicher gemacht. Natürlich braten auch wir weiterhin unser Steak und grillen unser Spanferkel.«

»Zum drittenmal meine Frage: Warum zeigen und erzählen Sie mir das alles?«

»Um Sie zu gewinnen.«

»Gewinnen? Wofür?«

»Für neue Aktionen gegen die Händler, die diese Tiere für den Tod verhökern.« Holle steckte sich eine neue Zigarette an. »Es ist doch so, Herr Tenndorf: Alle Welt regt sich über die Fotos von den Tierversuchen auf. Da werden lange Artikel geschrieben, da werden Maßnahmen gefordert, neue Gesetze, Bestrafungen, ein Volk empört sich lauthals. Aber was geschieht wirklich? Nichts! Gar nichts! Nur billige Lippenbekenntnisse, bis hinauf zur Regierung und den verantwortlichen Ministern. Neue Gesetze? Ja, aber ganz sanfte, stilisierte, denn die Lobby ist groß und wendig und stark. Mittlerweile leben ganze Industrien von den Tierversuchen. Da gibt's Fabriken für klimatisierte Mäusebrutkästen, Tiefkühlanlagen für eingefrorene Versuchstier-Embryos, sogenannte Primatenstühle, auf denen man die Affen festschnallt, nicht zu vergessen das umfangreiche Tierlabor-Zubehör, die Käfige, die Ausstattung der Tierzuchtanstalten. Wissen Sie, daß die amerikanische Multi-Firma ›Charles River Breeding Laboratories‹ jährlich 20 Millionen Versuchstiere liefert und jetzt auch in Deutschland eine Filiale eröffnet? 20 Millionen Tiere für tödliche Experimente – kann man sich diese Menge überhaupt noch vorstellen? *Hier* liegt die Macht der Tierschänder: die Größenordnung, die Industrialisierung des Tötens, die Tausende von Arbeitsplätzen. Da zieht jeder Minister die Decke über den Kopf.« Holle atmete tief durch. »Was nutzen Proteste? Was Schweigemärsche mit Transparenten? Was jede Aufregung? Alles nur Atem, in den Wind geblasen. Nein... es muß *gehandelt* werden! Und handeln heißt hier: direkter Angriff auf die Tierverächter. Zuschlagen, wo andere nur reden. Durch Taten etwas erzwingen. Das klingt sehr radikal. Aber die Trägheit der Menschen schreit nach Radikalität.«

»Und da soll ich mitmachen?«

»Ja! Es gibt, wie gesagt, viele, die reden, aber wenige, die sich engagieren. Sie sind ein Mensch, den man darauf ansprechen kann. Ihre Zeitungsanzeige beweist es.«

Tenndorf sah schweigend vor sich hin. Holle wartete auf eine Antwort, aber statt dessen sagte Tenndorf plötzlich: »Geben Sie mir jetzt doch einen Kognak.«

»Na also.« Holle griff in das wackelige Regal, schob zwei Aktenordner zur Seite und holte dahinter eine Flasche hervor. Gläser, allerdings nur Wassergläser, standen daneben. »Andere hab' ich nicht«, sagte er. »Die Russen trinken Wodka auch aus Wassergläsern.«

»Bitte nur einen Fingerbreit für mich.«

Holle goß ein. Tenndorf prostete ihm zu, trank und kippte sein Glas hinunter. »So, jetzt ist mir wohler«, sagte er dann. »Sie glauben also, ich binde mir einen Schal vor den Mund oder ziehe eine Strumpfmaske über und klaue Tiere...«

»Befreie, Herr Tenndorf, befreie...«

»Wie stellen Sie sich das vor?«

»Wir kommen hier zusammen, besprechen die Aktion, planen alles bis ins Letzte, kalkulieren Schwierigkeiten ein – so eine Art Generalstabsarbeit, wissen Sie. Dann beginnt nachts die Aktion. Nur mit dem Unterschied, daß wir dann einen Mann mehr haben.«

»Wenn ich zusage...«

»Da Sie nicht spontan aufgestanden und gegangen sind, nehme ich an, daß Sie zusagen.«

»Und welche Funktion haben Sie mir zugedacht?«

»Nicht die des eigentlichen Befreiers. Sie bilden den Troß, um weiterhin so kriegerisch zu sprechen. Sie sollen den Lkw fahren und die befreiten Tiere in das Versteck bringen.«

»Für diesen einfachen Job brauchen Sie mich? Das kann doch jeder andere auch machen.«

»Nein. Denn das Fahren ist nicht alles. Wir brauchen ein größeres Versteck.«

»Aha!«

»Wir wollen unsere Aktionen ausweiten. Wir können immer nur so viele Tiere befreien, wie wir Unterbringungsmöglichkeiten haben. Es zieht mir das Herz zusammen, wenn ich die anderen zurücklassen muß und weiß, morgen oder übermorgen sind sie zu den Versuchen abtransportiert.« Holle lächelte Tenndorf kumpelhaft an. »Sie sind Architekt, Sie haben mehrere Bauten in und außerhalb Hannovers, es ist strenger Winter, die Bauten liegen zum größten Teil still, aber was fertig ist, sind die Keller. Sie wissen, worauf ich hinauswill?«

»Nicht übel. Nur hat das einen Haken.«

»Welchen?«

»Die Keller sind natürlich ungeheizt. Bei dieser Kälte buchstäblich Eiskeller.«

»Schon einkalkuliert. Es gibt ja Wärmestrahler. Gas-Wärmestrahler, an Propanflaschen angeschlossen.« Holle trank sein Glas aus. »Sie sehen, wir haben an alles gedacht. Was wir noch nicht hatten, war ein Quartiermeister ... eben Sie.«

»Ich muß sagen, ich bekomme Appetit an der Sache.« Tenndorf blickte auf seine Uhr. »Wann ist die nächste Versammlung Ihrer Aktionsgemeinschaft? Ich muß das Gespräch mit Ihnen leider abbrechen. Ich habe in einer halben Stunde einen Termin bei Professor Sänfter.«

»Dann wünsche ich Ihnen viel Standhaftigkeit.« Holle streckte ihm die Hand hin. »Seien Sie kein Politiker, fallen Sie nicht um!«

Sie lachten, verabschiedeten sich wie alte Freunde, und Holle blickte Tenndorf nach, bis das Auto an der nächsten Straßenecke abbog. Zurück im Büro, griff er zum Telefon und rief einen Mann an, den er Harry nannte.

»Ich glaube, es klappt«, sagte er. »Hast du den Wagen?«

»In Ordnung. Einen Zweitonner. Da kriegen wir gut und gern zweihundert Tiere rein.«

»Fabelhaft. Bis morgen, Harry. Achtzehn Uhr hier.«

Holle legte auf, steckte sich wieder eine Zigarette an, trat an das Fenster und blickte hinaus auf die verschneite Straße.

Assessor Dr. Steffen Holle, Staatsanwaltschaft Hannover, der unbekannte Tierbefreier, gegen den bereits drei Ermittlungsverfahren liefen. Eines davon bearbeitete er selbst.

Wenn das jemals bekannt wurde, war er lebenslänglich arbeitslos. Wer würde ihn denn noch nehmen? Der Staat nicht, die Industrie nicht. Selbst eine Praxis aufmachen? Mit Juristen konnte man bald die Straßen pflastern.

Und in den nächsten Tagen würde man eine neue Akte anlegen: nächtlicher Einbruch und Großdiebstahl von Tieren. Es war anzunehmen, daß der Jüngste in der Staatsanwaltschaft auch diese Straftat zur Bearbeitung bekommen würde.

Um die Mittagszeit kam Laurenz Kabelmann ins Haus und zog ein dummes Gesicht. Er roch nach Stall, ein strenger Geruch von Kot und Urin, der sich in der Kleidung festgesetzt hatte. Zum erstenmal seit Monaten waren die Ställe richtig gesäubert worden. Mit heißem Wasser hatte Kabelmann die Gänge geschrubbt, jeden Einzelstall ausgeräumt und den festgebackenen Kot von den Gittern und den Böden gekratzt. Besonders verdreckte Tiere hatte er sogar gebadet, mit Seife und Bürste abgeschrubbt und schwärende Wunden behandelt. Er kam sich vor wie Herakles, der den Stall des Augias gesäubert hatte.

»Der Kerl ist Gold wert!« hatte Wulpert zu seiner Frau Emmi und seinem Sohn Josef gesagt. »So verwildert er aussieht – arbeiten kann er. Das hätte ich ihm nie zugetraut ... wie man sich doch irren kann! Ein halbes Jahr bei uns, und wir haben aus dem wieder 'nen Menschen gemacht! Wetten? Der bleibt bei uns, auch wenn es Frühling wird. Der geht nicht wieder auf die Walze.«

»Was ist denn los?« fragte Wulpert. Er saß schon am Tisch, aus der Küche strömte Bratenduft. »Hunger? Noch zehn Minuten, Lauro. Es gibt Rindsrouladen.«

»Draußen ist einer«, sagte Kabelmann mißmutig. »Will nicht weggehen.«

»Wer ist draußen?«

»So 'n Affe von der Presse... ein Reporter...«

Wulpert zuckte hoch, als hätte ihn ein Stromstoß getroffen.

»Du Arschloch!« brüllte er. »Warum hast du ihn nicht in die Fresse gehauen?!«

»Ich wußte doch nicht...« Kabelmann riß die Augen auf und stotterte. »Ich habe gedacht... von wegen Reklame... aber dann...«

»Vollidiot!« Wulpert riß den Stuhl um, stürmte aus dem Haus und stürzte auf den Reporter zu, der draußen im Hof wartete. Die Kamera hatte er schußbereit vor der Brust. Kabelmann ging langsam hinterher. Niemand sah, wie er grinste. Wozu doch ein struppiger Bart gut ist.

»Raus!« sagte Wulpert heiser, als er vor dem Reporter stand. »Sofort runter von meinem Hof!«

»Ich komme von der Illustrierten ›Blick in die Welt‹. Ich möchte...«

»Die ›Blick in die Welt‹ kann mich kreuzweise!« brüllte Wulpert. »Hier gibt es nichts zu blicken! Das ist ein Bauernhof wie alle anderen mit Tierzucht und Tierverkauf.« Er starrte auf die Kamera und holte tief Luft. »Haben Sie schon fotografiert? Was haben Sie aufgenommen?«

»Nur das Haus, die Einfahrt, den Hof, die Ställe von außen, die Hallen, die Stapel von Käfigen. Transportieren Sie Schweine oder Kälber mit Käfigen?«

Wulpert gab keinen Laut von sich. Aber plötzlich stürzte sich der bullige Mann auf den Reporter, riß ihm mit einem wilden Ruck die Kamera vom Hals, so daß der lederne Riemen zerriß, und warf sie Kabelmann zu. Der fing sie geschickt auf.

Sprachlos starrte der Journalist den rabiaten Wulpert an und rieb sich den Nacken. »Sind ... sind Sie verrückt?« stotterte er schließlich. »Geben Sie sofort die Kamera her! Das ist Körperverletzung, was Sie da tun!«

»Die kommt erst noch!« Wulpert packte den Reporter am Parka und schüttelte ihn. »Lauro«, schrie er, »reiß den Film raus! Und dann lernt der Kerl fliegen.« Er stieß den Reporter gegen die Scheunenwand und drückte ihn mit seinen Fäusten dagegen. »Hast du, Lauro?«

»Alles klar, Chef.« Kabelmann kam zu ihnen. »Film ist raus! Hier ist der Apparat.«

Wulpert nahm die Kamera, drückte sie dem Reporter in die Hand, stieß ihn durch das Hoftor und gab ihm dort drei kräftige Ohrfeigen. Der Kerl schwankte unter den Schlägen, aber er wehrte sich nicht. Gegen einen solchen Bullen von Mann kam er nicht an, auch wenn Wulpert nur noch ein Bein hatte.

»Beim nächsten Mal biste krankenhausreif!« brüllte Wulpert und gab dem Reporter noch einen Stoß vor die Brust. »Da kannste deine Knochen aufsammeln! Hau ab, Mensch!«

»Das wird Ihnen noch leid tun«, sagte der Reporter schwer atmend. »Ich kann auch ohne Fotos über Sie berichten...«

»Noch ein Wort, und du hast ein zermatschtes Gehirn!« schrie Wulpert. Dann stürmte er zum Haus zurück. Dort lehnte Kabelmann an der Wand und hielt ihm den Film entgegen. Wulpert riß ihn ihm aus der Hand und rannte ins Haus. So sah er nicht, wie Kabelmann dem Reporter zuwinkte und das Fingerzeichen des Siegers machte. Und Wulpert ahnte nicht, daß er einen unbelichteten Film mitgenommen hatte. Der richtige, belichtete Film steckte in Kabelmanns Hosentasche. Und er zeigte nicht nur den Bauernhof von außen, sondern die Ställe von innen, die langen Reihen von Käfigen aller Größe, die verängstigten Tiere in drangvoller Enge, das schreckliche Elend der »Voroperierten«.

Und noch etwas hatte man erreicht: Wulpert geriet in eine versteckte Panik. Man hatte ihn entdeckt. Die Presse war ihm auf der Spur...

Am Abend stand Tenndorf vor Carola Holthusens Tür, eine dickbauchige Flasche im Arm, das Gesicht bühnenreif zu einer traurigen Maske verzogen.

»Sagen Sie jetzt nicht: Ich habe keine Zeit. Ich muß irgendwohin. Vor Ihnen steht eine Vollwaise und...«

»Kommen Sie rein!« lachte Carola. »Was haben Sie denn da mitgebracht?«

»Eine große Pulle Champagner... eine Magnumflasche. Gut vorgekühlt.«

»Champagner? Was muß denn gefeiert werden?«

Sie ging zu dem Schrank mit den Gläsern, holte zwei Sektflöten heraus und eine silberne Schale mit Gebäck, das sie immer griffbereit hatte. Wie Millionen andere war auch sie dem Laster verfallen, vor dem Fernsehapparat zu knabbern. Doch hatte sie vielen eines voraus: Sie hatte keine Probleme mit der Figur. Sie konnte naschen, ohne bereuen zu müssen.

»Wir feiern heute meinen zweiten Beruf!« Tenndorf wikkelte die Staniolverkleidung von dem Champagnerkorken.

Carola blickte ihn zweifelnd an. »Zweiter Beruf? Haben Sie vielleicht eine Baugesellschaft dazu gekauft?«

»Viel schöner! Ich werde ein Krimineller!«

»Wie bitte?«

»Ich werde Einbrecher, Dieb und Mithelfer.«

»Lassen Sie die Witze«, sagte Carola. So gern sie Tenndorf mochte und sich innerlich sehr mit ihm beschäftigte, manchmal ärgerte sie sich über seine sarkastische Art und seine spöttischen Bemerkungen, die ihm oft einen Anflug von Arroganz verliehen. »Was sollen wir mit dem Champagner begießen?«

»Ich weiß, es ist schwer, das zu glauben. Aber in ein paar Tagen vielleicht werde ich von der Kriminalpolizei gesucht werden, nur heiße ich dann in den Akten Unbekannt.«

»Was haben Sie da wieder gemacht, Horst?« Carola setzte sich ihm gegenüber in den Sessel. »Nein! Lassen Sie die Flasche noch zu. Erst erzählen Sie mir alles genauer, und dann entscheide ich, ob man so etwas feiern kann oder für total verrückt erklärt...«

»Ich fürchte das Letztere. Total verrückt! Aber auch das ist es wert, mit Schampus getauft zu werden.« Tenndorf ließ den Korken knallen und goß die Gläser voll.

Carola schüttelte den Kopf. »Nun mal ernst«, sagte sie geduldig. »Was feiern wir?«

»Ganz ernst: daß wir einmal allein sind. Wiga hat Klavierunterricht, Ihr Mike ist im Judo-Kursus. Wir haben eine Stunde für uns, für uns ganz allein... eine volle Stunde! Ist das kein Grund für Champagner?«

»Nur bedingt.« Sie lächelte ihn an und wußte nicht, was sie damit in Tenndorf entzündete. »Eine Stunde ist schnell herum.«

»Drum nutze die Zeit und zerrede sie nicht. Das ist nicht von einem Philosophen, sondern von mir. Gut, nicht?«

»Sie fangen schon wieder an, mich aufzuregen.«

»Und wenn das Absicht ist...?«

»Aufzuregen im negativen Sinne!« Sie hob ihr Glas, weil Tenndorf ihr das seine entgegenstreckte, und stieß mit ihm an. »Und was noch?«

»Meine kriminelle Laufbahn.«

»Herr Tenndorf!«

»Hand aufs Herz... es ist die Wahrheit! Ich bin der Aktionsgemeinschaft ›Rettet die Tiere e. V.‹ beigetreten und werde in Kürze Versuchstiere aus ihren Käfigen befreien. Das ist Einbruchsdiebstahl und wird mit Gefängnis bestraft. Also: Ich werde ein Krimineller!«

»Mein Gott!« Ihre Augen weiteten sich vor Schreck.

Tenndorf empfand ein Glücksgefühl, als er das sah. Sie macht sich Sorgen um mich, sie hat Angst um mich, ich bin ihr nicht gleichgültig.

»Das wollen Sie wirklich tun? Die letzten Tierbefreiungen haben schon viel Staub aufgewirbelt. Wenn man Sie nun entdeckt?«

»Dann hoffe ich, daß Sie mir ab und zu einen Kuchen ins Gefängnis bringen. Besonders gern mag ich Schokoladenmarmorkuchen.«

»Mit eingebackener Feile...« Jetzt lachte sie über seine Schnoddrigkeit und prostete ihm zu. »Wissen Sie, was ich Ihnen bringen werde? Hundekuchen!«

»Das ist aber gar nicht lieb, Carola...«

»Wer so dumm ist, sich in solche Abenteuer einzulassen, hat es nicht anders verdient. Sie haben einen anständigen Beruf...«

»Danke!«

»...haben eine Tochter, die ihren Vater nach dem Tod der Mutter doppelt braucht, ein Kind, dem man nachrufen wird: Dein Vater sitzt im Knast! Dein Vater ist ein Räuber!, Sie haben eine Verpflichtung auch Mike gegenüber, der Sie geradezu bewundert und auch Architekt werden und Häuser bauen will, und Sie haben mich...«

»Moment!« Tenndorf beugte sich vor. »Sagen Sie das noch mal, Carola.«

»Was?«

»Den letzten Teil des Satzes...«

»Ich bin auch noch da... oder so ähnlich...«

»Carola... ich könnte Sie jetzt küssen!«

»Warum könnten Sie?« Sie lachte ihn wieder an. »Immer diese vagen Versprechungen...«

Es dauerte genau zwei Minuten, bis dieser erste Kuß zu Ende gebracht war. Was sich an Sehnsucht und Erwartung in ihnen aufgestaut hatte, löste sich in dieser Umarmung. Tief atmend standen sie dann voreinander und tranken das nächste Glas Champagner im Stehen.

»Wir sind verrückt, Horst«, sagte sie leise. »Total verrückt...«

»Das sind wir. Verrückt aufeinander.«

»Wie wollen wir das unseren Kindern beibringen?«

»Ganz einfach. Ich werde zu Wiga sagen: Carola ist deine neue Mutti, und du wirst zu Mike sagen: Horst ist dein neuer Papa.«

»Und du glaubst, dann jubeln sie?«

»Wiga bestimmt. Sie hat gestern ganz beiläufig zu mir gesagt: ›Du, Papi, Tante Carola paßt eigentlich gut zu dir...‹ Kinder haben da ein unheimliches Gespür, mehr als wir Erwachsenen...«

»Und was hast du ihr geantwortet? Ehrlich, Horst!«

»Ich habe gesagt: ›Mal sehen, Wiga, was sich da machen läßt. Weißt du was, wir fragen mal zusammen Tante Carola, ob sie das will.‹ Und sie hat gerufen: ›Au fein, Papi!‹«

»Ist das wahr, Horst?!«

»Ich will tot umfallen, wenn das gelogen ist! Aber wie wird das mit Mike sein?« sagte er und goß Champagner nach. »Wie stark ist seine Bindung an den weggelaufenen Vater?«

»Nur noch eine Erinnerung, die immer mehr verblaßt. Je älter er wird, um so mehr löst er sich von ihm und rückt näher an mich. Und hier sehe ich das Problem...«

»Eifersucht?«

»So ähnlich. Ich bin jetzt nur für ihn da... und nun kommst du dazu. Er muß teilen. Das ist etwas völlig Neues für ihn.«

»Und wie, glaubst du, wird er reagieren?«

»Gar nicht. Er wird sagen: Okay. Aber was er denkt, wird er in sich vergraben. Das einzige, was man bemerken wird, ist ein verändertes Verhalten dir gegenüber.«

»Oder auch nicht. Seine geliebte Wiga wird seine Schwester werden.«

»Das kommt noch hinzu! Die totale Verschiebung seines engeren Weltbildes: Wiga seine Schwester, Wigas Vater sein neuer Papa und Mami die Frau von Wigas Papi und Mami die neue Mutter von Wiga – das muß man erst verkraften.« Sie nahm einen langen Schluck Champagner und pustete sich dann die Haare aus der Stirn. »Da kann einem heiß werden, Horst...«

»Für einen Architekten gibt es kaum ein unlösbares Problem, er findet meistens einen Ausweg.« Tenndorf hob sein

Glas. »Ich liebe dich, Carola. Das klingt ungemein altmodisch, aber es gibt keinen schöneren Satz in unserer Sprache.«

»Ich liebe dich auch, Horst...«

»Und ich habe auch schon eine Idee. Wenn Wiga und Mike zurückgekommen sind, biete ich ihnen auch ein Glas Champagner an – das erste in ihrem Leben – und werde sagen: ›Kinder, wir beide lieben uns. Wiga, da ist deine neue Mama... Mike, ich bin dein neuer Vater. Wenn ihr was dagegen habt, dann sagt es ruhig, wir hören euch ohne Groll zu. Wenn ihr es akzeptiert, dann hebt mit uns euer Glas und stoßt mit uns an... auf eine neue, glückliche Familie...‹«

»Das hast du wunderbar gesagt, Horst.« Sie senkte den Kopf, aber er sah doch, daß Tränen in ihren Augen standen. »Eine glückliche Familie... ich weiß gar nicht, was das ist.«

»Dann werden wir es aller Welt zeigen: die Tenndorfs aus Hannover!«

»Und du gibst sofort den Plan mit dem Einbruch und der Tierbefreiung auf...«

»Das ist ein anderes Kapitel, Carola.«

»Durchaus nicht. Es gehört jetzt zur ›Familie‹! Wir wollen keinen Papa, der im Gefängnis sitzt!«

»Das hast du ja wieder hervorragend hingekriegt!« sagte Tenndorf voller Anerkennung. »Besser als jede Polizeifessel! Liebling, laß uns darüber noch sprechen...«

»Nein. Du bist nicht der Typ, der maskiert den Räuber spielt. Auch wenn es um die armen Versuchstiere geht...«

»Vielleicht sogar um Micky und Pumpi.«

»Du glaubst doch nicht, daß sie noch leben?!«

»Nachdem ich das Wunder erfahren habe, eine neue himmlische Frau zu bekommen, will ich nun auch weiter an das Wunder glauben, unsere Tiere wiederzusehen...«

Sie küßten sich wieder. Eng umschlungen, alles vergessend. Sie merkten auch nicht, daß Wiga und Mike zurückkamen, in der Tür standen und mit offenem Mund das Bild, das sich ihnen bot, anstarrten. Dann aber stieß Mike Ludwiga an, blinzelte ihr zu, legte den Finger auf die Lippen, nahm sie an der Hand, und lautlos schlichen sie nebenan in die Küche.

Erst da sagte Mike stolz: »Na, wie haben wir das gemacht, Wiga?«

Und Wiga antwortete: »Prima, Mike. Jetzt wird Papa endlich auch für sich und für uns ein Haus bauen...«

7

Nach dem so unkompliziert verlaufenen ersten Tag in der Biosaturn brauchte Carola Holthusen keine Angst mehr zu überwinden, um am nächsten Tag erneut das Fabrikgelände betreten zu können. Wieder ging sie im weißen Laborkittel ungehindert an der Pförtnerloge vorbei und schwenkte sofort zu Haus 5 ab. Auf dem mit gebrannten Ziegeln gepflasterten Weg dachte sie an Dr. Schelling, der den Unwiderstehlichen spielte und offensichtlich bei anderen Frauen damit Erfolge erzielte. Gefahr sah sie nicht von ihm kommen, lediglich Unannehmlichkeiten, die man notfalls mit einer Ohrfeige beenden konnte.

In der Eingangsdiele von Haus 5 stieß sie auf Dr. Borromäus Polder, der unruhig hin und her ging. Als er Carola kommen sah, stürzte er auf sie zu und ergriff ihre Hand.

»Kommen Sie mit, schnell!« sagte er hastig. »In mein Zimmer.« Er zog sie durch Längs- und Querflure, von denen Carola später nicht sagen konnte, welche Erkennungsfarbe sie gehabt hatten, Gelb, Rot, Orange oder Blau, erreichte endlich sein Zimmer, stieß Carola hinein und schloß die Tür ab.

Schwer atmend ließ er sich dann auf einen Stuhl fallen – zweiundsechzig Jahre sind nun eben doch spürbar, auch wenn man es selbst nicht wahrhaben will – und sah Carola mit sorgenvollem Blick an.

»Warum tun Sie das?« fragte er.

»Was?«

»Sich hier einschleichen!«

»Ich habe mich nicht eingeschlichen.« Carola setzte sich ebenfalls auf einen Stuhl. Sie war völlig ruhig, ganz und gar nicht erschrocken, daß man sie entdeckt hatte. Sie spürte, daß von Dr. Polder für sie keine Gefahr ausging.

»In der Personalkartei werden Sie nicht geführt, der zuständige Abteilungsleiter hat noch nie Ihren Namen gehört, und ich wette, Sie haben auch keinen Werksausweis mit Codenummer und eingeschweißtem Lichtbild.«

»Stimmt! Das habe ich nicht.«

»Sie sind also illegal hier.«

»Man könte es so nennen...« Sie blickte Dr. Polder lächelnd an. »Wie haben Sie das herausgebracht?«

»Ich nicht. Dr. Schelling.«

»Ein Widerling! Ein eingebildeter Lackaffe.«

»Aber bei den Damen hier der Platzhirsch.«

»Geht eigentlich jede Frau mit ihm ins Bett?«

»Was man so von ihm hört, danach muß es wohl so sein. Bei Ihnen ist er auf Granit gestoßen... meine Hochachtung.«

»Und nun hat er zur Jagd auf mich geblasen?«

»Ich vermute es. Aber seien Sie beruhigt, bei mir sind Sie sicher.« Dr. Polder tastete in seinen Taschen nach einer Zigarette. »Nur eines müssen Sie mir erklären: Warum sind Sie hier? Industriespionage? So sehen Sie mir nicht aus. Ausforschung für die Konkurrenz? Auch das traue ich Ihnen nicht zu. Warum also?«

»Es geht um einen kleinen Hund und eine kleine Katze.«

»Wie bitte?« Dr. Polder starrte sie wirklich entgeistert an. Jede andere Antwort hätte er akzeptiert – aber das hielt er für einen Scherz. »Wer Sie auch sind... die Situation ist alles andere als witzig.«

»Es ist alles sehr schnell erklärt.« Carola Holthusen pustete ein paar Haarsträhnen beiseite, die ihr beim schnellen Lauf über die Augen gefallen waren. »Ich habe einen Sohn, und Mikes ganzer Stolz, der halbe Inhalt seines Lebens, außer mir sein Liebstes auf der Welt... das war Pumpi. Ein Hund. Ein mittelgroßer Mischling, in dem man keinerlei

Rasse mehr erkennen konnte. Ein schwarz-weiß-roter Hund…«

»Ein geradezu kaiserlicher Hund, was?«

»Und Mike hat eine Freundin, Wiga, die Tochter meines… Verlobten, und Wiga hatte eine ganz süße Katze, Micky mit Namen, rotweiß gestreift. Beide wurden von Tierfängern am hellichten Tage, vor den Augen der Kinder, auf der Straße in einen Lieferwagen gelockt.« Sie wischte sich schnell über die Augen. »Können Sie sich vorstellen, daß für Wiga und Mike eine Welt zusammenbrach?«

»Und wie ich mir das vorstellen kann.« Dr. Polder hatte seine Zigaretten gefunden, eine zerknüllte Packung, aus der er jetzt eine herauszog. »Sie auch eine?«

»O ja… gern…«

Sie machten beide erst ein paar tiefe Züge, ehe Dr. Polder weitersprach. »Aber was hat das alles mit der Biosaturn zu tun?«

»Jeder weiß, wo die Tierfänger die Tiere hinbringen, ja, daß sie sogar im Auftrag arbeiten, also stehlen. Für Versuche in Kliniken, Fabriken, Labors aller Art… auch für die Biosaturn.«

»Nein!«

»Doch! Ich war doch im Versuchstierkeller, nur habe ich erst einen Raum gesehen. Ich bin hier, um festzustellen, ob Pumpi und Micky da unten auf ihr schreckliches Ende warten!« Plötzlich, trotz aller Willensanstrengung, es nicht zu tun, mußte sie doch weinen. Sie schlug die Hände vor das Gesicht und schluchzte auf.

Dr. Polder zerdrückte nervös seine Zigarette. Seine Antwort glich fast wörtlich der von Prof. Sänfter auf Tenndorfs Vorhaltungen.

»Die Tiere, die wir bei der Biosaturn für Versuchszwecke brauchen *müssen,* sind nicht gestohlen, sondern entweder Sonderzüchtungen aus bekannten Instituten oder Tiere, die rechtmäßig gekauft wurden... meistens alte und kranke Tiere. Vor allem aber: Bei uns leidet kein Tier Qualen. Sie alle werden behandelt wie Menschen, nach humanen Richtlinien.«

»Indem man sie voll Gift pumpt? Oder ist es human, an ihnen neue Instrumente auszuprobieren?«

»Wäre es human, diese Instrumente oder diese Medikamente nicht herzustellen und deswegen Hunderttausende von Menschen sterben zu lassen? Die Gegner von Tierversuchen sollten mal darüber nachdenken, daß ihre eigene Grippe mit Mitteln bekämpft wird, die vorher am Tier ausprobiert wurden. Und wenn wir selbst schwere Infektionen und Entzündungen dank Antibiotika in wenigen Tagen vergessen können... es wäre nicht möglich, hätte man nicht an Tieren die Wirksamkeit und die Dosierung getestet.« Dr. Polder erhob sich abrupt. »Ich gehe jetzt in den Tierkeller und sehe nach, ob Ihr Pumpi oder Ihre Micky bei uns gelandet sind. – Sie bleiben hier. Ich schließe Sie sogar ein... schon wegen Dr. Schelling.«

Tatsächlich verschloß er die Tür hinter sich. In der gehetzten Eile hatte Carola noch gar nicht ganz begriffen, was Dr. Polder ihr alles gesagt hatte. Jetzt erst erfaßte sie, in welcher Situation sie sich wirklich befand. Ob sie eine strafbare Handlung begangen hatte, im juristischen Sinne, das wußte sie nicht. Sie ahnte nur eins: Es würde vielleicht Schwierigkeiten geben, für die man ungeheuer gute Nerven brauchte. Ob sie die besaß?

Unruhig sprang sie auf, lief in dem kleinen Zimmer hin und her, stellte sich ans Fenster, blickte durch die Gardine in den Garten, dessen Büsche und Bäume zu bizarren Schneeplastiken erstarrt waren, und sagte sich immer wieder vor: Laß ihn Pumpi und Micky finden! Laß das Wunder geschehen, daß wir sie wiederfinden...

Aber es hielt sie nicht lange am Fenster. Die Unruhe trieb sie herum, und dabei warf sie auch einen Blick in den halb geöffneten Wandschrank. Akten lagen da herum, Zeichnungen, Statistiken, Tabellen und Fotos. Schon das oberste jagte ihr einen eiskalten Schauer über den Rücken. Es zeigte einen Hund, dem man ein elektrisches Instrument in den freigelegten Kehlkopf eingesetzt hatte.

Mit einem wilden Schwung knallte Carola die Schranktür zu und setzte sich wieder auf den Stuhl. Sie sind alle gleich, dachte sie verbittert. Ob Sänfter oder Dr. Polder, Schelling oder wie sie sonst noch heißen mögen, die ihren Ruhm durch das Leid armer gequälter Kreaturen erhöhen wollen. Was sollen alle diese Argumente: Rettung der Menschheit, Heilung von Krankheiten, Fortschritte der Lebensverlängerung, das große, noch so weite, vielleicht nie erreichbare Ziel: Mensch, werde 150 Jahre alt! Dann mach dir aber andere Sterne untertan, denn diese Erde wird zu eng für dich werden...

Sie schrak aus ihren Gedanken hoch, als sich der Schlüssel in der Tür drehte. Dr. Polder kam herein und schloß sofort von innen wieder ab. Schweigend setzte er sich hinter seinen Schreibtisch, fingerte wieder eine verbogene Zigarette aus der Rocktasche und zündete sie an.

Carola starrte ihn mit weiten Augen an. Nicht nur eine stumme Frage, auch Entsetzen lag in diesem Blick. Da Dr. Polder weiter schwieg, fragte sie endlich leise: »Sie... Sie haben Pumpi und Micky gefunden, nicht wahr? Sie sind hier...«

»Nein!« Dr. Polder inhalierte einen tiefen Zug und blies dann den Rauch durch die Nase aus. »Das kann ich Ihnen versichern. Hier sind sie nicht. Aber...«

»Was aber?«

»Sie hatten recht.« Dr. Polder atmete schwer. »Wir arbeiten zum Teil mit Versuchstieren, die wirklich illegal zu uns kommen! Tiere, deren Herkunft unklar ist. Ich habe mich davon eben überzeugt. Bitte, glauben Sie mir, ich hatte davon keine Ahnung. Es ist eine grandiose Sauerei...«

»Ich habe diese Sauerei gesehen.« Carola zeigte auf den geschlossenen Wandschrank. »Beeindruckende Fotos haben Sie gemacht...«

»Eine Versuchsreihe wegen Kehlkopfkrebs. Bisher gab es nur die Chordektomie oder verschiedene Teilresektionen. Wir sind in der Forschung, in der Pharmakologie jetzt so weit, daß wir Hoffnung hegen können, auch chemotherapeutisch das Larynxkarzinom erfolgreich angehen zu können.« Dr. Polder machte wieder zwei tiefe Züge. »Wie könnte man das anders erforschen als am Tier...«

»Ich kann es nicht hören!« Carola hielt sich beide Ohren zu. »Der Mensch als Supergott über allen anderen Wesen! Früher, zu Zeiten meiner Großeltern oder Urgroßeltern...«

»...betrug die Lebenserwartung im Durchschnitt 55 Jahre! Heute liegt sie bei zirka 73 Jahren.« Dr. Polder winkte ab. »Das ist ja alles tausendmal gesagt worden. Aber das Foto eines mit Schläuchen gespickten Äffchens alarmiert natürlich alle unsere Gefühle und verdrängt die Wahrheit: Dieses Äffchen kann vielleicht eine Epidemie aufhalten! Es wird geopfert für etwas Gutes, für einen Segen für die ganze Menschheit... im Gegensatz zu den Millionen Toten auf den Schlachtfeldern der Kriege, die sinnlos geopfert wurden und noch werden! Davon spricht keiner. Im Gegenteil, man nennt die in den Tod Getriebenen Helden, schießt Ehrensalut, senkt die Regimentsfahnen, hält patriotische Reden, spielt mit verklärten Blicken das Lied vom guten Kameraden, anstatt die Politiker und die Generalität des Verbrechens an der Menschheit anzuklagen! Meine Liebe, wir leben in einer furchtbaren Welt der Heuchelei und der Umdrehung aller Vernunft!« Dr. Polder zerdrückte eine Zigarette in einem Aschenbecher aus Zinn. »Und jetzt geht es los! Jetzt werde ich auf den Tisch hauen und den Verantwortlichen suchen, der da für unsere Biosaturn geklaute Tiere kauft!«

»Wichtiger ist, *wer* sie verkauft...«

»Da haben wir mehrere Händler. Einige sind spezialisiert

auf Hunde, andere auf Ratten und Mäuse, wieder andere auf Affen…«

»Bitte, bitte, hören Sie auf.« Carola preßte wieder die Hände gegen ihre Ohren. »Ich möchte nach Hause. Wenn Sie sagen, Pumpi und Micky sind nicht hier, dann glaube ich Ihnen das.«

»Ich bringe Sie weg.« Dr. Polder erhob sich. »Wo steht Ihr Wagen?«

»Zwei Straßen weiter, um die Ecke.«

»Aber vorher hätte ich noch eine Frage: Was hätten Sie getan, wenn die Tiere wirklich bei uns gewesen wären?«

»Ich hätte sie mitgenommen, was sonst? Und anschließend die Kripo verständigt.«

Dr. Polder schloß die Tür seines Zimmers wieder auf. Keine Sekunde zu früh, denn fast gleichzeitig klopfte es, die Tür flog auf, und Dr. Schelling trat ein.

»Ein Schäferstündchen ist so fein – allein nur muß man dabei sein!« deklamierte er und breitete die Arme weit aus, als wolle er Carola und Dr. Polder an seine Brust ziehen.

»Von Goethe ist das nicht«, sagte Carola aggressiv. »Nicht mal von Felix Meier.«

»Wer, zum Teufel, ist Felix Meier?« tönte Dr. Schelling wie ein Burgschauspieler des vorigen Jahrhunderts.

»Niemand! Das wollte ich damit ausdrücken.«

»Ihre Schlagfertigkeit imponiert, meine Dame. Wo aber wird sie bleiben, wenn ich Ihnen sage, was ich über Sie herausbekommen habe?«

»Frau Holthusen ist bereits informiert.« Dr. Polder ergriff Carolas Arm. »Ich werde sie jetzt auf das Firmengelände führen. Wir waren gerade dabei...«

»So einfach ist das nicht!« Dr. Schelling grinste breit. »Eine Werkspionin muß schon etwas opfern, um unbehelligt davonzukommen.«

»Reden Sie kein Blech, Schelling!« sagte Dr. Polder hart.

»Das mindeste ist ein Wegzoll... ein Küßchen...«

»Jetzt werden Sie sogar kindisch.«

»Moment mal!« Dr. Schellings Stimme veränderte sich, sie wurde schneidend. »Werden wir jetzt dienstlich! Was hier passiert ist, kann man nicht so einfach wegwischen, auch wenn man sich sagt, man könnte es! In die streng geheimen Forschungslabors hat sich eine fremde Person eingeschlichen. Ich sage bewußt Person, um die Anonymität zu dokumentieren und nicht gefühlsmäßig zu reagieren. Ich habe diese Person gestellt und wäre dazu verpflichtet, den Werkschutz zu alarmieren und dann die Polizei. Das Einsickern der Person in die Biosaturn muß ja einen triftigen Grund haben...«

»Genau das ist es!« Carola Holthusen lächelte Dr. Schelling an. »Wenn Sie jetzt zum Telefon greifen und die Polizei rufen, ist es genau das, was ich will!«

»Wie bitte?«

»Wir sind in der mieseren Position, Kollege Schelling.« Dr. Polder griff nach Mantel und Hut. Draußen schneite es wieder, dicke, lautlose Flocken, ein Wintermärchen. »Die Polizei wird *uns* hochgehen lassen, um im Jargon zu bleiben. In unserer Versuchstierabteilung haben wir eine Anzahl offenbar gestohlener Tiere.«

»Nein!«

»Ich habe mich selbst davon überzeugt. Sie sind zwar ordnungsgemäß gegen Rechnung und Quittung geliefert, aber von den Händlern geklaut worden!«

»Da kann man doch uns keinen Vorwurf machen!«

»Wir sind verpflichtet, uns über die Herkunft der Tiere zu informieren. Ihr Schuß mit der Polizei geht nach hinten los!« Dr. Polder sah Dr. Schelling fordernd an. »Geben Sie nun endlich die Tür frei, Kollege?!«

»Ungern. Ohne Wegzoll...« Dr. Schelling trat zur Seite. »Es ist aber immer noch nicht geklärt, warum die schöne Frau...«

»Die schöne Frau sucht einen Hund und eine Katze, die ihr gestohlen worden sind!« sagte Carola hart. »Zufrieden?« Sie ging an ihm vorbei aus dem Zimmer.

Auf dem Flur holte Dr. Polder sie ein, faßte sie unter und brachte sie aus dem Gelände der Biosaturn hinaus bis zu ihrem Wagen. Dort hielt er beim Abschied ihre Hand fest, länger als notwendig.

»Verstehen Sie mich bitte nicht falsch.« Dr. Polder machte den Eindruck eines verliebten, schüchternen Primaners. »Ich mag Sie. Vor allem aber möchte ich Ihnen helfen. Ich werde jetzt mehr und selbstkritischer über die Tierversuche nachdenken. Mein Gott, ich führe sie ja selbst durch, ich stehe ja auch in der Reihe der Pharmaforscher. Und oft ist es sinnlos, was man da in den Retorten zusammenkocht. Mittlerweile gibt es für jede Krankheit durchschnittlich zehn Medikamente gleicher Substanzen, nur die Namen und Firmen sind verschieden. Um diese Flut an den Mann, das heißt an den Arzt und den Patienten, zu bringen, gibt die Pharmaindustrie jährlich fünf Milliarden Mark aus, mehr als das Doppelte dessen, was man in die Erforschung neuer Medikamente steckt. Begreifen Sie? Fünftausend Millionen Mark nur für die Werbung! Unvorstellbar! Und wissen Sie, wieviel Arzneimittelvertreter und sogenannte Ärzteberater allein in Deutschland tagaus, tagein durch die Lande ziehen? 16000 Mann! Eine ganze Armee. Bei rund 36000 zugelassenen Ärzten kommt auf fast jeden zweiten Arzt ein Pharmaberater! Dafür forschen wir...«

»...und bringen Millionen Tiere um!«

»Wir drehen uns bei diesem Thema in einem Teufelskreis. Tierliebe und Achtung vor dem Leben gegen Heilung, Hilfe und Lebensverlängerung beim Menschen... Es *kann* da einfach keine klare Entscheidung fallen! Denken Sie an das jetzt so aktuelle Problem AIDS, auf das auch wir uns konzentrieren. Wir kennen das Virus und stehen trotzdem heute noch hilflos da! Und schon erheben sich überall die Stimmen: Wo bleiben die ach so klugen Ärzte? Was tut die Forschung? Warum kommt man nicht weiter in der Therapie? Warum dauert alles so lange, warum müssen immer mehr Menschen sterben? Immer nur warum, warum, warum! Aber wenn wir dann sagen: Ja, wir forschen ja, tun alles, was uns möglich ist, wir sind mitten in erfolgversprechenden Tierversuchen – dann geht wieder der Aufschrei durchs Land: Tierversuche! Mörder an der armen, wehrlosen Kreatur! Verbrecher im weißen Kittel! Ja, was sollen wir denn tun?! Man kann das Mittel gegen das AIDS-Virus nur am lebenden Körper erforschen. In den Retorten sieht alles anders aus. Da zerfallen sogar Krebszellen, die im menschlichen Körper noch jedes Medikament überleben! Das klingt alles furchtbar simpel, aber die Wahrheit ist oftmals trivial.«

Er küßte Carola die Hand, schlug hinter ihr die Wagentür zu, als sie eingestiegen war und spürte wirklich einen Kloß im Hals, als sie durch das heruntergekurbelte Fenster sagte:

»Dr. Polder... danke...«

Er blieb am Bordstein stehen, winkte ihr nach, bis sie um die Ecke verschwand, und ging dann langsam im beginnenden Schneetreiben zur Biosaturn zurück. Als er Haus Nummer 5 betrat, sah er aus wie ein Schneemann.

Dr. Schelling kam gerade in die Eingangshalle und blieb mit breitem, provozierendem Grinsen stehen. »Das paßt zu Ihnen!« grölte er. »Ein Schneemann! Nur was ich Ihnen nicht zutraue, ist eine anständige Möhre...«

Dr. Polder ließ ihn stehen. Schelling war ein Ferkel, das wußte jeder. Wozu sich da aufregen. In der nächsten Zeit würde sowieso einiges anders werden in Haus 5. Die zwei Tage, in denen Carola Holthusen hier gewesen war, hatten vieles verändert...

Da Carola in der Biosaturn und Horst Tenndorf bei der Aktionsgemeinschaft »Rettet die Tiere e. V.« waren, konnten Wiga und Mike nicht mit dem Wagen von der Schule abgeholt werden. Sie hatten deshalb ihre Fahrräder aus den Kellern geholt und waren trotz des Schnees zur Schule gefahren. Die Straßen waren am frühen Morgen durch Schneepflüge freigemacht worden; aber der Untergrund war glatt, man konnte nur ganz vorsichtig und langsam fahren; wenn schon die Autos rutschten, wie schnell erst ein Fahrrad.

Mike wartete am Schultor, bis Wiga herauskam. Sie schoben ihre Räder ein Stück über die Straße und wollten gerade aufsteigen, als Mike wie festgenagelt stehenblieb. Mit offenem Mund starrte er einen vorbeifahrenden Wagen an. Weiß, ein Kastenaufbau, die hintere Stoßstange etwas eingedrückt.

»Das... das ist er...«, stammelte Mike. »Wiga, das ist er... die haben uns Pumpi und Micky geklaut... Das... das sind sie...!«

»Aber da steht doch drauf ›Wäscherei Blütenweiß‹!«

»Schilder kann man ändern! Los, hinterher!« Mike schwang sich auf sein Rad. »Wir haben sie... wir haben sie...!«

Sie traten wie wild in die Pedale, hatten Mühe, auf der schneeglatten Straße nicht wegzurutschen, schlingerten über die Fahrbahn, aber sie schlossen zu dem weißen Kastenwagen auf.

Die Firma »Wäscherei Blütenweiß« verließ den Ortsteil Bothfeld und fuhr aus Hannover hinaus aufs Land.

Wiga radelte an Mikes Seite. »Die fahren ja weit weg!« rief sie.

»Na und?«

»Sollen wir weiter mitfahren?«

»Aber klar!«

»Glaubst du, das ist wirklich der Wagen?«

»Er ist es! Die eingedrückte Stoßstange... Hast du Angst?«

»Nein. Aber Papa weiß ja nicht, wo ich bin, wenn ich nicht aus der Schule nach Hause komme.«

»Dann fahr zurück. Ich bleibe dran! Die haben mir Pumpi geklaut!«

»Dann fahre ich auch!«

Sie mußten hart in die Pedale treten. Außerhalb der Stadt war der Schnee nicht geräumt, und durch Schnee zu fahren kostet viel Kraft. Verbissen strampelten sie hinter dem weißen Lieferwagen her, kamen an dem Ortsschild Otternbruch vorbei und durchfuhren das schmucke Dorf. Wiga winkte hinüber zu Mike; er saß mit ausdruckslosem Gesicht im Sattel.

»Ich kann nicht mehr!« rief sie verzweifelt. »Mike, meine Beine tun weh, die Waden... laß uns aufhören!«

»Nein! Und wenn ich später tot umfalle... sie haben Pumpi, ich muß wissen, wer sie sind!«

Keuchend fuhren sie weiter, bogen auf eine enge Landstraße ab und sahen dann von weitem die Gebäude des Wulpert-Hofes. Da der Weg abschüssig und vereist war, stiegen sie von den Rädern und warteten unter einem Baum, dessen Zweige schneeschwer fast bis zum Boden hingen, ob der weiße Kastenwagen weiterfuhr oder in den Bauernhof einbog.

»Er kann ja gar nicht weiter«, sagte Mike heftig atmend. »Da ist ja gar kein Weg mehr. Der geht nur bis zum Haus. Er muß da rein...«

Sie warteten, bis der Wagen durch die große Toreinfahrt verschwunden war, lehnten ihre Räder an den vereisten Baumstamm, schlichen hinunter bis zum Wulpert-Hof und versteckten sich hinter den Ruinen eines uralten Backhauses, in dem jetzt Runkelrüben lagerten und aus dem es faulig und gärig stank. Von hier aus konnten sie in den großen Innenhof blicken, auf die Laderampe an Halle I und auf die gestapelten Drahtkäfige unter dem Dach einer offenen Scheune.

Ein Mann mit langen Haaren und ziemlich wildem Bart erschien an der Rampentür und schob eine Art Laufgitter über das Podest. Ein jüngerer Mann in einem weißen Kittel – auf dem Wagen stand ja »Wäscherei Blütenweiß« – sprang aus der Fahrerkabine, schlug dem Bärtigen freundschaftlich auf den Rücken, half das Laufgitter bis zur Ladeklappe zu schieben und öffnete dann die Tür. Mit wildem Gebell und lautem Fauchen rasten ein paar Hunde und Katzen durch das Gitter in das Innere der Halle.

Mit weiten Augen starrten Mike und Wiga auf das Geschehen. Jetzt wußten sie: So war es auch Pumpi und Micky ergangen. Eingefangen, hierher nach Otternbruch gefahren, in die Halle getrieben... und dort, irgendwo in zwei Käfigen, mußten sie jetzt vegetieren, so eng eingesperrt, daß sie sich kaum bewegen konnten, hungernd und vielleicht sogar geschlagen, wenn sie nicht schon längst in irgendein Labor abtransportiert worden waren.

»Mike...«, flüsterte Wiga und tastete nach Michaels Hand, »Mike... sie sind da drinnen...«

»Nicht weinen, Wiga.« Er legte seinen Arm um ihre Schulter; er war ja jetzt der große starke Junge, auch wenn ihm selbst elend und zum Heulen zumute war. »Wir wissen es ja nun. Wir werden das deinem Papa und meiner Mami sagen, und die werden Pumpi und Micky herausholen. Mit der Polizei! Jetzt muß die Polizei kommen. Das da waren auch gestohlene Tiere. Wie viele? Hast du sie gezählt?«

»Mindestens über zwanzig. Und drei große Hunde dabei... Warte mal –« Wiga schloß die Augen und dachte nach. »Ein Boxer, ein Schäferhund, ein Collie... Ja, so war's.« Sie öffnete wieder die Augen. Ihre Zähne klapperten vor Kälte, die Mundwinkel zuckten. »Was machen wir nun?«

»Zurück nach Hause.«

»Nicht da rein, Mike?«

»Die hauen uns durch! Guck dir den mit dem Bart an! Das ist ein Schläger, kennst ihn doch aus dem Fernsehen! Wir müssen uns ganz heimlich verdrücken, keiner darf uns sehen. Und dann zur Polizei.«

»Wenn die uns das nicht glauben?«

»Dann schwören wir.«

»Und wenn die sagen: Schwören ist Quatsch. Ihr spinnt...«

»Das kann die Polizei nicht, Wiga. Ich weiß es, steht doch immer in der Zeitung... die Erwachsenen müssen schwören, daß sie die Wahrheit sagen. Wenn sie das nicht tun, kommen sie in den Knast.«

»Hoffentlich stimmt das alles, Mike.« Wiga blickte wieder hinüber in den Innenhof. Die Wagentür war nun geschlossen, der Mann mit dem wilden Bart ging hinüber zur Scheune und holte drei Drahtkäfige.

»Das ist ein ganz Gefährlicher«, flüsterte Mike. »Wie der schon geht... 'n richtiger Schläger!«

Sie warteten, bis Kabelmann wieder in Halle I verschwunden war und Josef Wulpert den Kastenwagen in die breite Garage gefahren hatte. Dann kam noch ein älterer Mann in einer Pelzjacke aus dem Haupthaus, er hinkte stark und brüllte etwas über den Hof, was sie nicht verstehen konnten. Sie sahen nur, daß der junge Wagenfahrer schnell das Garagentor schloß.

»Das ist der Boß!« flüsterte Mike. »Wie in 'nem Krimi... Das ist der Tierhändler.«

»Der Pumpi und Micky hat?«

»Genau.«

»Im Krimi, im Fernsehen, wird so einer erschossen...«

»Im Fernsehen! Das kannst du hier nicht machen! Hier kann nur dein Papa und meine Mami helfen.«

»Wenn die Zeit haben...«

»Warum nicht?« Mike sah Wiga verblüfft an. »Wieso haben die keine Zeit?«

»Die sind doch verliebt.«

Mike hauchte über seine eiskalten Hände und nickte. »Daran hab' ich gar nicht mehr gedacht. Stimmt ja. Wiga, dann machen wir das allein, bei der Polizei und so. Das kriegen wir auch hin. Wetten?! Wenn Pumpi noch lebt, krieg' ich den wieder.«

»Und Micky auch!«

»Klar!«

Sie blieben noch ein paar Minuten in der Backhausruine hocken und rannten dann den Weg zurück zu dem Baum, an dem ihre Fahrräder lehnten. Da niemand hinter ihnen herschrie, nahmen sie an, daß auch niemand sie gesehen hatte. So schnell es ihre Kräfte zuließen, strampelten sie zur Chaussee zurück.

Sie kamen drei Stunden zu spät aus der Schule, wie Wigas Vater sofort strafend an der Haustür sagte.

»Nun, beichte, Tochter!« sagte er streng. »Was hast du angestellt? Warum mußtest du nachsitzen?«

Das klang sehr ernst, aber Horst Tenndorf war gar nicht in der Verfassung, seiner Tochter etwas übelzunehmen. In ihm war das Glück vollkommen... er dachte jetzt mehr an Carola als an alles andere. Er dachte, um ehrlich zu sein, überhaupt nur noch an Carola, an ihren ersten Kuß, an das erste Streicheln.

»Ich hatte kein Nachsitzen, Papi.« Wiga reckte sich hoch und sah Tenndorf herausfordernd an. »Mike und ich können mehr als du und Tante Carola...«

»Toll! Und was könnt ihr?! Eine Salzbrezel quer essen?«

»Jetzt wirst du aber staunen: Wir wissen, wo Micky und Pumpi sind!«

»Sag das noch einmal, Wigaschätzchen...« Tenndorf zog

Wiga an den Armen zu sich. »Du, solche Witze macht man nicht!«

»Kein Witz, Papi. Es ist wahr. Mike sagt, wir sollen sogar schwören, daß ihr es auch alle glaubt. Wir waren da, wo Micky jetzt ist.«

»Du lieber Himmel! Wo wart ihr?!« Er zog Wiga den Parka aus. »Los, erzähl! Was ist passiert?!«

»Das war so, Papi. Wir kommen aus der Schule, da fährt ein Wagen vorbei, und Mike schreit: ›Das ist er! Der weiße Kastenwagen!‹ Nur stand da drauf ›Wäscherei Blütenweiß‹. Und da sind wir hinterhergefahren. Stell dir vor, bis Otternbruch! Und da ist ein großer Bauernhof mit vielen Ställen, und Käfige stehen da rum, und aus dem Auto haben sie wieder Tiere ausgeladen. Hunde und Katzen, mindestens zwanzig Stück, Papi! Und Mike hat gesagt: ›Jetzt wissen wir, wo Micky und Pumpi sind. Da drüben!‹ Und ein Mann ist da, ein ganz wilder Mann mit langen Haaren und einem langen Bart, und Mike hat gesagt, das ist ein Schläger. Wie die im Fernsehen. Da sind wir wieder weggeschlichen, und darum kommen wir so spät, Papi.« Und ehe Tenndorf noch etwas fragen oder darauf eingehen konnte, fügte sie schnell hinzu: »Ach Papi, dann kam ein Mann aus dem Haus, der hinkte, und das war der Boß, sagt Mike.«

»Der Boß! Aha!« Tenndorf zog Wiga an sich und blickte ihr ernst in die Augen. »Du, sag mal, was habt ihr euch da ausgedacht? Was soll das? Wilder Mann mit Bart, der Boß... ihr verkohlt uns doch.«

»Da haben wir's.« Wiga befreite sich aus Tenndorfs Griff

und hob die rechte Hand hoch in die Luft. »Ich schwöre, daß ich die Wahrheit sage und nichts als die Wahrheit... Richtig so, Papi?!«

Tenndorf starrte seine Tochter an. »Es stimmt also, ihr habt tatsächlich...«

Das Klingeln des Telefons unterbrach ihn. Carola war am anderen Ende der Leitung, atemlos, aufgeregt. Sie konnte gar nicht so schnell sprechen, wie sie wollte.

»Hat dir Wiga auch diese Räuberpistole erzählt? Ich glaube, Michael spinnt! Du, der will mit Wiga...«

»Ganz ruhig, mein Liebling«, sagte Tenndorf und lächelte, allein schon aus Glück, Liebling zu ihr sagen zu dürfen. »Ganz ruhig. Natürlich hat sie mir das Gleiche erzählt, und ich glaube, es stimmt. Sie hat nämlich eben geschworen...«

»Mike auch! Er hält noch immer die Hand hoch, weil ich ihm nicht glaube. Stell dir vor, sie waren draußen in Otternbruch, mit den Rädern, bei diesem Wetter! Und sie wissen angeblich, wo Pumpi und Micky sind!«

»Stimmt.«

»Du sagst so einfach ›stimmt‹, als wenn das gar nichts wäre! Horst, sie wollen den weißen Kastenwagen gesehen haben!«

»Und sind ihm nachgefahren, ja. Und einen Boß haben sie auch ausgemacht!« sagte Tenndorf fröhlich.

»Spinnst du jetzt auch? Einen Boß...«

»Wir müssen uns daran gewöhnen, Liebling, daß diese Generation eine andere Sprache spricht als wir damals in ihrem Alter. Die Rechteck-Sprache, so genannt nach dem rechteckigen Bildschirm.«

»Wenn du das alles glaubst, dann muß doch etwas geschehen. Dann müssen wir doch was tun, ganz schnell tun!«

»Und wie wir das werden, Carola! Jetzt werde ich Kommissar Abbels auf den Pelz rücken! Jetzt wird endlich etwas geschehen! Ich komme sofort zu euch rüber. Und dann wollen wir mal die Beamten, die Freund und Helfer sein wollen, mobil machen! Ein großer Bauernhof in Otternbruch – man sollte es nicht für möglich halten. Wir werden selbst auch hinfahren. Diesen hinkenden Boß will ich mir ansehen.«

Er legte auf, zog Wiga an sich, küßte sie auf die Augen und sagte zärtlich: »Mein Kleines, Papi wird das jetzt alles machen. Du bekommst deine Micky wieder... das schwöre *ich* dir!«

8

Noch am selben Nachmittag rief Tenndorf bei der Kriminalpolizei an. Kommissar Abbels war nicht im Amt, er war mit einer Gruppe Beamter unterwegs, eine Hehlergesellschaft auszuheben. Sein Assistent, Kriminalobermeister Nachtigall, verwaltete unterdessen das Kommissariat. Er schickte einen verzweifelten Blick an die Decke, als er Tenndorfs Namen hörte, antwortete jedoch höflich: »Hier Robert Nachtigall...«

»Wie bitte?« fragte Tenndorf zurück.

»Bitte, keine faulen Witze, Herr Tenndorf.« Nachtigall war auf diesem Gebiet sehr empfindlich. Er hatte bei der Kripo genug unter seinem Namen zu leiden. Vor allem, wenn nächtliche Patrouille in einem gewissen Viertel auf dem Dienstplan stand. Dann hieß es: »Was? Streife im Milieu? Das kann unser Vögelchen machen... die freuen sich da über jede Nachtigall...« So etwas ärgerte ihn immer wieder maßlos, obwohl er sich jedesmal vornahm, sich nicht mehr aufzuregen.

»Um was handelt es sich?«

»Wir haben den weißen Lieferwagen.«

»Welchen weißen?«

»Den von dem unbekannten Tierfänger! Er gehört einem Bauern in Otternbruch. Die Kinder haben ihn verfolgt und kennen den Weg.«

»Welche Kinder?«

»Mein Gott... lesen Sie keine Akten?!«

»Ihren Fall hat Herr Abbels selbst bearbeitet. Es ist bei uns üblich, daß kein Kollege dem anderen Kollegen in seinen Fall hineinredet oder nebenher recherchiert. Herr Abbels aber ist zur Zeit...«

»Heißt das, Sie können nicht tätig werden?«

»Doch. Ich kann Ihre Aussage aufnehmen.«

»Das ist keine Aussage, Herr Nachtigall, sondern ein wichtiger Hinweis. Eine Spur! Da muß sofort etwas geschehen! Sie müssen handeln!«

»Herr Kommissar Abbels ist...«

»Das weiß ich! Wir sollten sofort nach Otternbruch fahren und...«

»*Wir?* Sofort? Herr Tenndorf, Sie verkennen die Gründlichkeit einer Ermittlungsbehörde. Bisher haben wir von Ihnen nur einen sehr erregten, aber vagen Hinweis erhalten, basierend auf einer Kinderaussage. Stimmt das so? Na also! Das reicht doch nicht aus für eine Amtshandlung. Wir müssen die Kinder erst selbst hören und alles zu Protokoll nehmen. Kinderbeobachtungen sind immer eine riskante Sache! Da haben wir schon die verrücktesten Dinge erlebt. Das muß völlig glaubwürdig sein, ehe wir tätig werden können, sonst haben *wir* ein Verfahren am Hals! Kommen Sie mit den Kindern zum Präsidium...«

»Sofort...«

»Morgen früh. Da ist Kommissar Abbels auch wieder im Amt...«

»Morgen früh kann alles anders sein!«

»Wohl kaum. Das Bauernhaus in Otternbruch wird bestimmt nicht über Nacht verschwinden.«

»Da müßten Sie als Nachtigall ja Erfahrung haben...«

»Herr Tenndorf!« Nachtigalls Stimme hob sich. Seine Finger trommelten auf der Tischplatte. »So nicht! Morgen um zehn.«

»Da haben die Kinder Schule.«

»Ein Verhör bei der Kripo ist wohl Entschuldigung genug, nehme ich an.«

»Das hört sich ja so an, als ob wir die Verbrecher wären...«

»Sie scheinen mir sehr empfindlich zu sein, Herr Tenndorf.« Nachtigall tat es gut, beamtliche Souveränität zu demonstrieren. »Ich notiere mir Ihren Hinweis auf Otternbruch, werde ihn Herrn Abbels sofort bei seiner Rückkehr vorlegen, und dann müssen wir erst die Kinder selbst anhören. Das ist nun mal so. Bis morgen zehn Uhr. Guten Abend, Herr Tenndorf.«

Wütend warf Tenndorf den Hörer zurück auf die Gabel. »Man könnte sich die Haare ausraufen!« rief er aufgebracht. »Da haben wir eine Spur, eine heiße Spur, und die läßt man nun lauwarm werden!« Er sah Wiga an, die ihn aus großen fragenden Augen anstarrte. »Mein Kleines, wir fahren allein hin! Jetzt gleich! Mit Tanta Carola und Mike!«

Aber so einfach war der Aufbruch zur Privatermittlung nicht. Während Mike sofort schrie: »Das ist richtig, Onkel Horst! Los, fahren wir!«, bremste Carola Holthusen den allgemeinen Eifer.

»Und was wollt ihr da?« fragte sie und blieb auf dem Sofa sitzen, während die Kinder schon zur Tür rannten. »Vorfahren, ins Haus gehen, euch den hinkenden Boß ansehen und dann sagen: Geben Sie sofort Pumpi und Micky heraus!? Wißt ihr, was mit euch passiert? Man wird euch hinauswerfen, kurzerhand. Und wenn ihr nicht freiwillig geht, mit Gewalt! Eine Anzeige wegen Hausfriedensbruch ist auch noch drin! Ihr habt doch gar nichts in der Hand!«

»Der weiße Transporter!« rief Mike.

»Aber mit einer anderen Aufschrift... Wäscherei statt Möbeltransport.«

»Die eingedrückte Stoßstange!« sagte Tenndorf.

»Glaubt ihr, das sei die einzige eingedrückte Stoßstange im Raume Hannover?«

»Du hast nur Angst, Mami!« rief Mike an der Tür empört.

Carola zögerte, aber dann antwortete sie ehrlich und sah dabei Tenndorf an: »Ja, ich habe Angst.«

»Vor was denn?«

»Davor, daß man euch verprügelt.«

»Ich könnte mich wehren. Ich war immer ein guter Boxer«, sagte Tenndorf.

»Was ist das denn für eine Einstellung, Horst?! Man fährt zu einem fremden Menschen mit dem Vorsatz, sich mit ihm zu prügeln? Ein Architekt, immerhin ein Mann mit Bildung und Lebensstil, will eine Schlägerei anzetteln?«

»Ich würde mich wehren, Carola, nur wehren, habe ich gesagt. Wer mich angreift...«

»Und wenn man den Angriff provoziert...? Nein, ich bleibe hier, und Mike bleibt auch hier! Und auch ihr fahrt nicht nach Otternbruch, und wenn, dann nur mit der Kripo.«

»Morgen mittag vielleicht...« Tenndorf kam ins Zimmer zurück. »Carola, was bis dahin alles passieren kann...«

»Da hast du völlig recht. Vor allem, wenn du hinfährst.« Sie blieb auf dem Sofa sitzen, als wäre sie dort angewachsen. »Morgen vormittag sieht alles anders aus.«

»Stimmt. Da können Pumpi und Micky – wenn es sie überhaupt noch gibt! – mit einem Frühtransport weggebracht sein. Hier ist jede Minute wichtig. Aber wenn deine

Angst so groß ist...«

»Ja! Sie ist groß. Deinetwegen, Horst! Verstehst du das denn nicht?«

»Ich ja!« sagte Mike altklug und zog seinen Anorak wieder aus. »Expedition gestorben. Wir bleiben hier, Wiga... Meine Mami und dein Papi können schon jetzt nicht mehr, wie sie wollen. Das kann ja noch was werden.«

Am Abend geschah in Otternbruch etwas Merkwürdiges.

Willi Wulpert erhielt einen Anruf, nach dem er wie ein gestochener Stier ins Wohnzimmer stürzte.

»Josef«, brüllte er, »der Wagen muß sofort weg! Ja, sofort! Du bist aufgefallen, du Rindvieh! Und morgen kommt die Kripo zu uns! Der Hund und die Katze müssen auch weg, am besten zu Onkel Fritz. Für drei Tage... Ist das eine Scheiße! Josef, du holst den braunen Laster, ja, den für die Rübentransporte... Los, raus! Du fährst sofort!«

In der Nacht noch fuhr Josef Wulpert nach Wunstorf zu einem befreundeten Autohändler, stellte dort den weißen Kastenwagen ab und nahm einen zerbeulten Lastwagen mit, dessen Ladefläche penetrant nach verfaulten Rüben stank. Willi Wulpert brachte währenddessen Pumpi und Micky zu Onkel Fritz nach Vesbeck, einem Dorf an der Großen Beeke, und kam dann genau so wütend wie vorher zurück.

Emmi Wulpert saß vor dem Fernsehgerät und wartete auf ihn. »Alles klar?« fragte sie, als Willi hereinhumpelte.

»Nichts ist klar!« brüllte Wulpert. »Morgen ist die Kripo hier! Wer hat uns da angeschissen? Oder hat sich Josef so dämlich benommen, daß jemand etwas beobachtet hat?! Sind alle Papiere in Ordnung, Emmi?«

»Alle. Da können sie uns nichts anhaben. Da stimmt alles.«

»Ob Laurenz die Schnauze hält?«

»Der will doch einen warmen Hintern im Winter haben. So gut wie bei uns kann er's nirgendwo kriegen, auch nicht im Gefängnis.« Emmi schenkte ihrem Mann einen Schnaps ein. »Sprich noch mal mit ihm.«

»Morgen früh.« Wulpert kippte den Schnaps hinunter. »Ob das mit dem Fotoreporter zusammenhängt?«

»Möglich...«

»Diese Wanzen!«

»Du hättest ihn freundlicher behandeln sollen...«

»Ich hätte ihn erschlagen sollen!« brüllte Wulpert unbeherrscht. »Wenn einmal die Kripo hier war, stehen wir auf der Liste, und dann kommt sie immer wieder...«

Das »Verhör« bei der Kripo war natürlich ein Ereignis für Wiga und Mike. Zum erstenmal in ihrem Leben betraten sie die Räume eines Kommissariats, die zwar aussahen wie viele andere Büros, aber doch etwas Besonderes waren.

Im Fernsehen wehte immer der Hauch des großen Verbrechens um die Schreibtische, und wenn ein Telefon klingelte, dann war entweder jemand dran, der sich bedroht fühlte, oder man hatte eine Leiche gefunden, oder jemand flüsterte mit verstellter Stimme ins Telefon: »Hände weg... oder es knallt!« Auf jeden Fall war immer etwas los.

Um so enttäuschter waren Wiga und Mike, daß bei ihrem Eintritt kein gefesselter Bandit aus dem Zimmer geführt wurde, sondern ein älterer Mann in einem guten sauberen Anzug sie höflich begrüßte. Ein Schimansky war nirgendwo zu sehen.

»Ihr habt also den weißen Kastenwagen gesehen?« sagte der freundliche Mann. »Dann erzählt mal.«

Mike reckte sich und sah Abbels mit gewichtigem Blick an. »Also das war so. Wir kommen aus der Schule, da fährt der weiße Wagen an uns vorbei. Das gleiche Modell, die gleiche eingedrückte Stoßstange, nur die Aufschrift war anders...«

»Wäscherei Blütenweiß...«

»Ja. Los, Wiga, hinterher, sagte ich, und da sind wir ihm nachgefahren bis Otternbruch. Im Hof von einem großen Bauernhaus verschwand er. Da sind wir dann hingeschlichen und haben gesehen, wie aus dem Auto Hunde und Katzen ausgeladen wurden. Ein Mann mit langem Bart war dabei, ein junger Mann und ein alter Mann, der hinkte, und der befahl auch. Das war der Boß.«

»Was war danach?« fragte Abbels.

»Nichts. Wir sind wieder weggeschlichen. Wir hatten doch genug gesehen. Genau so haben sie Pumpi und Micky geraubt...«

»Und euch hat keiner gesehen?«

»Keiner.«

»Tja, dann wollen wir mal.« Abbels ging um den Schreibtisch herum und griff zum Telefon. Wiga und Mike hielten den Atem an. Wie im Fernsehen: Jetzt wurde der Großeinsatz befohlen. Die Verbrecherjagd...

»Lambert und Felix sollen sich fertig machen«, sagte Abbels ruhig. »Kleine Landpartie. Nach Otternbruch. Wir nehmen den braunen Ford. Ja, jetzt gleich.« Er legte auf und sah wieder in die gespannten Gesichter von Wiga und Mike. »Wir fahren jetzt alle zu dem Bauernhaus. Überlegt noch mal, ob alles stimmt, was ihr erzählt habt. Wenn nämlich nichts davon wahr ist, werdet ihr eingesperrt... wegen Irreführung der Polizei!«

»Sie sind ein Psychologe!« sagte Carola Holthusen. »Kinder einzuschüchtern ist keine große Kunst.«

»Wenn sie ein reines Gewissen haben, macht ihnen das nichts aus.« Abbels ging zu einem Wandschrank, holte seinen fellgefütterten Mantel heraus und zog ihn über. Und das, ohne vorher die Pistole umzuschnallen.

Mike war ein wenig enttäuscht. »Sie sahen alle sehr gefährlich aus...«, sagte er warnend.

Abbels nickte und holte seinen Hut aus dem Schrank. »Wer uns sieht, wird nicht mehr gefährlich.« Er sah zu Tenndorf hin, der den Arm um seine Tochter gelegt hatte. »Ich bin jetzt etwa fünfundzwanzig Jahre lang im Amt. Außer im Übungsschießkeller habe ich noch nie von der Waffe Gebrauch machen müssen. Diese saublöden Krimis! Wenn es wirklich kritisch aussieht, leihen wir uns einen Beamten von der Hundestaffel. Wenn der Polizeihund mitkommt, werden alle friedlich. So meine Erfahrung. Gehen wir. Sie fahren am besten selbst, Herr Tenndorf.«

Die Fahrt nach Otternbruch war viel zu kurz für Mikes Phantasie, der sich ausmalte, was gleich alles passieren könnte. Oben auf der Chaussee hielten die beiden Wagen an. Man stieg aus und betrachtete das langgestreckte Anwesen von oben. Das alte Bauernhaus, die alten Scheunen, die den Innenhof bildeten, die neuen Hallen.

»Das ist es!« sagte Mike laut.

Abbels wandte den Kopf zu Tenndorf. Sein Blick deutete Zweifel an. »Sieht alles sehr professionell aus, was? Wie ist Ihre Meinung?«

»Ich bin erstaunt...«, sagte Tenndorf zögernd.

»Aha! Am besten, Frau Holthusen und Herr Tenndorf, Sie bleiben mit den Kindern vorerst hier, und wir fahren allein hinunter. Wenn wir Sie brauchen, geben wir Ihnen ein Zeichen. Wir wollen da unten auftauchen, als hätten wir gar nichts vorzubringen. Mit ein bißchen Doofheit erfährt man oft mehr als mit Zackigkeit.«

Abbels ging mit den Kriminalmeistern Lambert und Felix zurück zu seinem unauffälligen Ford, stieg ein und fuhr den engen glatten Weg zum Wulpert-Hof hinunter.

»Jetzt kommen sie!« sagte Willi Wulpert. Seit zwei Stunden saß er mit dem Fernglas am Fenster und wartete. »Ein Wagen bleibt zurück. Noch einmal, ihr Holzköpfe: Weiß jeder, was er zu sagen hat?«

»Ja«, antworteten Emmi und Josef Wulpert.

»Und du, du Penner?«

Laurenz Kabelmann zupfte an seinem ungekämmten

Bart. »Ich weiß überhaupt nichts. Ich füttere die Tiere und mache die Ställe sauber...«

»Noch mal: Hast du wirklich keinen Dreck am Stecken?«

»Keinen, Chef. Ich schwöre es.«

»Jetzt kommen sie in den Hof. Josef, geh raus, wie besprochen...«

Josef Wulpert nickte, knöpfte seinen gefütterten Parka zu und verließ die Stube. Emmi ging in die Küche an den Herd, Willi Wulpert setzte sich an seinen Schreibtisch, Kabelmann huschte nach hinten weg in die Halle II und begann dort, in einem großen Mischer Futter anzumengen. Kraftfutter, das sonst keines der Tiere sah.

Im Innenhof sprangen Abbels, Lambert und Felix aus dem Wagen und blickten sich um. Der erste Eindruck war gut. Ein gepflegter Hof, das war unleugbar.

»Da kommt einer«, sagte Felix leise. »Der Beschreibung nach muß das der junge Mann sein. Der Fahrer.«

»Und damit auch der Tierfänger.«

»Suchen Sie jemanden?« fragte Josef Wulpert schon von weitem. »Kann ich Ihnen helfen? Haben Sie sich verfahren?«

Abbels wartete, bis Josef vor ihnen stand, und nickte dann. »Verfahren kaum. Bekommen Sie so wenig Besuch?«

»Besuch? Nee. Wer soll uns denn besuchen? Nur Kunden. Aber die melden sich vorher an, damit wir wissen, was wir ihnen zeigen sollen.«

»Kunden? Was verkaufen Sie denn? Schweine, Schafe, Kälber...?«

»Nee. Andere Tiere.« Josef Wulpert spielte seine Rolle vorzüglich. »Wenn Sie ein Schwein kaufen wollen, dann könnte ich den Bauern Senkebrecht empfehlen. Da müssen Sie wieder auf die Chaussee, nach links, etwa fünfhundert Meter, da geht eine kleine Straße nach links ab, und dann ist's der vierte Hof rechts. Senkebrecht hat die besten Säue, bestimmt...«

»Das glauben wir Ihnen ungeprüft.« Abbels zeigte seine Kripomarke. »Abbels. Das sind meine Kollegen Lambert und Felix.«

»Kripo?!« Josef Wulpert riß dramatisch die Augen auf. »Zu uns kommt die Kripo? Was ist denn los?«

»Genau das wollen wir mal nachsehen.«

»Suchen Sie vielleicht einen Laurenz Kabelmann, einen Landstreicher? Der arbeitet bei uns, ja...«

»Das ist Nummer Zwei.« Abbels registrierte: Er will ablenken. Im Nacken sitzt ihm die Angst. Kabelmann, das muß der Kerl mit dem zotteligen Bart sein. Den sehen wir uns natürlich auch noch genauer an.

»Zunächst – wer ist hier der Besitzer?«

»Mein Vater. Willi Wulpert.«

»Wo ist er?«

»Drinnen. Macht Büroarbeiten. Was glauben Sie, was das für ein Schreibkram ist, bis man vierzig Affen aus Amerika bekommt...«

»Affen?«

»Mit denen handeln wir auch. Ich denke, die Kripo weiß das alles?«

Josef ging voraus zum Haus, hielt die Tür auf, und Abbels, Lambert und Felix betraten die gut geheizte, große Stube. Willi Wulpert blickte von seinen Schreibarbeiten erstaunt auf – auch er ein begabter Schauspieler.

»Die Kripo, Vater!« rief Josef an der Tür.

»Kripo?« Wulpert erhob sich und kam um den Tisch herum.

Stimmt, dachte Abbels zufrieden. Er hinkt.

»Das muß doch ein Irrtum sein. Meine Herren, treten Sie näher. Wenn ich um eine Erklärung bitten dürfte...«

Wieder zeigte Abbels seine Kripomarke, aber das beeindruckte den alten Wulpert nicht. Er nickte nur, fast abfällig.

»Kommissar Abbels«, sagte Abbels. »Irgend jemand hat uns geflüstert, daß Sie Tiere zu Versuchszwecken verkaufen.«

»Das braucht Ihnen keiner zu flüstern, das kann man laut sagen. Da brauchen Sie nur beim Gewerbeamt nachzufragen, da sind wir registriert. Wollen Sie die Zulassung sehen? Selbstverständlich steht Ihnen auch meine Kundenliste und die Kundenkartei zur Verfügung. Lauter bekannte Namen... von der Uni bis zu der Biosaturn. Ich liefere sogar nach Nordrhein-Westfalen, nach Hamburg, nach Hessen und hinunter bis Freiburg. Spezialtiere, wissen Sie.«

»Nee.« Abbels bekam einen merkwürdigen Geschmack auf der Zunge. »Was heißt hier Spezial? Ihre Affen etwa?«

»Das wissen Sie bereits?«

»Ihr Sohn hat es gerade erzählt.«

»Zum Beispiel, ja. Für die aktuelle AIDS-Forschung.

Ohne die Tiere kommen sie nicht weiter. Im Reagenzglas sieht alles anders aus als nachher am lebenden Objekt. Das ist doch klar. Wenn Sie, Herr Kommissar, zum Beispiel AIDS hätten, dann...«

»Ich habe kein AIDS!« Abbels Stimme wurde wider seinen Willen schärfer und schneidender. »Sie verkaufen auch Hunde und Katzen?«

»Weiße Mäuse, Nacktmäuse, Kaninchen, Meerschweinchen, Ratten, Ziegen, Schweine, Großtiere wie Kälber... ich verkaufe alles, was man bei mir bestellt und für Versuche verwenden kann. Das steht auch alles in der Beschreibung meiner Geschäftsgründung, die das Gewerbeamt...«

»Schon gut.« Abbels winkte ab. »Wir möchten Ihren Betrieb besichtigen.«

»Jederzeit. Wir haben gerade ein gut gefülltes Lager. Nächste Woche wären wir halb leer gewesen, es stehen noch einige Großlieferungen aus.« Willi Wulpert griff nach seinem Stock. »Darf ich Sie führen?«

»Sie sind verletzt?«

»Eine uralte Sache... geschah vor tausend Jahren... im tausendjährigen Reich...« Wulpert lachte kurz auf. »Andenken an Rußland, Herr Kommissar, Bein weg. Für Führer, Volk und Vaterland. Nur den versprochenen Dank des Vaterlandes hab' ich bis heute noch nicht gesehen...«

»Wenn es zu beschwerlich ist, kann Ihr Sohn uns führen.«

»O nein. Das mache ich selbst. Ich hinke zwar, aber ich bin kein Krüppel.«

Die Besichtigung der Tierhandlung Wulpert dauerte

mehr als zwei Stunden. Nichts ließ der alte Wulpert aus, in jeden Winkel der verzweigten Gebäude führte er die Kripo, er hatte nichts zu verbergen. Auch Laurenz Kabelmann hinterließ einen guten Eindruck. Er hatte seine Papiere beisammen, die »Fleppen«, wie er sie nannte, freute sich, hier überwintern zu können, und war so harmlos wie die Meerschweinchen, die er pflegte – zur Zeit rund zweitausend Stück. Abbels fand nicht ein Zipfelchen, wo er Mißtrauen zeigen konnte. Alles hatte seine Richtigkeit.

»Sie haben einen weißen Kastenwagen?« fragte er beiläufig.

»Nein. Einen alten Lastwagen, der auch im Feldeinsatz ist. Zur Rübenernte etwa.«

»Und wie versenden Sie die Tiere?«

»Dafür gibt es Speditionen.«

»Natürlich. Können wir den Wagen sehen?«

Und auch das stimmte. In der Garage stand neben Wulperts Privatwagen ein alter, dreckiger Lastwagen, aus dem es penetrant nach verfaulten Rüben stank, als Josef die Ladeklappe öffnete.

Abbels verzog angeekelt die Nase. »Schon gut! Aber es ist möglich, daß Sie Ware mit einem weißen Kastenwagen bekommen?«

»Möglich? Schon.« Der alte Wulpert schüttelte den Kopf. »Da kommen im Laufe der Woche so viele Wagen – wer guckt noch darauf, welche Marke das ist?! Für uns sind die Tiere wichtig, die sie bringen, nicht wie das Auto aussieht.«

Nicht zu packen, dachte Abbels verzweifelt. Einfach

nicht zu packen. Nichts kann man ihm widerlegen. Was die Kinder gesehen haben, stimmt zwar alles ... der hinkende Boß, der bärtige Landstreicher, die Lieferung von Tieren, der Sohn Wulpert. Aber man kann sie trotzdem nicht pakken! Sie geben alles zu, weil alles legal scheint, sogar den weißen Kastenwagen halten sie für möglich – nur haben sie damit nichts zu tun. Wenn da nicht die Feststellung von Mike Holthusen gewesen wäre: Der jüngere Mann hat den weißen Wagen gefahren. Wie aber soll man das beweisen? Die Aussage eines Kindes gegen so viel Gegenbeweise ... da fällt man auf den Rücken.

»Zum Beispiel gestern ...«, sagte Abbels plötzlich.

»Was war gestern?«

»Da hat um die Mittagszeit ein weißer Kastenwagen Tiere gebracht. Hunde und Katzen.«

»Schon möglich. Täglich kommen Transporte und gehen Transporte von hier weg.«

»An dem Wagen stand aber ›Wäscherei Blütenweiß‹. Seit wann bringen Wäschereiwagen Hunde und Katzen für Versuchszwecke?«

»Das hätte ich mich auch gefragt, wenn ich diese Aufschrift gelesen hätte ...«

Wieder ein Schuß ins Leere. Das Grinsen des alten Wulpert regte Abbels innerlich maßlos auf. Er spielt mit mir »Der kluge Räuber und der doofe Polizist«, dachte er wütend. Aber noch ist das Spielchen nicht zu Ende, mein Lieber.

»Sie haben die Aufschrift also nicht gesehen?«

»Nein.«

»Und Ihr Sohn?«

»Ich auch nicht!« sagte Josef höflich. »Gestern hatte ich alle Hände voll zu tun. Es kamen neun Transporte. Was gehen mich die Autos an...«

»Das habe ich schon mal gehört.« Abbels winkte ab. »Ich möchte die Transportpapiere sehen.«

Wieder ein Fehlschlag: Alle Papiere stimmten. Lieferungen aus der Schweiz und aus Dänemark, Zollbestätigungen vom Bremer Hafen, von den Verkäufern unterschriebene Bescheinigungen und Quittungen... alles korrekt. Für jedes Tier gab es einwandfreie Papiere. Eine Kripo-Pleite auf der ganzen Linie.

»Zufrieden, Herr Kommissar?« fragte der alte Wulpert mit einem fast schleimigen Lächeln, als Abbels die Papiere auf den Schreibtisch zurückwarf.

»Sehr zufrieden. Sie haben einen Musterbetrieb.«

»Danke, Herr Kommissar.« Wulpert atmete sichtlich auf. »Darf ich den Herren etwas anbieten? Gegen die Kälte draußen einen Doppelkorn und selbstgeräucherten Knochenschinken? Dazu Brot, das meine Frau Emmi backt... so was bekommen Sie nirgendwo auf der ganzen Welt, behaupte ich, Herr Kommissar.«

»Danke. Die Kripo hat nie Zeit...«

Wulpert nickte beifällig. »Natürlich. Es gibt ja so viele Verbrecher.«

»Sie sagen es. Aber eine ganze Menge kriegen wir auch. Das tröstet.«

Der Abschied draußen an der Tür war herzlich, wie bei alten Freunden. Dann stiegen Lambert, Felix und Abbels in ihren Wagen und fuhren zur Chaussee zurück.

»Scheiße!« sagte Felix laut, als sie durch das große Tor aus dem Innenhof schlidderten.

»Das kann man wohl sagen.« Abbels steckte sich einen Zigarillo an. »Die sind glatter als eine Ringelnatter.«

»Und doch habe ich bei allem ein merkwürdiges Gefühl, Chef.« Lambert, der den Wagen fuhr, sah Abbels von der Seite an. »Würden Sie mir glauben, daß ich ›Wäscherei Blütenweiß‹ übersehe?«

»Beweise, Lambert, Beweise! Die Aussage eines Kindes ist da gleich Null! Sie geben ja zu, daß ein weißer Kastenwagen Tiere geliefert haben kann.«

»Mit Papieren, obwohl sie geklaut sind...«

»Auch das müssen wir erst beweisen!« Abbels nuckelte an seinem Zigarillo. »Mit dem, was wir in der Hand haben, wirft uns Oberstaatsanwalt Dallmanns hinaus. Da ist nichts, aber auch nichts für eine Anklage!« Und er fügte hinzu: »Die Kinder tun mir leid. Ihre Lieblinge sehen die nie wieder, das ist jetzt sicher.«

Oben, auf der Chaussee, sprangen Carola, Wiga, Mike und Tenndorf aus dem Wagen.

»Nun?« rief Tenndorf. »Alles klar? Sie haben uns ja nicht gewunken, Herr Kommissar.«

»Das war nicht nötig.«

»Sind sie alle verhaftet?« schrie Mike aufgeregt. »Mit Fesseln?!«

Tenndorf genügte ein Blick in Abbels' Gesicht, um zu erkennen, daß die Aktion gescheitert war. Er senkte den Kopf und sagte leise: »Herr Abbels, bitte nicht in Gegenwart der Kinder...«

»Das ist doch klar, Herr Tenndorf. Im Amt reden wir unter vier Augen miteinander. Es ist alles, wie Kollege Felix eben so plastisch sagte, Scheiße...« Er streichelte Wiga und Mike über die Köpfe, drehte sich dann brüsk weg und ging zu seinem Wagen zurück. »Nach Hause!« sagte er zu Lambert. »Und stellen Sie das Radio an. Ich will jetzt etwas anderes hören...«

Tenndorf folgte Abbels in einigem Abstand zurück nach Hannover. Carola neben ihm legte die Hand auf seinen Arm und drückte ihn. Tenndorf nickte und starrte geradeaus auf die Straße. Hinter ihnen hörten sie, wie Mike der vor Aufregung rotbäckigen Wiga zu erklären versuchte, was jetzt mit den Hundefängern geschah. Gleich würde ein Gefängniswagen die Gefesselten abholen.

»Soll ich es ihnen nachher sagen?« fragte Carola leise.

»Nein, laß mich das machen, bitte...« Tenndorfs Mundwinkel zuckten. »Es ist furchtbar, so hilflos zu sein. Man hat das Wissen und kann es nicht einsetzen. Man hat den Faden in der Hand und kann ihn nicht aufspulen. Man muß zusehen und könnte alles ändern. Diese Machtlosigkeit kann einen um den Verstand bringen.«

Es war schon dunkel, als sie wieder in Hannover einfuhren. Dabei war es erst vier Uhr. Aber der Himmel hing tiefgrau voller Schnee und deckte die Sonne zu. Eine Stimmung wie bei einem Weltuntergang.

Abbels sprach in seinem Büro kurz unter vier Augen mit Tenndorf. Er verschwieg nichts. »Aber heute ist nicht morgen oder übermorgen«, sagte er tröstend. »Jetzt wiegt sich Wulpert in Sicherheit und hält uns für Blödmänner. Genau das soll er. Er hat eine Schlacht gewonnen, aber noch lange nicht den Krieg! Eins steht jedenfalls fest: Pumpi, der schwarz-weiß-rote Hund, und Micky, die rot-weiß gestreifte Katze, sind nicht mehr in Wulperts Ställen. Wir haben jede Ecke gesehen.«

»Dann... dann ist ein Wiederfinden unwahrscheinlich?«

»Ich würde es so nennen.« Abbels kaute auf seiner Unterlippe. »Ich kann mit den Kindern fühlen, Herr Tenndorf. Aber wir haben die Papiere eingesehen: Wulpert liefert bis nach Freiburg. Adressen jede Menge, gute, bekannte Namen. Da ist nichts mehr zu suchen.«

»Und keiner kann diesen Wulperts die Maske vom Gesicht reißen?«

»Nicht von heute auf morgen. Aber, verlassen Sie sich drauf, einmal kriege ich sie...«

Zu Hause sagte Tenndorf zu Carola: »Wir sagen ihnen heute noch nichts. Ich kann es einfach nicht. Sie sollen diese Nacht mit den Gedanken schlafen, als kleine Helden Verbrecher entlarvt zu haben. Morgen, wenn sie ausgeschlafen sind...«

Er stockte, schwieg und trank seinen heißen Tee mit Rum. Er war kein Mann, den eine Rührung schnell umwarf. Aber bei dem Gedanken an die Wahrheit und wie man sie

Wiga und Mike sagen könnte, zuckten doch seine Mundwinkel und brannte es ihm in den Augen.

»Soll... soll ich heute nacht bei dir bleiben?« fragte Carola kaum hörbar.

»Das wäre schön...« Er sah sie an. »Ich fühle mich verdammt allein...«

»Das soll nie mehr sein, Horst.«

Er nickte, starrte in seine Teetasse und überließ sich dem Glücksgefühl, das ihn plötzlich durchströmte.

Drei Tage lang ging das Leben wie gewohnt weiter.

Die Schule für die Kinder, Arbeit am Zeichenbrett und Besprechungen mit Bauherrn für Tenndorf, neue Entwürfe für die Winterkollektion des nächsten Jahres für Carola Holthusen.

Am vierten Tag, abends, rief Prof. Sänfter bei Tenndorf an. Seine Stimme klang heiser vor Erregung. Er sprach so schnell, daß er sich verhaspelte und Tenndorf Mühe hatte, alles zu verstehen.

»Etwas Schreckliches ist passiert... meine Frau ist außer sich... sie hat einen Herzanfall bekommen... Regina ist nicht zu beruhigen... und auch ich bin völlig fertig... ich verstehe das alles nicht... Herr Tenndorf, bitte kommen Sie zu mir, nein, nicht in die Klinik, nach Hause. Versuchen Sie, Regina zu erklären, was auch Ihnen passiert ist, daß ich nicht die geringste Schuld daran habe... daß wir Opfer von gewissenlosen Schurken geworden sind... Hören Sie mich noch?«

»Aber ja, Herr Professor. Ich komme sofort zu Ihnen. Aber erklären Sie mir bitte erst, was überhaupt geschehen ist.«

»Ich sage es doch schon die ganze Zeit... Arras ist weg... Verstehen Sie, Arras, mein prämiierter Schäferhund! Man muß ihn gestohlen haben, aus dem Vorgarten. Er war gerade fünf Minuten draußen... der Gärtner hat noch den Motor eines Autos gehört. Ich kann es noch gar nicht fassen... Verstehen Sie das?«

»Und wie gut ich das verstehe, Herr Professor.« Tenndorf starrte an die Decke. »In zwanzig Minuten bin ich bei Ihnen.« Fast hätte er hinzugesetzt: »Trösten Sie sich vorerst mit dem Gedanken, daß Ihr Arras vielleicht maßgeblich an der Bekämpfung von AIDS teilhaben wird...« Aber er unterdrückte es.

9

Selbstverständlich fuhr Horst Tenndorf sofort zu Prof. Sänfter.

Die schwere kupferne Eingangstür, ein Spezialentwurf von Tenndorf für die exklusive Villa, wurde von einem Hausmädchen mit verheulten Augen geöffnet. »In der Bibliothek, Herr Tenndorf«, stammelte sie und begann wieder zu weinen. »Die Herren sind in der Bibliothek...«

Tenndorf nickte. Den Weg kannte er, er hatte ja das Haus gebaut. Die Herren? Wen hatte Sänfter noch kommen lassen? Er klopfte an die Tür der Bibliothek und trat ein. Prof. Sänfter kam ihm mit ausgestreckten Händen entgegen, als kehre ein Vermißter heim. Im Raum saßen Kommissar Abbels und ein älterer Herr mit weißem Haar, den Tenndorf nicht kannte.

Bitterkeit stieg in ihm hoch, als er Abbels ansah. Wenn der Hund eines so bekannten Mannes wie Sänfter verschwand, kam die Kripo sogar ins Haus. Da hieß es nicht: »Wir raten Ihnen, kaufen Sie sich einen neuen Hund.« Da wurde plötzlich ein »Fall« daraus.

Tenndorfs Verbitterung steigerte sich noch, als Sänfter den weißhaarigen Herrn als Oberstaatsanwalt Johannes Dallmanns vorstellte. So also ist das, dachte er verbiestert. Ein Professorenhund ruft sogar die Staatsanwaltschaft auf den Plan ... der Bastard eines kleinen Jungen und die Katze eines kleinen Mädchens sind höchstens ein paar billige Worte wert. So ist es überall in unserer Gesellschaft: Bist du was, dann bekommst du was; bist du aber ein Unbekannter ...

»Ich habe meiner Frau eine Spritze geben müssen«, sagte Sänfter leise zu Tenndorf. »Sie ist völlig mit den Nerven fertig.«

»Das waren Wiga, meine Tochter, und Mike auch ...« Tenndorf sah Kommissar Abbels voll an. »Ich nehme an, Sie haben Herrn Professor Sänfter geraten, sich einen neuen Hund zu kaufen.«

»Nein. Wir ...« Abbels räusperte sich verlegen. »Die Häufung der Tierdiebstähle ist mittlerweile so bedrohlich, daß wir massiv eingreifen müssen. Der Herr Oberstaatsanwalt...«

Tenndorf nickte und wandte sich Johannes Dallmanns zu. »Sie haben doch bestimmt schon Herrn Professor Sänfter den Unterschied zwischen Mensch und ›Sache‹ erklärt.«

»Ich weiß nicht, was Sie damit meinen, Herr Tenndorf!« erwiderte Dallmanns steif.

»Was hat das hier für eine Bedeutung? Auch ein Perserteppich ist eine Sache, und wenn man ihn stiehlt, ist es unsere Pflicht, den Dieb dingfest zu machen.«

»Ich habe da etwas von Wertmaßstäben gehört...«

»Arras war ein prämiierter Rassehund!« rief Prof. Sänfter anklagend.

»So ist es!« unterstrich Oberstaatsanwalt Dallmanns.

»Dann stellen wir also klar: Ein prämiierter Rassehund ist einem Perserteppich gleichzusetzen, ein Straßenbastard einem alten Scheuerlappen. Sehe ich das so richtig, meine Herren?«

»Es ist doch müßig, jetzt darüber zu diskutieren!« Dallmanns verzog sein Gesicht zu einer gequälten Grimasse. »Wenden wir uns doch der Realität zu: Am hellichten Tag wird ein Hund aus einem Villenvorgarten gestohlen...«

»...wobei Villa sehr wichtig ist!« unterbrach Tenndorf etwas gehässig.

»...der Gärtner hört nur noch das Anfahren eines Wagens und erklärt – er ist ja auch als Chauffeur beschäftigt –, daß es sich um kein großes Auto gehandelt hat, dem Klang des Motors nach...«

»Etwa ein VW-Kastenwagen?«

»Möglich.« Abbels starrte auf das Muster des Teppichs zu seinen Füßen. »Ich weiß, woran Sie denken, Herr Tenndorf. Aber bei Wulpert gibt es keinen Kastenwagen.«

»Sagen wir so: Man hat keinen gesehen...«

»Wir haben alles gründlich durchsucht. Wir kamen plötzlich, es konnte also nichts zur Seite geschafft werden... falls Sie das denken sollten. Natürlich ist denkbar, daß Wulpert mit Zuträgern arbeitet, aber das muß erst bewiesen werden. Der tägliche Transportverkehr bei ihm ist groß, aber wer bringt und wer holt ab? Wie will man das kontrollieren? Durch eine Absperrung der Straße und Kontrolle jeden Fahrzeuges? Dazu muß uns erst die Staatsanwaltschaft ermächtigen.«

»Reichen dazu die Verdachtsmomente aus?« fragte Dallmanns.

»Kaum. Bei Wulpert stimmt alles, die Abrechnungen von Kauf und Verkauf, die Transport- und Herkunftspapiere. Absolut nichts ist ihm nachzuweisen. Hinzu kommt: Wulpert ist ja nicht der einzige Tierhändler im Großraum Hannover.«

»Aber die Kinder haben doch beobachtet und ausgesagt...«, warf Tenndorf ein.

»Kinder...« Dallmanns winkte ab. »Wenn bei diesem Wulpert alles stimmt, ist eine Kinderaussage gleich Null! Leider... das möchte ich betonen.« Er sah Abbels von der Seite an. »Was schlagen Sie vor, Herr Kommissar?«

»Eine weitere Blitzdurchsuchung. Aber da ist noch etwas

anderes.« Abbels zog aus der Tasche vier Ausrisse aus Zeitungen und breitete sie auf den Knien aus. Ausrisse aus dem Anzeigenteil. »Das haben wir in vier Zeitungen entdeckt. Überall der gleiche Text: ›Suche großen Hund. Versprochen wird liebevolle Pflege. Großer Garten für Auslauf vorhanden. Welcher Tierfreund hilft einem anderen Tierfreund?‹ – Wir alle im Kommissariat sind der Ansicht, daß das ein Lockanzeige ist.«

»Aber hundertprozentig!« rief Tenndorf erregt.

»Wer sich auf diese Anzeige meldet, kann seinen Hund gut verkaufen, aber wer ihn kauft und wofür, das weiß er nicht.«

»Ein ordentlicher Kauf ist nicht strafbar!« warf Dallmanns ein.

»Aber dann...«

»Auch was er nachher mit dem Hund macht, nicht. Solange es keine Tierquälerei ist. Der Hund ist rechtlich sein Eigentum.«

»Eben eine Sache!« sagte Tenndorf sarkastisch.

»Doch über diese Anzeige könnten wir eine Spur aufnehmen. Wir brauchten nur jemanden, der auf das Kaufgesuch reagiert.« Abbels hob abwehrend beide Hände, als er sah, daß Tenndorf etwas sagen wollte. »Nein! Nein! Nicht unsere Hundestaffel. Jeder Hundeführer wird sich mit Händen und Füßen und Zähnen dagegen wehren, daß sein Hund als Lockvogel verkauft wird. Außerdem ist das gar nicht möglich – ein Polizeihund untersteht einer Dienstordnung und ist Mitglied der Polizei. Überdies: Jeder Tierhändler erkennt sofort, daß es ein Polizeihund ist. Nein, wir müssen jemanden haben, der uns seinen Hund für diese Spurenaufnahme leiht. Kennen Sie da jemanden, meine Herren?«

Tenndorf nahm einen Ausriß von Abbels' Knien und las noch einmal die Anzeige durch. Seine Gedanken gingen dabei zu Steffen Holle und dessen Aktionsgemeinschaft »Rettet die Tiere e. V.«, die für die nächsten Tage wieder eine Tierbefreiung planten, mit ihm, Horst Tenndorf, als Mithelfer! Wenn jemand bereit war, einen Lockvogel zu besorgen, dann sicherlich Steffen Holle. Er hatte bestimmt auch die Möglichkeit, die ganze Aktion unbemerkt zu überwachen.

»Ich könnte vielleicht helfen, meine Herren«, sagte Tenndorf langsam.

Prof. Sänfter fuhr herum. *»Sie?«*

»Vielleicht, schränkte ich ein. Ich will's versuchen. Über einen guten Bekannten, der – immer vielleicht! – seinen Hund dazu zur Verfügung stellt. Ich werde heute abend noch mit ihm sprechen.« Er blickte zu Abbels hinüber. »Wann soll die Aktion starten?«

»Schnellstens. Solange die Anzeige noch ›heiß‹ ist.«

»Aber das bringt mir meinen Arras nicht wieder!« rief Sänfter klagend.

»Ich befürchte, Hans ...«, setzte Dallmanns vorsichtig an, aber Sänfter hob abwehrend beide Arme.

»Sie verkennen alle meine Situation, meine Herren! Meine Frau hat einen Schock erlitten, der eigentlich eine stationäre Einweisung erfordert. Bleibt Arras verschwunden, sehe ich ernste Komplikationen auf mich zukommen. Zugegeben, meine Frau ist hysterisch. Aber auch eine explodierende Hysterie ist ein Krankheitsbild. Ich weiß, ich weiß, niemand von Ihnen kann mir Arras zurückbringen. Aber ich kann verlangen, daß man alle verdächtigen Personen oder Institutionen jetzt unter die polizeiliche Lupe nimmt...«

»Dazu gehören aber auch – Verzeihung, Herr Professor – Ihr eigenes Institut, die Biosaturn und die Kliniken von Hannover«, sagte Tenndorf.

»Selbstverständlich. Alle, ohne Ausnahme und ohne Ansehen der Person oder des Namens. Obwohl es absurd ist, in meinem eigenen Institut...«

»Wer kauft bei Ihnen die Versuchstiere ein?« fragte Abbels.

»Mein Laborleiter.«

»Und Sie kennen den oder die Lieferanten?«

»Nein...« Sänfter gab die Antwort sehr gedehnt. »Ich habe mich darum noch nie sonderlich gekümmert. Es heißt aber immer, daß es einwandfreie Tiere sind.«

»Das ist ein dehnbarer Begriff, Herr Professor.«

»Ich werde das alles morgen selbst überprüfen, meine Herren.« Sänfter schwieg. Das Hausmädchen mit den verheulten Augen brachte auf einem Tablett Wein und Weingläser in die Bibliothek. Sänfter verteilte die Gläser und goß ein.

»Wie geht es meiner Frau?«

»Sie schläft, Herr Professor.« Das Mädchen stellte eine große Schüssel mit Knabbergebäck auf den Tisch. »Die Klinik hat vorhin angerufen. Eine Bauchspeicheldrüsenentzündung, ob Sie selbst...«

»Sagen Sie, daß sich Oberarzt Hülmer darum kümmern soll.«

»Jawohl, Herr Professor.« Das verheulte Mädchen verließ schnell die Bibliothek.

Sänfter erhob sein Glas. Wortlos trank jeder einen Schluck. »Was wird die Staatsanwaltschaft tun?« fragte Sänfter dann zu Dallmanns gewandt.

»Wir werden alle Möglichkeiten und Mittel ausnutzen.« Oberstaatsanwalt Dallmanns beugte sich zu Abbels vor. »Eine Sonderkommission halte ich für zu aufwendig, aber, Herr Kommissar, man sollte alle bekannten Fälle als Ganzes sehen und massiv vorgehen. Ich werde Herrn Staatsanwalt Holle damit betrauen...«

Wie er's geahnt hat, dachte Tenndorf fast amüsiert. Wenn Sie, meine Herren, wüßten, was ich jetzt weiß... und was in den nächsten Tagen geschehen wird...

»Ich glaube«, sagte er, stand auf und trank sein Glas leer, »ich kann hier wenig nützen. Aber ich kann bis zum Abend noch meinen Bekannten bitten, auf die Anzeige zu reagieren.« Er blickte wieder auf den Zeitungsausriß. »Angegeben ist nur eine Telefonnummer...«

»Die wir natürlich angerufen haben«, sagte Abbels. »Wer meldet sich: ein Herr Schulte. Davon gibt es Hunderte im Raume Hannover. Er wollte nähere Angaben, ich schilderte ihm einen Dobermann. Er verlangte meine Telefonnummer und versprach, wieder anzurufen. Das war gestern. Bis heute kein Anruf.«

»Vielleicht habe ich mehr Glück.« Tenndorf verabschiedete sich, und Sänfter brachte ihn bis vor die Tür.

»Wer war denn das?« fragte Dallmanns, als Sänfter zurückkehrte.

»Mein Architekt.«

»Ein unsympathischer Mensch mit Revoluzzereigenschaften. Trenn dich von ihm, Hans.«

»Er ist ein Könner in seinem Fach. Das Haus hier hat er entworfen...«

»Trotzdem. Es gibt eine Menge guter Architekten. Es muß nicht gerade einer aus der immer demonstrierenden Generation sein.«

»In vielem hat er recht, Johannes.« Sänfter setzte sich neben seinen Freund, den Oberstaatsanwalt, schenkte wieder Wein ein und bot Zigarren an. »Wenn für Wimperntusche oder Lidschatten-Cremes Tausende von Tieren sterben müssen, protestiere ich auch! Da schließe ich mich jedem Protestmarsch an... unterm Transparent, im weißen Arztkittel!«

»Ich kenne dich nicht wieder, Hans«, sagte Dallmanns erstaunt und sog an der dicken Zigarre. »Wenn man es so sieht, wenn man unsere Welt so kritisch betrachtet, hätte jeder einen Grund, gegen irgend etwas zu protestieren. Jeder! Keiner könnte mehr arbeiten, nur noch protestieren. Um in unserer Welt leben zu können, muß man vieles hinunterschlucken.«

»So denkt der Bequeme, Johannes.« Prof. Sänfter nickte

mehrmals. »Deshalb freut es mich, daß jetzt Generationen heranwachsen, die unbequem sind.«

Von Sänfters Herrenhausener Villa fuhr Tenndorf geradewegs zu Steffen Holle in das Büro der IMPO in der Harvelust-Straße. Er hatte Glück. Holle war da und mit ihm Angelika Rathge, seine rechte Hand, Verlobte und Dauerprotestlerin.

Tenndorf erkannte sie sofort wieder. Ihr Bild war schon in den Zeitungen gestanden, auch das Fernsehen hatte sie bei Protestmärschen oft gezeigt. Dabei sah sie immer etwas verwegen aus, mit Parka, Schal und Wollmütze, Jeans und dikken Schuhen. Heute machte sie einen ganz anderen Eindruck... sie trug ein festliches, halblanges Kleid und schwarzgoldene Lackschühchen.

»Wir wollten nachher in die Oper«, sagte Holle. Er trug sogar einen Smoking, ein eleganter junger Mann, dem man nicht zutraute, daß er mit Wollmaske und einer Art Tarnanzug nachts Tiere aus Laborställen befreite, juristisch also Einbruch-Diebstahl beging. »La Bohème. Wie eiskalt ist dies Händchen... draußen ist das richtige Wetter dafür.« Er räusperte sich. »Ihrem Gesicht sehe ich Komplikationen an. Sagen Sie jetzt bloß nicht: Ich mache nicht mehr mit.«

»Im Gegenteil: Ich brauche einen großen Hund – zum Mitmachen. Leihweise, als Lockmittel.« Tenndorf reichte den Zeitungsausriß hinüber, Holle und Angelika lasen ihn gemeinsam durch.

»Das kann echt sein, aber auch eine Riesenschweinerei.«

Holle legte die Anzeige zur Seite. »Die Anzeige ist wirklich merkwürdig.«

»In vier Zeitungen zur gleichen Zeit. Die Kripo ist der Ansicht, daß dahinter ein Versuchstierhändler steckt. Wir sollten da etwas tun, Herr Holle...«

»Hatten wir uns nicht auf Steffen geeinigt, Horst?«

»Also gut. Steffen, ich brauche einen großen Hund, sofort. Ihm wird nichts passieren, weil wir auf ihn aufpassen werden. Steffen, das kann eine ganz heiße Spur sein.«

»Ich wüßte da vielleicht etwas...« Holle dachte nach. »Erst aber sollte Fabricius mit Laurenz sprechen.«

»Wer sind Fabricius und Laurenz?«

»Holger Fabricius ist ein Zeitungsreporter, der für uns arbeitet und vor allem die Versuchstierställe sondiert, Fotos davon macht und den Einsatz durch genaue Detailbeschreibungen weitgehend risikolos werden läßt. Laurenz Kabelmann ist Zoologe, steht voll zu unseren Aktionen und tritt als Tippelbruder auf. Er kommt so überall hin, wo sonst keiner von uns Zutritt hätte. Seine Informationen sind äußerst wertvoll.«

»Wie die über Wulpert. Kabelmann ist doch der wildbärtige Mensch, von dem die Kinder erzählten.«

»Genau das ist er. Über Wulpert wissen wir schon eine ganze Menge. Er steht auf unserer Liste für eine der nächsten Aktionen. Da geht es um einige hundert Tiere!«

»Erst müßt ihr an dem alten und dem jungen Wulpert vorbei.«

»Das übernimmt Laurenz.« Holle blickte auf seine Uhr.

»Wir können uns noch zehn Minuten leisten, dann müssen wir zur Oper. Wie soll der ›Hundeverleih‹ ablaufen?«

»Ich trete als Verkäufer auf. Alles andere wird sich dann ergeben.«

»Allerdings mit höchstem Risiko. Mal sehen, ob er mitmacht.«

Holle drehte eine Telefonnummer, sprach mit dem Gesprächspartner den Plan durch, hörte dann geduldig zu und gab Tenndorfs Andresse an. Als er auflegte, nickte er zufrieden.

»Sie bekommen einen herrlichen Jagdhund, Horst. Morgen früh wird er zu Ihnen gebracht. Ein deutscher Vorstehhund, hochintelligent und bestens dressiert. Sie werden erleben, zu welchen Kabinettstückchen ›Bravo‹ fähig ist. Morgen mittag wird Laurenz bei uns anrufen, dann weihen wir ihn in alles ein. Außerdem wird Fabricius auf der Lauer liegen, damit Bravo nicht ruckzuck weiterverschoben wird.« Holle wurde plötzlich sehr ernst. »Horst, noch etwas: Seien Sie vorsichtig! Die illegalen Tierhändler haben die Moral der Mafia... Sie treten auf wie Biedermänner, sind aber eiskalt, mit gefrorener Seele und einem Packeisherzen. Gehen Sie jeder Gefahr aus dem Weg...«

»Ich weiß mich zu wehren.« Tenndorf gab Holle die Hand. »Danke für die Hilfe.«

»Lutz, das ist der Besitzer von Bravo, ruft Sie heute abend noch an. So, und jetzt wird's Zeit, Angelika.« Holle griff nach einem schwarzen Mantel mit Pelzfutter. »Auf nach Paris und zu den Künstlern von ›La Bohème‹.«

Zu Hause wartete schon Carola auf Tenndorf. Sie hatte von Wiga erfahren, daß er nach einem Telefonanruf sehr eilig weggefahren war, und sie fürchtete, daß es kein erfreulicher Anruf gewesen war. Ein Blick in Tenndorfs Gesicht aber sagte ihr, daß sie sich geirrt haben mußte.

»Wo warst du, Papi?« rief Wiga, bevor Carola fragen konnte.

»Bei Professor Sänfter, Kleines.« Tenndorf hängte seinen Mantel an die Garderobe und ging ins Wohnzimmer. »Privat. Großer Auftrieb –« Das war an Carola gerichtet. »Abbels, ein Oberstaatsanwalt... Sänfters prämiierter Schäferhund Arras ist weg. Jetzt wird man putzmunter.«

»Es hat ja nun auch Professor Sänfter getroffen...«

»Genau das habe ich auch gesagt.« Er holte den Zeitungsausriß aus der Tasche und hielt ihn Carola hin. »Lies das mal...«

Sie las die Anzeige sehr langsam und gründlich und gab das Blatt dann an Horst zurück. »Ich weiß, woran ihr alle denkt«, sagte sie dabei. »Es kann aber auch ganz harmlos sein.«

»In vier Zeitungen stand die Anzeige. Die Kripo hat die Telefonnummer bereits angerufen und beim Fernsprechamt den Teilnehmer feststellen lassen. Ein völlig unbescholtener Mann. Junggeselle.«

»Na bitte...«

»Nur: Er bewohnt eine Etagenwohnung. Vom großen Garten für den Auslauf des lieben Tieres keine Rede. Da ist schon ein Haken...«

»Und was hast du damit zu tun?«

»Jetzt rufe ich an und biete einen Hund feil. Einen Vorstehhund. Eine wahre Hundeschönheit. Sein Name Bravo sagt schon alles.«

»Aber du hast doch gar keinen!«

»Ich hab' ihn, mein Liebling. Morgen früh steht er schwanzwedelnd vor dir.« Tenndorf klatschte in die Hände. »Die Organisation klappt.« Er setzte sich auf die Couch, zog das Telefon zu sich heran und lachte Carola in das fassungslose Gesicht. »Draußen sind es mindestens zehn Grad minus. Was hältst du davon, wenn du deinem Liebsten einen richtigen steifen Grog braust? Rum ist im Kühlschrank, Zucker im Küchenschrank, ebenso Gläser...«

»Wen willst du anrufen?« fragte sie ahnungsvoll.

»Den Hundefreund.«

»Dann braue ich den Grog hinterher...«

Tenndorf nickte, legte das Zeitungsblatt auf die Couchlehne und wählte die in der Anzeige angegebene Nummer. Es klingelte achtmal, bis sich eine ziemlich muffige Stimme meldete.

»Ja?!«

»Ich habe hier eine Anzeige vor mir liegen«, sagte Tenndorf höflich, »mit der Sie einen großen Hund suchen. Haben Sie noch Verwendung dafür? Die Anzeige ist ja schon zwei Tage alt, ich habe sie erst heute bei Bekannten gelesen.«

»Was für einen Hund haben Sie?«

»Einen deutschen Vorstehhund. Ein Prachtexemplar. Sie werden begeistert sein.«

»Und warum wollen Sie ihn abgeben?«

»Wir wohnen sehr beengt hier. Man hat uns damals den Hund geschenkt, und wir haben geglaubt, wir könnten ihn halten. Aber ein Jagdhund braucht viel Auslauf, braucht das Gelände, und ich habe keine Zeit, mit ihm jeden Tag aufs Land zu fahren. Wir trennen uns nur schwer von ihm, und er soll auch nur in liebe Hände kommen. Er hätte es bei Ihnen doch gut, nicht wahr?«

»Er hätte alles, was er braucht. Viel Auslauf, beste Pflege. Was soll er denn kosten?«

»Ja, was soll er kosten? Wir haben da gar keine Erfahrung. Man hat ihn uns ja vor einem Jahr geschenkt. Was ist so ein schöner großer Hund wert?«

»Ich biete Ihnen fünfhundert Mark...«

»Fünfhundert?« Tenndorf tat, als werfe ihn die Summe um. »Wirklich fünfhundert Mark? Das ist ja toll. Sie bekommen ihn! Wann holen Sie ihn ab?«

»Morgen um die Mittagszeit?«

»In Ordnung.« Tenndorf gab seine Adresse und seine Telefonnummer an. »Muß ich einen Kaufvertrag aufsetzen?«

»Nicht nötig. Das ist ein Geschäft unter Hundeliebhabern. Per Handschlag, wie seit Jahrhunderten üblich. Ich freue mich.«

»Ich auch!«

Zufrieden legte Tenndorf auf. Wiga hatte mit offenem Mund zugehört, Carola schien wieder Bedenken zu haben.

»Das ging aber glatt«, sagte sie.

»Zu glatt... Nach zwei Tagen. Da hat er bestimmt eine

Menge Angebote bekommen. Das ist kein einsamer Mensch, der einen Kameraden sucht... das ist ein Profi!« Tenndorf rieb sich die Hände. »Wir werden eine heiße Spur bekommen. A propos heiß: Wo bleibt unser Grog, Liebling?«

»Sofort. Du bist fest davon überzeugt, daß du mit einem Gangster gesprochen hast?«

»Mit einem Versuchstierhändler – ja. Gangster würde ich nicht sagen: Für diese Herren ist ihr Geschäft ein ehrliches Gewerbe. Im Handelsregister eingetragen. Das ist ja die Klippe, die wir überspringen müssen. Dieser Wulpert hat uns ja vorgemacht, daß er unangreifbar ist. Stimmen die Papiere, kann man jedes Tier in die Tierversuchshölle bringen. Ein Tier ist eine Handelsware. Es regt sich ja auch niemand darüber auf, daß täglich Hunderte von Tieren in den Schlachthof hineingehen und als saftige Fleischstücke wieder herauskommen. Auch die Versuchstiergegner wollen ihr Steak und ihr Kotelett essen, ihren Braten und ihren Schinken.«

»Das kann man doch nicht miteinander vergleichen, Horst!«

»Genau. Da wird kein Tier wochen- oder monatelang zu Tode gequält für einen neuen Hustensaft. Ich wollte dir nur klarmachen, wie schnell die Grenzen verschwimmen.«

Das Telefon klingelte. Tenndorf zeigte auf den Apparat. »Das ist Lutz, der Besitzer von Bravo. Wetten?«

Es war Lutz. Eine forsche Männerstimme, die zunächst erklärte, Lutz sei kein Vorname, nein, er heiße mit Nachnamen Lutz. Eberhard Lutz. Förster im Staatlichen Forstamt Hannover.

»Steffen hat mich genau unterrichtet«, sagte er. »Ich stelle Bravo ungern zur Verfügung, das werden Sie verstehen, das Risiko ist groß. Aber wenn ich damit helfen kann, einen dieser Verbrecher zu entlarven, zögere ich nicht. Ich bringe Ihnen Bravo morgen früh, so gegen neun Uhr. Recht so?«

»Einverstanden. Bravo ist bereits verkauft...«

»An diesen angeblichen Hundeliebhaber? Was zahlt er denn?«

»Ich habe ihn für fünfhundert Mark verkauft.«

»Sind Sie verrückt?! Unter dreitausend – mindestens – geht er nicht weg!«

»Herr Lutz, ich mußte den Dämlichen spielen, sonst wäre das Geschäft geplatzt. Bei dreitausend wäre der nie eingestiegen. Aber so, glaubt er, hat er einen Naiven gefunden – und das ist gegenüber diesem Profi unsere beste Tarnung. Ich habe sogar gesagt, uns sei der Hund geschenkt worden. Bei fünfhundert Mark bin ich in einen Jubelschrei ausgebrochen. Morgen mittag holt er Bravo ab...«

»Das sehe ich mir an! Da warte ich gegenüber von Ihnen auf der Straße und fahre dem Burschen nach. Wo er ihn auch hinbringt... ein Pfiff von mir, und keiner hält Bravo mehr fest! Der beißt sich seinen Weg frei...«

»Dann wäre ja alles bestens organisiert. Wenn wirklich Wulpert hinter der Anzeige steckt, kann gar nichts passieren! Bei Wulpert wartet Fabricius auf Bravo, und Laurenz wird ihn betreuen. Keine Sorge, Herr Lutz.«

»Die habe ich nie gehabt. Dafür kenne ich Steffen zu gut. Was er anpackt, ist bis ins Letzte durchdacht.«

Tenndorf war sehr zufrieden, aber seinen Grog hatte er noch immer nicht. Er winkte Wiga zu und erhob sich von der Couch. »Komm, Kleines«, sagte er scheinbar resignierend. »Zieh den Mantel an. Wir gehen hinüber in die ›Heide-Stuben‹. Dort wird man uns wohl einen schönen heißen Grog machen...«

»Kaum hat man ja gesagt, wird man mit Ehemann-Manieren konfrontiert!« Carola Holthusen ging zur Küchentür und tat beleidigt, aber sie spielte es sehr schlecht. »Der Herr wird doch wohl noch zehn Minuten warten können...«

»Und viel Rum!« rief Tenndorf ihr nach. Er lachte und zog Wiga an sich. »Ist das nicht eine fabelhafte Tante, Kleines?«

»Oder eine neue Mutti...« Sie blinzelte ihren Vater wichtigtuend an. »Mike und ich haben nichts dagegen!«

Pünktlich um neun Uhr am nächsten Morgen brachte Eberhard Lutz seinen Hund Bravo. Er war ein Prachtexemplar von Vorstehhund, groß, mit klugen braunen Augen, sanft und doch im Blick wachsam und kritisch. Tenndorf durfte ihn streicheln, und Eberhard Lutz war sehr zufrieden.

»Er hat Sie angenommen, Herr Tenndorf«, sagte er. »Das ist gar nicht so selbstverständlich. Bravo hat ein unheimliches Gespür für Menschen. Sie sind ihm anscheinend ausgesprochen sympathisch.«

»Welche Ehre!«

»Das kann man wohl sagen. Auch mir wird es dadurch leichter ums Herz. Also: Ab Mittag warte ich mit meinem Wagen drüben auf der anderen Straßenseite. Laurenz und Fabricius stehen schon auf Lauer, ob wirklich Wulpert dahinter steckt. Wenn nicht, bleibe ich auf der Fährte. Bravo wird keine Minute allein sein.« Er gab Tenndorf die Hand und schüttelte sie. Bravo sah ihnen stumm, aber voll Interesse zu. »Viel Glück.«

»Ihnen auch, Herr Lutz.«

Tenndorf wartete, bis Lutz das Haus verlassen hatte, und ging dann zu Bravo zurück, der im Wohnzimmer geblieben war. Wie würde der Hund jetzt reagieren, jetzt, wo sein Herr weggegangen war und er in einer fremden Umgebung allein gelassen worden war? Begann er zu heulen, wurde er aggressiv oder flüchtete er sich in eine stumme Melancholie? Was ging jetzt in der Seele und im Gehirn dieses Hundes vor?

Carola, als Frau immer praktisch denkend, kam zunächst mit einem Teller voll rohem Goulaschfleisch. »Für das, was noch kommt, hast du eine Stärkung nötig«, sagte sie, als sie den Teller vor Bravo auf den Boden setzte. »Hoffentlich geht alles gut.«

Bravo betrachtete den Fleischteller, hob schnuppernd die Nase, berührte aber das Goulasch nicht. Ein gut erzogener Hund nimmt nur von seinem Herrn das Essen an, auch wenn die anderen Menschen noch so freundlich und sympathisch sind. Er wandte sich ab, drehte dem lockenden

Fleisch den Rücken zu und legte sich Tenndorf, der in einem Sessel saß, zu Füßen. In der Hundesprache hieß das: Ich vertraue dir.

Um zwölf Uhr mittags kamen Wiga und Mike aus der Schule. Carola hatte eine Erbsensuppe gekocht. Es duftete herrlich.

»Es ist schon toll«, sagte Tenndorf und legte die Arme um Mike und Wiga. »Plötzlich hat man, ist man eine Familie. Aus der Küche zieht ein köstlicher Duft, Mutti steht am Herd...«

»Und der Rest der Familie sitzt faul herum, anstatt den Tisch zu decken!« rief Carola aus der Küche. »Da ist schon etwas, was man ändern muß...«

Sie hatten gerade das Mittagessen beendet, als es schellte. Tenndorf schnellte vom Stuhl empor und warf seine Serviette auf den Tisch.

»Das ist er!« Er blickte hinüber zu Bravo, der still war, aber voll angespannter Wachsamkeit. »Bravo, jetzt geht's los! Zeig, wie gut du erzogen bist. Mach uns keinen Strich durch das Spielchen.«

An der Tür stand ein jüngerer Mann, der höflich eine fellgefütterte Kappe abnahm. als Tenndorf öffnete.

»Bin ich hier richtig?« fragte er. »Sie haben einen Hund zu verkaufen?«

»Genau richtig. Bitte, kommen Sie herein.« Tenndorf führte ihn ins Wohnzimmer, wo Bravo regungslos vor dem Sessel lag. Nur seine braunen Augen musterten den Fremden äußerst kritisch.

Der junge Mann blickte auf den Hund und nickte. »Ist er das? Ein Prachtexemplar, wirklich. Wie heißt er denn?«

»Bravo...«

»Der richtige Name für ihn. Könnte gar nicht besser heißen. Bei dem kann man wirklich nur Bravo sagen.« Er griff in seine Manteltasche. »Ich habe die Fünfhundert in bar bei mir.«

»Das ist gut.« Tenndorf wußte im Augenblick nicht, wie er reagieren sollte. Die Stimme am Telefon war anders als die Stimme des jungen Mannes. Sie hatte einen mürrischen Klang gehabt... das hier war eine jugendlich-forsche Stimme. »Mit Ihnen habe ich aber gestern abend nicht telefoniert...«

»Nein, das war mein Vater.«

»Ach so...«

Tenndorf warf einen Blick zur Küchentür. Carola und die beiden Kinder hatten sich abgesetzt, als der Hundekäufer das Haus betreten hatte. Jetzt stand Mike in einem Spalt der Tür und winkte heftig.

Tenndorf spürte, wie sein Herz plötzlich zu hämmern begann. »Einen Augenblick –«, sagte er, indem er sich zur Ruhe zwang, »ich will noch das Halsband und die Leine holen...«

In der Küche schloß er sofort die Tür hinter sich. Wiga und Mike sprangen vor Aufregung von einem Bein aufs andere.

»Das ist er!« rief Mike erregt. Seine Backen glühten. »Das ist der Mann, der den weißen Kastenwagen gefahren hat!«

»Und der hat auch die Hunde und Katzen ausgeladen!« rief Wiga.

»Ganz sicher? Ist das der Mann von dem Bauernhof in Otternbruch?«

»Ja!«

»Mein Gott, haben wir ein Glück.« Er sah Carola an. »Wulpert junior! Und mit dem Boß, dem hinkenden Wulpert, habe ich gestern telefoniert!«

»Damit ist doch alles klar, Horst.« Carola pustete eine Haarsträhne aus ihrem Gesicht. »Auf diese Art besorgen sie sich große Hunde für die Labors. Was willst du nun tun? Die Kripo anrufen? Du kannst doch jetzt nicht mehr Bravo...«

»Draußen wartet Lutz in seinem Wagen. Wir müssen das Spiel zu Ende spielen, Carola. Denk daran, was die Polizei sagt: Kinderaussagen wiegen nicht viel. Aber wenn wir jetzt nachweisen, daß Wulpert unter anderen auch mit diesem Trick Tiere aufkauft, haben wir einen großen Schritt zu seiner Entlarvung getan. Bravo wird jetzt verkauft, und dann haben wir die Beweise. Lutz wird aus dem Wagen fotografieren, in Otternbruch wartet Fabricius mit der Telekamera auf Bravo, Laurenz Kabelmann wird ihn betreuen – es kann überhaupt nichts passieren. Aber die Schlinge ist zugezogen. Nur Ruhe, Liebling, nur Ruhe...«

Er ging zurück ins Wohnzimmer und sah, wie Josef Wulpert vor Bravo kniete. Der Hund spielte mit... er war fabelhaft. Er knurrte nicht, er blickte Wulpert nur nachdenklich an.

»Ich sehe, Sie verstehen sich auf Anhieb mit ihm. Das ist fabelhaft, so muß es sein. Mir blutet das Herz, ihn wegzugeben. Aber das Haus ist zu klein für einen Jagdhund. Fünfhundert Mark. Einverstanden.«

Josef Wulpert griff in die Tasche, holte die Scheine hervor und drückte sie Tenndorf in die Hand. Das war gleichzeitig der bäuerliche Handschlag: Das Geschäft war abgeschlossen. Unwiderruflich.

Die Falle war zugeschnappt.

An diesem Mittag wurde Prof. Sänfter nach der Visite von seinem Labor angerufen. Der Laborleiter teilte mit, daß für die neue Experimentierreihe alles vorbereitet sei. Dr. Barthke hatte zwei Tiere schon narkotisiert und wartete auf seinen Chef.

»Ich komme gleich«, sagte Sänfter. »Noch zehn Minuten.«

»Soll Dr. Barthke schon anfangen?«

»Nein. Ich möchte von Beginn an dabei sein.«

Sänfter wusch sich die Hände, zog einen anderen Kittel an und nahm ein paar Notizen vom Schreibtisch. Er sah etwas bleich und übernächtigt aus. Die Unterhaltung mit Abbels und Oberstaatsanwalt Dallmanns hatte noch lange gedauert, man hatte einiges getrunken, und dann war Regina Sänfter trotz der Beruhigungsinjektion aufgewacht und hatte sich wiederum so erregt, daß sie einen Herzanfall bekam. Erst gegen Morgen war Sänfter ins Bett gekommen, für genau drei Stunden Schlaf.

Nachdem er noch eine Tasse starken Kaffee getrunken hatte, fuhr er mit dem Lift hinunter in den Keller und betrat den Forschungs- und Versuchsteil der Klinik. Sein ureigenstes Privatreich.

Dr. Barthke, in Gummischürze und mit Kopf- und Mundschutz, stand wartend an dem Marmortisch, auf dem die beiden narkotisierten Tiere lagen. Sie waren, wie bei einer Operation am Menschen, abgedeckt. Nur die Operationsfelder und die Köpfe lagen offen. Der Laborleiter kam mit Kopfhaube und Mundschutz, um sie Prof. Sänfter anzulegen.

»Zwei Prachtexemplare, Herr Professor«, sagte Dr. Barthke etwas dumpf durch den Mundschutz. »Kräftig.«

»Sehr gut.»

Sänfters Hände glitten in die aufgehaltenen Gummihandschuhe. Dann trat er an den Marmortisch heran und beugte sich über die Tiere.

In diesem Augenblick war es, als durchzucke ihn ein heftiger elektrischer Schlag. Entsetzt sahen Dr. Barthke und der Laborleiter, wie Sänfter sich an der Tischkante festklammerte und zu schwanken begann. Dann riß er Haube und Mundschutz von sich, warf sie weg und holte tief und keuchend Atem. Es klang wie ein unterdrückter Aufschrei.

Vor ihm lag, vorbereitet zur Versuchsoperation, Arras, sein gestohlener Schäferhund.

10

Einen kurzen Augenblick herrschte lähmende Stille in dem gekachelten Versuchs-OP. Nur das leise Rauschen der Klimaanlage war zu hören. Als Dr. Barthke dann ein Instrument aus der Hand auf den Fliesenboden fiel, schraken alle zusammen, als hätte ein Blitz eingeschlagen. Die Erstarrung löste sich.

»Wo kommt der Hund her?« fragte Prof. Sänfter gepreßt. Dann holte er tief Luft und brüllte mit sich überschlagender Stimme: »Wo kommt der Hund her?!!!«

Er riß die Abdecktücher weg, löste die Bein- und Armschnallen und drehte Arras in eine normale Seitenlage. Mit einem Ruck entfernte er den Maulspreizer zwischen den Zähnen. Dr. Barthke warf einen Blick hinüber zu dem sprachlosen Laborleiter. Er war auch für die Beschaffung der Versuchstiere verantwortlich und verstand nun nicht das Aufbrüllen von Prof. Sänfter.

»Woher, zum Teufel?« schrie Sänfter. »Wer hat die Hunde gekauft?!«

»Ich, Herr Professor.« Anton Hellbrecht, der Laborleiter, trat an den OP-Tisch heran. Er war sich keiner Schuld bewußt. Er wunderte sich nur über Prof. Sänfter, der sich plötzlich darum kümmerte, woher man die Versuchstiere bezog.

»Sie, Hellbrecht?« Sänfter zeigte auf den großen Schäferhund. »Woher?«

»Von einem Händler. Wie alle Versuchstiere.«

»Von welchem Händler?«

»Wir haben verschiedene Lieferanten.«

»Lieferanten!« Sänfter holte wieder tief Luft. »Der Name!« brüllte er.

»Ich stelle Ihnen gleich eine Liste zusammen, Herr Professor«, sagte Hellbrecht verwirrt.

»Ich will keine Liste, ich will den Namen, den Namen von dem, der diesen Hund hier gebracht hat.«

»Da muß ich in den Lieferbescheinigungen erst einmal nachsehen, Herr Professor. Bei mir wird nichts angeliefert ohne Lieferschein.«

»Reden Sie nicht über diese Tiere, als wenn es Kohlköpfe wären!« schrie Sänfter. »Lieferanten! Lieferschein!«

»Ist mit dem Hund etwas nicht in Ordnung, Herr Professor?« wagte jetzt Dr. Barthke zu fragen. Auch er, der mit Sänfter nun über zwei Jahre an Tierversuchen arbeitete, verstand seinen Chef nicht. So ein Theater um einen Hund, so plötzlich, so unmotiviert... du meine Güte, wie viele Hunderte von Hunden hatte man schon auf dem OP-Tisch gehabt, und nie hatte Sänfter auch nur einen Ton über sie verloren.

»Nicht in Ordnung, Barthke?« Sänfter starrte seinen Assistenten aus wutgeröteten Augen an. »Wie oft waren Sie schon bei mir zu Hause?!«

»Das kann ich nicht zählen, Herr Professor.«

»Aha! Und wer kam Ihnen jedesmal entgegen in der Diele, zuerst sehr kritisch, später Sie wie einen Freund begrüßend?«

»Ihr Schäferhund, Herr Professor. Arras...«

Mit zitterndem Finger zeigte Sänfter auf den Hund. »Und wer liegt da auf dem Tisch?« keuchte er.

Jetzt plötzlich begriff Barthke. Er schüttelte den Kopf. »Das... das ist unmöglich, Herr Professor. Sie... Sie müssen sich irren...«

»Ich kenne doch meinen Arras! Das da *ist* Arras. Er wurde mir vor dem Haus gestohlen! Vor dem Haus, am hellichten Tag! Und heute schon liegt er auf dem Tisch! So schnell geht das also! Eingefangen und sofort verkauft! Hellbrecht, wo sind Sie denn? Wann kommen Sie endlich mit Ihrer verdammten Lieferantenliste?! Hellbrecht!!«

»Schon da, Herr Professor.« Laborleiter Hellbrecht kam mit einem Eingangsbuch und einer Quittung aus dem Nebenraum. »Hier haben wir ihn. Ein Ausnahmefall...«

»Was?«

»Heute, am frühen Morgen, wurden die beiden Hunde angeliefert...«

»Drücken Sie sich, verdammt noch mal, humaner aus, Hellbrecht!«

»Die beiden Hunde wurden uns verkauft von einem gewissen Herrn Schneider...«

»Ein äußerst seltener Name!« unterbrach Sänfter sarkastisch.

»Herr Schneider war mir unbekannt, hatte aber eine Empfehlung der Firma ›Medicinal-Bedarf‹ bei sich, eines unserer Hauptlieferanten... Verzeihung, Verkäufer für Versuchstiere. Da die Hunde so groß und kräftig waren und ich laut Plan wußte, daß heute ein wichtiges Experiment stattfindet, habe ich sie sofort gekauft. Das Stück für sechshundert Mark. Ein sogenannter Mittelpreis.«

Sänfter verzog das Gesicht, als würde ihm übel. Die Nüchternheit dieses Geschäftes mit dem Leben sprang ihn plötzlich an und würgte ihn. »Weiter«, sagte er gepreßt.

»Weiter nichts, Herr Professor. Ich habe dann die Hunde narkotisiert und für die Operation vorbereitet. Wie immer. Das ist alles. Hier ist die Quittung, und hier steht's im Eingangsbuch: Die Hunde sind Privatverkäufe. Der Verkäufer bestätigt, daß es seine Hunde sind und daß er weiß, wofür er sie verkauft. Mit Unterschrift.«

»Ein Herr Schneider!« Sänfter fegte mit einem Handschlag Quittung und Eingangsbuch auf den Boden. »Da liegt mein gestern gestohlener Hund Arras, Hellbrecht!«

»Das ist... das ist...« Hellbrecht verschlug es die Sprache. Er starrte Prof. Sänfter nur stumm an und schüttelte, wie vorher Dr. Barthke, den Kopf.

»Und nun?« fragte Dr. Barthke.

»Der Versuch wird nicht begonnen! Wenn die Hunde aus der Narkose erwachen, nehme ich sie zu mir. Beide! Rufen Sie bei ›Medicinal-Bedarf‹ an, ob sie dort einen Schneider kennen. Es ist zwar ein sinnloser Aufwand, natürlich kennen sie keinen Schneider, aber wir wollen nichts unversäumt lassen. Ich werde unterdessen die Kripo verständigen.«

Kommissar Abbels war wieder unterwegs, sein Stellvertreter Robert Nachtigall am Apparat. Er mochte von dieser Tieraffäre nichts mehr hören. Für ihn gab es Wichtigeres als ein paar Tiere, die verschwanden und dann irgendwo viviseziert wurden. Da waren zum Besipiel zwei unaufgeklärte Einbrüche in Supermärkte, wo es zusammengezählt um rund 700000 Mark ging. Und Kommissar Abbels kniete sich in Hundedreck, obgleich es keinerlei Spuren gab, nicht einmal einen Verdacht. Man konnte nur den Kopf schütteln und sich inständig wünschen, daß davon nie die Presse erfuhr.

»Gratuliere, daß Sie Ihren Hund wiederhaben, Herr Professor«, sagte Nachtigall lässig. »War das ein Zufall...«

»Ist das alles, was Sie dazu zu sagen haben?«

»Was soll man noch sagen. Andere haben weniger Glück.«

»Wie war noch mal Ihr Name?« bellte Sänfter.

»Nachtigall...«

»Genau. Sie scheinen aus der Nacht nicht herauszukommen. Ich werde mit Oberstaatsanwalt Dallmanns sprechen.«

Tiefbeleidigt legte Nachtigall auf. Arrogante Intellektuelle! Professor. Der Halbgott in Weiß! Mediziner – die Stellvertreter Gottes! Wenn's ihnen selbst ans Leder geht, sieht die Welt plötzlich ganz anders aus. Solche Typen hab' ich besonders gern...

Auch Oberstaatsanwalt Dallmanns gratulierte zunächst seinem Freund Sänfter zur Wiederkehr seines Arras.

»Danke!« sagte Sänfter erregt. »Aber jetzt sind wir genau so weit wie vorher, Johannes. Der Name Schneider ist sicherlich falsch.«

»Das kann man annehmen, Hans.«

»Der ›Medicinal-Bedarf‹ weiß natürlich von gar nichts.«

»Da werden wir einhaken.«

»Hab' ich schon. Die waren da ausgesprochen beleidigt. Sie verkaufen nur selbst, sagen sie, sie hätten keine privaten Zwischenverkäufer nötig.«

»Woraus zu folgern ist: Der Herr Schneider war auch der Dieb. Weißt du schon, wem der zweite Hund gehört?«

»Nein. Morgen steht eine Anzeige in den Zeitungen. Ich bin gespannt, wer sich meldet. Und wie geht es nun weiter, Johannes?«

»Wir können deinen Fall abschließen und die Akte verstauben lassen.«

»Wollt ihr denn nicht den Dieb bestrafen?«

»Haben wir ihn?«

»Dann sucht ihn doch, verdammt!«

»Uns liegen zwei Kapitalfälle vor, Einbrüche in Supermärkte. Es geht um fast eine Million...«

»Völlig klar... was ist dagegen ein Hund!« Sänfters Stimme war voll Hohn.

»Hans! Du hast deinen Arras doch wieder.«

»Durch einen geradezu wundersamen Zufall! Aber die vielen anderen, denen man ihre Tiere gestohlen hat, die sehen sie nie wieder! Da wandern Hunderttausende zu den Abdeckern oder in die Spezialverbrennungsöfen... wegen der den Tieren eingepumpten chemischen Substanzen. Wer denkt an diese Menschen?«

»Wir natürlich auch. Aber man muß die Wertigkeiten unterscheiden. Ein Fahrraddiebstahl hat nun mal nicht den selben Stellenwert wie zum Beispiel ein Supermarkteinbruch, bei dem ein Wachmann schwer verletzt wurde. Natürlich werden wir uns auch um die Tierfänger kümmern.«

»Danke, Johannes.« Prof. Sänfter legte unsanft den Hörer zurück. Er überlegte, ob er Tenndorf anrufen sollte, entschloß sich dann aber, selbst zu ihm hinzufahren. Jetzt, wo es ihn selbst getroffen hatte, fühlte er sich irgendwie mitschuldig an dem Unglück der Kinder. Daß Micky und Pumpi längst in einem Labor verschwunden waren, schien ihm nun sicher. Er hatte ja gesehen, wie schnell man Arras zum »Wohle der Menschheit« weitergegeben hatte, sogar mit unterschriebener Erklärung und gegen Quittung...

Ohne Appetit aß Sänfter im Ärztekasino sein Abendessen, trank dazu eine halbe Flasche Wein, überließ die Abendvisite seinem 1. Oberarzt und holte die beiden Hunde aus dem Versuchskeller ab. Er war erschüttert, mit welchem Geheul und Winseln ihn Arras begrüßte, wie er ihm die Hände leckte und sich kaum beruhigen konnte, seinen Herrn wiederzusehen. Auch der andere große Schäferhund, den er spontan Mittwoch nannte, weil er an diesem Mittwoch ihm das Leben gerettet hatte, freute sich, als wäre Sänfter schon immer sein Herrchen gewesen. Es war ein wunderschöner Hund mit dunkelbraunem Fell, jung und kräftig, der bei jeder Prämiierung einen Preis bekommen hätte. Das Halsband und alles, woran man ihn erkennen konnte, hatte »Herr« Schneider ihm natürlich abgenommen, aber Sänfter entdeckte etwas Ungewöhnliches an

Mittwoch: In dessen linkes Ohr war die Zahl 28 tätowiert. Sie mußte eine Bedeutung haben, und Sänfter hatte die Idee, in seinem Inserat zu sagen: Der Besitzer von Nummer 28 kann ihn abholen bei... Wer würde sich melden? Auf Überraschungen freute sich Sänfter jedesmal. Überraschungen waren der Pfeffer des Lebens.

Er fuhr nach Hause, die beiden Hunde auf den Hintersitzen, ließ Arras in der Villa frei, sagte: »Lauf zu Frauchen« und ging dann mit Mittwoch in die Bibliothek.

Fünf Minuten später stürzte das Hausmädchen herein. »Die gnädige Frau ist ohnmächtig geworden!« schrie sie verzweifelt. »Ein großer Schäferhund sitzt auf ihrem Bett!«

»Erna, das ist doch Arras!«

»Das ist...« Sie hielt sich an einer Stuhllehne fest. »Jetzt... jetzt werde ich auch ohnmächtig, Herr Pro...«

»Bloß nicht, Erna!« Sänfter lachte laut. »Bringen Sie meiner Frau einen Kognak, das belebt sie wieder.«

»Und... und wer ist das?« Erna zeigte auf den fremden Schäferhund.

»Das ist unser Gast, vielleicht nur bis übermorgen. Der Herr heißt Mittwoch.«

»Mittwoch? Das ist doch heute.«

»Erna, das verstehst du nicht. Bring meiner Frau einen doppelten Kognak...«

Und plötzlich wünschte sich Sänfter, daß sich der Besitzer von Mittwoch, der Nummer 28, nicht melden möge... Wer er auch sein mochte.

Der Verkauf von Bravo war perfekt. Josef Wulpert strich dem prächtigen deutschen Vorstehhund über den Kopf, aber sehr vorsichtig, denn Bravo stellte die Rückenhaare auf. Lutz hatte es ja gesagt: Bravo war ein Hund, der die Menschen sehr unterschiedlich bewertete.

»Sie haben mir noch nicht Ihren Namen gesagt«, meinte Tenndorf leichthin, während er die fünfhundert Mark in seine Brieftasche steckte.

»Ist das nötig?«

»Ich meine doch. Ich möchte Bravo ab und zu besuchen kommen.«

»Das wird mein Vater nicht wollen. Sie haben Ihr Geld, der Hund gehört uns und soll sich voll und ganz an uns gewöhnen. Das gelingt nie, wenn immer wieder Sie auftauchen. Das bringt den Hund in seelische Konflikte.«

Es war erstaunlich, wie gut Josef Wulpert reden konnte, ganz unbefangen und glaubwürdig. Tenndorf nickte, als verstünde er ihn.

»Ganz klar. Aber eine Bitte haben wir noch... meine Kinder, meine Frau und ich. Davon machen wir überhaupt den Verkauf abhängig. Wir möchten sehen, wohin Bravo kommt. Wir möchten ihn bis vor die Tür seiner neuen Heimat begleiten... mehr nicht.«

»Davon haben Sie vorhin nichts gesagt!«

»Dafür sage ich es Ihnen jetzt.« Tenndorf griff in seine Jackentasche. »Sie können Ihr Geld sofort wiederhaben, Herr...«

»Bärtke. Jakob Bärtke.«

»Herr Bärtke... Wie ist Ihre Entscheidung?«

Und nun beging Josef Wulpert einen Fehler. Er nickte nach kurzer Überlegung. »Von mir aus«, sagte er großzügig. »Sie bringen Bravo bis vors Haus... aber dann ist das der letzte Kontakt zwischen Ihrer Familie und dem Hund. Wir mögen keine Heimwehkonflikte, das verstehen Sie doch? Bravo soll sich ganz an uns gewöhnen.«

Wenig später verließen sie das Haus. Während sie in ihre Wagen stiegen, Bärtke-Wulpert bereits mit Bravo in sein Auto, warf Tenndorf einen Blick hinüber zur anderen Straßenseite. Dort wartete Förster Lutz und hob leicht die Hand. Alles in Ordnung – ich hänge mich an.

Sie fuhren aus Hannover hinaus in Richtung Langenhagen, bogen dort auf die Autobahn ab, fuhren nach Norden und verließen sie wieder bei der Abfahrt Mellendorf.

»Ich habe das Gefühl«, sagte Tenndorf, der Bärtke in kurzer Entfernung folgte, »er fährt tatsächlich nach Otternbruch.«

»So dumm wird er doch nicht sein.« Carola schüttelte den Kopf.

»Er weiß ja nicht, wer wir sind. Warum sollte er nicht?«

Aber Tenndorf täuschte sich. Vielmehr, Wulpert versuchte, Tenndorf zu täuschen. Hinter Mellendorf fuhr er nicht in Richtung Otternhagener Moor, sondern blieb auf der Straße und hielt in dem kleinen Ort Negenborn. Hier stieg er aus, ging ins Postamt, und es war klar, daß er von dort aus telefonierte.

Lutz, der ihnen in einem unverdächtigen Abstand gefolgt

war, bremste vor einer Bäckerei und kaufte sich drei Brötchen, belegt mit Mettwurst. Dabei winkte er Tenndorf kurz zu. In Bärtke-Wulperts Auto sprang Bravo gegen die Scheiben. Er hatte Lutz durch das Rückfenster erkannt und jaulte nun, obwohl er dazu erzogen war, Aufträge perfekt auszuführen. Aber wie kann man einer Hundeseele erklären, daß Trennung – wenn auch nur auf kurze Zeit – ein Auftrag ist?!

Es dauerte nicht lange, da kam Wulpert aus dem Postamt wieder heraus und stieg in seinen Wagen. Bravo knurrte ihn an. Aber Wulpert winkte nur ab, sagte leise: »Spiel nicht den Wilden, mein Junge, in ein paar Tagen sagst du nichts mehr, wenn du erst im Labor bist...« und fuhr weiter. Tenndorf folgte ihm, ebenso, in weitem Abstand, Förster Lutz.

Der Weg führte nun nach Metel und von dort wieder südwärts nach Scharrel. Sie waren also wieder in der Nähe des Otternhagener Moors.

»Was sag' ich denn?« rief Tenndorf fröhlich. »Nur ein kleiner Umweg. Gleich kommt Otternhagen, dann ein weiter Bogen, und wir sind in Otternbruch. Das hätte er einfacher haben können.«

Tenndorf irrte. Wulpert fuhr durch Otternhagen hindurch, blieb auf der Chaussee und hielt erst in dem kleinen Flecken Meklenhorst, etwas außerhalb an einem schmucken Bauernhof.

Erstaunt sah Tenndorf seine Kinder und Carola an. »Was ist denn das? Hier? Das kann doch nur ein Trick sein!«

Bärtke-Wulpert stieg aus, nahm Bravo an die Leine und wartete, bis Tenndorf, Carola und die Kinder ausgestiegen waren. Weit entfernt war Lutz stehengeblieben und beobachtete die Szene durch sein starkes Fernglas.

»Da wären wir!« sagte Josef Wulpert. »Sehen Sie sich um... dort der große eingezäunte Garten, rundum die Felder, da hinten das Wäldchen gehört auch zum Hof. Was wollen Sie mehr? Kann Bravo sich hier wohl fühlen oder nicht?«

»Ein Paradies für ihn gegenüber einer Etagenwohnung...« Tenndorf nickte auch zufrieden. »Ich wünsche Ihnen viel Freude mit dem Hund.«

Aus dem Haus kam jetzt eine ältere, sympathisch wirkende Frau, umarmte Bärtke-Wulpert und nickte freundlich dem Hund zu. Tenndorf, ein wenig irritiert, begrüßte die Frau, stellte Carola als seine Frau und die Kinder vor und streichelte dann Bravo.

»Mach's gut, mein Junge«, sagte er mit schwerer Stimme. »Hier hast du es besser als in dem kleinen Fleck Grün hinter unserem Haus. Hier kannst du toben, Hasen und Füchse jagen...«

»Wir haben hier sogar Wildschweine!« sagte die Bäuerin. »Gute Fahrt.«

Das war höflich und doch deutlich. Haut ab, hieß das übersetzt. Fahrt los... Besichtigung beendet. Mehr ist nicht zu sehen und zu hören.

Tenndorf verstand. Er verabschiedete sich, stieg mit seiner »Familie« in den Wagen und fuhr los. Im Rückspiegel sah er noch, wie Josef Wulpert den sich etwas sperrenden Bravo ins Haus zerrte.

»Und er war es doch, Papa!« sagte Wiga, als sie vom Bauernhaus etwas entfernt waren.

»Ja, das war der Fahrer von dem weißen Kastenwagen!« rief Mike. »Der Sohn von dem Boß! Ich erkenne ihn ganz klar wieder.«

»Daran zweifele ich nicht. Und das hier ist eine falsch gelegte Spur. Ich wette: Noch heute, spätestens morgen ist Bravo in Otternbruch bei den Wulperts. Der Hof hier muß Verwandten gehören, oder Bekannten oder gar Komplizen. Hat sich jemand die Hausnummer gemerkt?«

»Haus Nummer 167«, sagte Carola. Sie saß jetzt statt Mike neben Tenndorf und machte in ihr Taschenbuch eine Eintragung: Meklenhorst Nr. 167. »Du hast übrigens zweimal ›meine Frau‹ gesagt.«

»Mir fiel so schnell nichts Besseres ein. War's sehr unangenehm?«

»Nein... nur ungewohnt...«

Auf den Rücksitzen stießen sich Mike und Wiga an und blinzelten einander zu. Wie umständlich doch die Erwachsenen sind, und sie lügen auch noch. Wenn wir mal lügen, so 'n klein bißchen nur, bekommen wir eins hinter die Ohren. Aber die Großen, die dürfen... ist das gerecht?

»Du solltest dich daran gewöhnen, Carola.«

»Du liebe Güte – ist das ein Heiratsantrag? Hier im Auto, in *der* Situation? Das kann doch nicht sein...«

»Bei mir ist manches anders, weil auch ich ein ungewöhnlicher Mensch bin...«

»Überheblich bist du gar nicht, was?«

»Das fehlt mir ganz und gar. Ich sehe nur Realitäten. Also: Überleg dir, ob du dich an das ›meine Frau‹ gewöhnen kannst...«

»Ich werde es mir gründlich überlegen.«

Auf der Chaussee nach Otternhagen trafen sie auf Eberhard Lutz. Er war zurückgefahren und wartete an einer Ausbuchtung der Straße auf sie. Er rauchte einen Zigarillo und schien sehr zufrieden zu sein. Tenndorf stellte sich neben ihn. Es war ein sonniger, aber sehr kalter Tag, ihr Atem verwandelte sich sofort in dichte Wolken. Der Schnee knirschte unter ihren Sohlen.

»Was halten Sie davon?« fragte Tenndorf. »Der angebliche Bärtke ist in Wahrheit der Sohn des Tierhändlers Wulpert aus Otternbruch, der Kerl, der mit einem präparierten Kleinlaster Tiere in und um Hannover herum einfängt. Nur nachweisen kann man ihm noch nichts. Kinderaussagen werden von der Kripo sehr vorsichtig behandelt. Eine Schnellrazzia hat nichts ergeben. Ich bin ein bißchen in Sorge, Herr Lutz.«

»Warum?«

»Wie wollen Sie Ihren Bravo wiederbekommen?«

»Er reagiert fabelhaft auf Pfiffe.«

»Heißt das, Sie wollen hier bleiben und Bravo pfeifen, wenn er aus dem Haus kommt?«

»So ist es. Daß er nicht in dieses Bauernhaus kommen sollte, war mir von Beginn an klar. Er muß also umgeladen und woanders hingebracht werden. Und dabei wird mein guter Hund einfach flüchten. Er ist blitzschnell, hochintelligent und hat ein Gebiß, mit dem er sich auch gegen diesen jungen Mann durchsetzen kann, wie immer er auch heißen mag. Ihnen ging es ja um eine heiße Spur... haben Sie sie jetzt?«

»Ja und nein.« Tenndorf hob die Schultern. »Wir haben Josef Wulpert wiedererkannt, doch die Adresse stimmt nicht.«

»Also nur lauwarme Luft?«

»So kann man's nennen. Ich wette sogar, der Bauer von 167 heißt wirklich Bärtke. Das werden wir schnell feststellen lassen. Dann ist es sogar kalte Luft. Warum soll Wulpert nicht für Bärtke einen Hund kaufen... er ist ja Fachmann. Das ist ein betonhartes Alibi. Dagegen rennt kein Kripobeamter an! Ich tät's auch nicht.«

»Und was nun?«

»Aus Niederlagen lernt man. Ich muß an Wulpert unmittelbar heran. Das ist vielleicht in den nächsten Tagen möglich. Aber davon möchte ich noch nicht sprechen.« Tenndorf dachte an Steffen Holle und den Plan der nächtlichen Tierbefreiungsaktion. Man hatte zunächst an eine andere Tierhandlung gedacht, aber dann waren von Laurenz Kabelmann Berichte und heimlich aufgenommene Minoxfotos bei der Aktionsgemeinschaft »Rettet die Tiere e. V.« eingegangen, die Holle veranlaßten, den ursprünglichen Plan sofort umzuändern und Wulpert zum Ziel des nächsten Einsatzes zu wählen.

»Sie fahren jetzt wieder nach Hause?« fragte Eberhard Lutz.

»Ja, was soll ich sonst tun?« Tenndorf sah sich um. Einsame Landstraße, Schneeverwehungen, ein stahlblauer Himmel, aus dem der Frost herunterfiel, rundherum unter Schnee begrabenes Land. »Und Sie wollen hier bleiben?«

»Nein. Ich fahre näher an das Bauernhaus heran, auf Pfiffweite.« Lutz lächelte breit. »Ich habe alles bei mir. Benzinkanister, um den Motor laufen zu lassen und die Heizung auszunützen, eine Flasche Rum, dazu eine Zweiliterkanne mit Tee, zwei warme Wolldecken, einen Berg Wurstbrote, eine Schachtel Zigarillos. Mir läuft die Zeit nicht davon.«

»Dann viel Glück, Herr Lutz. Ich danke Ihnen nochmals, daß Sie uns Bravo zur Verfügung gestellt haben.«

»Auch wenn das Ergebnis mager war. Aber vielleicht sehe ich etwas, was Ihnen nützen kann. Oft haben Zufälle große Entdeckungen gebracht.«

»Heute abend hat er Bravo wieder«, sagte Tenndorf, als sie eine Weile gefahren waren.

»Aber wir haben Micky und Pumpi noch nicht wieder!« rief von hinten Mike. »Aber das schaffen wir doch auch noch, nicht wahr, Papi?«

Papi! Tenndorf zuckte bei dem Wort aus Mikes Mund zusammen und schielte zu Carola hin. Sie saß, weit zurückgelehnt, auf dem Beifahrersitz und lächelte still vor sich hin.

Laurenz Kabelmann hatte sich vorzüglich bei den Wulperts eingelebt. Es erwies sich, daß Lauro nicht nur intelligent und einsatzwillig war, zu allem bereit, vor keiner Dreckarbeit zurückschreckend, sondern er hatte sich sogar als dem Haus sehr verbunden gezeigt, nämlich, als zum zweitenmal der widerliche Fotoreporter Holger Fabricius im Wulperthof auftauchte und herumschnüffelte.

Bevor der alte Wulpert irgend etwas greifen konnte, um Fabricius vom Hof zu jagen, war Lauro schon zur Stelle und jagte den Reporter mit Fausthieben aus dem Hof auf die Straße und warf hinter ihm das große Tor zu. Daß dabei außerhalb des Innenhofes zwischen Kabelmann und Fabricius Filme ausgetauscht wurden – belichtete gegen neue Filme –, das konnte man vom Wohnhaus aus nicht sehen.

Als Lauro zurückkam, drückte der alte Wulpert ihn an seine Brust und nahm ihn damit sozusagen in die Familie auf. »So war's richtig, Lauro!« sagte er anerkennend. »Immer mit den Fäusten in die Fresse, wenn sie frech werden. Das verstehen sie! Der Bursche kommt so schnell nicht wieder. Donnerwetter, hast du einen Schlag!«

»Auf der Walze gelernt, Chef. Da muß man sich wehren können. Sind nicht alles Brüder, die da herumziehen.«

»Und trotzdem willste im Frühjahr wieder raus?«

»Ja.«

»Bei uns kannste bleiben, hier kannste alt werden, Lauro. Überleg dir das. So was wie dich brauchen wir hier. Du bekommst auch die Stunde zwei Mark mehr. Steuerfrei. Ist das 'n Angebot?«

»Ich war noch nicht in Marokko – da will ich im Sommer hin.«

»Scheiß auf Marokko! Da ist es heiß, da stinkt alles, und die Weiber sind im Bett auch nicht anders als hier. Und nur Hammel und Reis fressen? Keinen Schnaps?! Du bist ja bekloppt, daß du nicht bei uns bleibst. Hier hättest du dein geordnetes Leben, Geld genug, gutes Essen, und in Hannover gibt's hervorragende Puffs. Überleg dir's wirklich, Lauro!«

Laurenz Kabelmann versprach, sich das alles genau durch den Kopf gehen zu lassen.

Seitdem er sein Päckchen bei der Posthalterin Erna Sudereich abgeholt hatte, postlagernd, Kennwort »Valencia«, war er im Besitz einer Minoxkamera, mit der er die Zustände in den Hallen und Ställen heimlich fotografierte. Da er das unbedingte Vertrauen der Wulperts gewonnen hatte, gab es nichts mehr, was er nicht sehen durfte. Ungehindert konnte er all das Schreckliche im Bild festhalten, unglaubliche Dinge wie die »Glocke« und andere Wulpert-Einrichtungen, die niemand für möglich gehalten hätte.

Mit Erna Sudereich, der Posthalterin, hatte er übrigens noch ein spezielles Erlebnis. Er mußte auf sie mit der Erzählung von seiner heimlichen Liebschaft einen ungeheuren Eindruck gemacht haben; für Erna kam er aus einer Welt, von der sie, die ewige Jungfrau, immer heimlich mit roten Backen träumte: der Welt des Lasters, der hemmungslosen Leidenschaft. Heimlich las Erna auch Pornos, die sie in Hannover in einem Kiosk am Bahnhof kaufte und dann später in ihrem Kachelofen verbrannte. Da gab es Bilder, bei deren Anblick es in ihr zu zucken begann, und ein paarmal verlor sie fast die Besinnung, als sie sich vorstellte, daß man das alles auch mit ihr anstellen konnte.

Und nun war ein Mann ins Dorf gekommen, der zu alledem fähig war! Ein Sittenstrolch! Welch ein wüster Kerl!

Erna Sudereich hatte in den folgenden Nächten viel zu träumen, sah sich im Mittelpunkt der ausschweifendsten Ereignisse und stand jeden Morgen wie gerädert auf.

In einem solchen Zustand traf sie Kabelmann eines Abends im Gasthaus »Zur Post«. Er stand brav am Tresen, trank ein Bier und einen Korn und unterhielt sich mit dem Postwirt über Portugal. Im Vorbeigehen hörte Erna noch, wie Kabelmann süffisant sagte: »Und im Norden, da leben Weiber mit roten Haaren, das sind Raketen im Bett. Das hältste kaum aus...« Ihr wurde davon ganz schwummerig zumute, sie mußte sich schnell an einen Tisch setzen und tief durchatmen.

Als Kabelmann später an ihr vorbeikam, hielt sie ihn am Parka fest. Es war ein einmalig mutiger Griff, fast eine Verzweiflungstat.

Laurenz blieb stehen und blickte auf Erna hinunter. Sie hatte glühende Bäckchen, und ihre Lippen zitterten.

»Sie waren in Portugal?« fragte sie schnell atmend. »Ich habe das vorhin im Vorbeigehen zufällig gehört. Erzählen Sie mir etwas von Portugal. Ich möchte so gern einmal dahin...«

»Das wäre gut für Sie, mein Postmädchen«, sagte Kabelmann wie ein Verschwörer und beugte sich zu Erna Sudereich hinunter. »Da nähen die Männer sich vorne Leder in die Hosen, damit sie nicht so schnell den Stoff durchstoßen...«

Von dieser Minute an ging Erna Sudereich mit verkniffenem Gesicht Kabelmann aus dem Weg. Wenn er ab und zu im Postamt telefonierte, hängte sie ein Schild an das altmodische Schiebefenster: Vorübergehend geschlossen. Kabelmann winkte ihr dann jedesmal nach Beendigung des Gespräches zu... sie blickte weg, bekam eine tiefe Gesichtsröte und atmete heftig. Wie konnte sie ahnen, daß Laurenz Kabelmann im Privatleben ein höchst solider Zoologe war?

Mit Pumpi und Micky, die nun Fähnchen und Mausi hießen, hatte Kabelmann schnell einen guten Kontakt. Die Tiere vergaßen ihm nicht, daß er sie immer gut behandelt hatte. Im Haus spielten sie mit ihm, und Willi Wulpert erlaubte ihm sogar, daß er abends mit ihnen spazierenging, nach dem Dienst. Von der längst vergessenen Anzeige Tenndorfs in den Zeitungen wußte Kabelmann nichts, er hatte an jenem Tag keine Zeitungen gelesen. Daß Wulpert den lustigen schwarz-weiß-roten Hund und die rotweiß gestreifte Katze zu sich genommen und vor dem sicheren Tod bewahrt hatte, hielt er für eine Marotte des Alten, für einen dieser »nationalen Spleens«, von denen der alte Wulpert laufend neue produzierte. Zu denen gehörte zum Beispiel der Preußische Präsentiermarsch, den Wulpert ab und zu auf dem Plattenspieler abspielte und den er in strammer Haltung und sehr zackig mit einem hölzernen langen Kochlöffel dirigierte. Ihn dabei zu stören war fast ein Verbrechen. Das wagte auch niemand, nicht einmal Emmi, seine Frau.

Dieses schöne »Familienleben« wurde nun von einem Tag zum anderen angeknackst... bei Kabelmann, nicht bei den Wulperts, die davon keine Ahnung hatten. Steffen Holle hatte Kabelmann davon unterrichtet, daß die nächste Aktion gegen Wulpert gerichtet war. Die Fotos, die Fabricius entwickelt und übergeben hatte, waren dafür ausschlaggebend, aber auch der unter einem Decknamen erfolgte Kauf von Bravo.

Den »Bravo-Einsatz« hatte Kabelmann hautnah erlebt, allerdings von der anderen Seite aus. Am Abend vorher war Josef Kabelmann stinkwütend von seiner Tante Bärtke aus Meklenhorst zurückgekommen, die linke Hand verbunden. Was er erzählte, trieb sogar dem alten Wulpert fast Tränen der Wut in die Augen, auch wenn er mit der Faust auf den Tisch hieb, daß die Teller tanzten.

Josef erzählte, wie er am Abend mit Bravo nach Otternbruch fahren wollte, nachdem der Hund sich bei Tante Bärtke wirklich friedlich benommen hatte. Ein Hund, der unter Brüdern das Vierfache von dem wert war, was Josef an Tenndorf gezahlt hatte. Als Versuchshund allerdings konnte man für ihn nicht mehr als siebenhundert Mark verlangen. Das war schon das Höchste für die Labors.

Also, er war mit Bravo aus dem Haus gekommen und wollte mit ihm in den Wagen steigen, als er von der Straße her einen merkwürdigen Pfiff hörte. Dort stand mit abgeblendeten Lichtern ein Auto, ein Mercedes, die linke Tür offen. Bravo reagierte wie ein Raubtier: Er riß sich mit einem gewaltigen Ruck von Josef los, biß ihn in die Hand, als er zugreifen wollte, und sauste dann davon, auf den Wagen zu. Er sprang durch die offene Tür hinein, die Tür wurde zugeschlagen, und dann raste der Wagen im aufstiebenden Schnee in Richtung Otternhagen davon. Als Josef seinen Wagen endlich angelassen hatte, hatte der unbekannte Mercedes längst einen solchen Vorsprung, daß eine Verfolgung aussichtslos war.

»Und die fünfhundert Mark?« brüllte Wulpert senior.

»Die sind futsch, Vater!«

»Die zahlt uns der Tenndorf zurück!«

»Warum sollte er? Er hat den Hund doch nicht weggelockt. Es war ein völlig fremder Mercedes.«

»Das war doch ein abgekartetes Spiel. Das sieht ja ein Blinder! Lauro, was hältst du davon?«

»Das war 'ne komplette Sauerei«, sagte Kabelmann vorsichtig.

»Jawohl, das war es! Du fährst morgen früh zu Tenndorf, Josef!«

»Kann ich ihm was beweisen, Vater? Natürlich wird der Hund nicht bei ihm sein.« Josef Wulpert ballte nun auch die Fäuste. »Die Fünfhundert müssen wir in vierzehn Tagen bei den Affen draufschlagen. Himmel, hat das Aas mich gebissen. Der hatte vielleicht Zähne...«

»Es braut sich was zusammen, Leute«, sagte der alte Wulpert dumpf. »Ich spüre das. Zuerst die überraschende, durch nichts begründete Kripo-Razzia. Dann dieser gemeine Hundetrick, und die Lieferung aus der Schweiz liegt am Baseler Zoll fest – überall Scheiße, wohin man faßt. Wie kommt plötzlich bei uns der Wurm rein?! Wo hast du dich dämlich benommen, Josef?!«

»Ich! Immer ich!«

»Eins ist doch klar: Du bist mit dem weißen VW aufgefallen! Wie kommt sonst die Kripo zu der Frage, ob wir einen weißen Kastenwagen haben?! Seitdem tritt man uns in den Hintern.«

»Gibt es Konkurrenten, die neidisch werden könnten?« fragte Kabelmann mit unschuldigem Gesicht.

»Nicht im Umkreis. Außerdem haben wir alle genug zu tun. Neid... nee, da wüßte ich nichts. Ob nun die ›Medicinal-Bedarf‹ ein paar Tiere mehr als wir verkaufen, das kratzt mich doch nicht. Und genauso wenig kratzt es die anderen, wenn wir mal mehr verkaufen. Wir haben alle triftige Gründe, uns gegenseitig nicht weh zu tun. Nee, von dieser Ecke ist alles still. Hier kann es sich nur um eigene Dusseligkeit handeln.«

An diesem Abend ging man wütend zu Bett. Aber Kabelmann saß noch lange wach in seiner Kammer hinter Halle II und fragte sich, woher die plötzlichen Schwierigkeiten kamen. Er nahm sich vor, darüber mit Steffen Holle zu sprechen, gleich morgen, wenn er nach Otternbruch zum Einkaufen fuhr. Es war dafür ein günstiger Tag: Josef Wulpert brachte eine Lieferung Katzen, Kaninchen und Ratten nach Braunschweig zu einem Forschungslabor, Willi Wulpert fuhr nach Hildesheim, wo sich ein neuer, zukünftiger

Kunde gemeldet hatte, eine chemische Fabrik, die dringend und schnell Tiere brauchte. Ein Tag also, an dem Kabelmann für eine Stunde nach Otternbruch verschwinden konnte.

Und da nun erfuhr er von der geplanten Aktion gegen Wulpert. Auch seine Aufgaben erhielt er zugeteilt: Offenlassen des Tores zum Innenhof, Wegnahme der zwei Wachhunde und Warten an der offenen Hintertür seiner Kammer. Die nötige Ausrüstung brachte man mit: Stablampen, Halsbänder und Leinen, Werkzeuge. Bereitgestellt sein sollten auch die Kleinkäfige für Kaninchen und Katzen. Es mußte alles blitzschnell gehen, vor allem aber lautlos.

Und noch eins: Kabelmann mußte sich niederschlagen lassen, damit es nach einem echten Überfall aussah.

»Wann?« fragte Kabelmann am Telefon kurz.

»Du bekommst noch Nachricht.«

»Wie und durch wen?«

»Das müssen wir noch organisieren.« Steffen Holle hüstelte etwas. »Deine Fotos sind Klasse, Laurenz.«

Kabelmann hatte kurz die Stirn in Falten gezogen. »Hast du einen Husten, Steffen?« fragte er dann.

»Nur 'ne leichte Erkältung.«

»Erst ausheilen lassen, Steffen, und dann die Aktion!« sagte Kabelmann eindringlich. »Einmal husten... und alles kann vergebens sein! Komm bloß nicht an und bell hier rum! Wie du eben gesagt hast: Alles völlig lautlos! Der alte Wulpert ahnt etwas... also übereilt nichts! Ich möchte hinterher keinen arbeitslosen Staatsanwalt sehen... einen vorbestraften, arbeitslosen Staatsanwalt! Ich warte auf weitere Nachrichten. Ende.«

Jetzt ist es soweit, dachte er, als er wieder in seiner Kammer hinter Halle II am Tisch saß und seine frostdurchzogenen Glieder mit einem dampfenden Grog aufwärmte. Es wird wieder ein gewaltiges Aufsehen geben, Millionen Menschen werden uns Beifall klatschen, wir werden vielleicht hundert Tieren das Leben retten, und auch die anderen kommen dann in ein Tierheim.

Und dort? Und was folgt?

Alles wird bleiben, wie es war. Es wird keinen Wulpert mehr geben, aber hundert andere Firmen, die Versuchstiere liefern. Unbehelligt, von der Industrie gefördert und animiert. Hunderttausend Tiere jedes Jahr...

Die Empörung der Öffentlichkeit? Nur Ruhe, Freunde, nur Ruhe. Keine Kommentare. Schweigen, bloß Schweigen. In ein paar Wochen hat die aufschreiende Öffentlichkeit das alles wieder vergessen. Dann erregen andere Dinge die Gemüter, zum Beispiel, wenn ein großer Tennisstar ein Match verliert. Oder wenn einer Prinzessin der Rock hochweht und man ihre Oberschenkel sieht.

Also, keine Aufregung, Freunde. Das Signal von Otternbruch zeigt ins Nichts. Ein Aufschrei hat nur so lange Wirkung, wie man ihn hört.

Alles verweht so schnell auf dieser Welt.

»Das ist es ja!« sagte Kabelmann laut zu sich selbst. »Wir haben verlernt, Gefühle in der Seele zu verankern...«

Aber die Aktion mußte sein. Das sah er ein.

11

Man kann, wenn man ehrlich ist, verstehen, daß Kinder den Erwachsenen gegenüber gelegentlich mißtrauisch werden. Der patriarchalische Lehrsatz von früher, Erwachsene hätten immer recht, weil sie älter und erfahrener seien, hat einen Knacks bekommen. Die Kinder sind kritischer geworden, und so manches, was Erwachsene tun oder hinnehmen, stößt bei ihnen auf gesundes Unverständnis.

Nicht anders erging es Mike. Tenndorf und Carola waren in die Stadt gefahren, um für Tenndorf eine dunkle Strickmütze zu kaufen, so weit, daß er sie über das Gesicht ziehen und sich damit vermummen konnte. Allerdings weigerte sich Carola, in diese Strickmütze Augenlöcher zu schneiden, und darüber hatte es einen kleinen Disput gegeben.

»Nein!« hatte Carola gesagt. »Wenn du schon so blind bist, daß du die möglichen Folgen nicht erkennst, dann kannst du auch ohne Augenlöcher losziehen. Blind bleibt blind! Und außerdem will ich mich nicht mitschuldig machen. Ihr befreit vielleicht fünfzig Tiere... gut, deren Leben rettet ihr. Aber die anderen? Wulpert hat einige hundert Tiere in seinen Hallen. Wollt ihr auch die weißen Mäuse und die Ratten loslassen? Das wird euch bestimmt niemand danken. Ganz im Gegenteil: Man wird euch verfluchen. Wer will schon Mäuse und Ratten in seinem Haus? Ein Fanal wollt ihr setzen? Für wen denn? Glaubt ihr wirklich, daß die Kliniken und Labors, die Pharmazie und die anderen chemischen Industrien auf ihre Tierversuche verzichten? Die lachen doch nur über euch blinde Idealisten. Die kümmern sich einen Dreck um die Empörung der Tierliebhaber, und wenn die deutschen Tierhändler schließen müssen, na, was dann? Dann bezieht man die Tiere aus dem Ausland. Es ist doch ein Millionengeschäft, in dem jeder freigewordene Platz sofort neu besetzt wird. Wollt ihr kleinen Eiferer einen ganzen neuen Erwerbszweig stillegen? So dumm kann doch keiner sein.«

»Danke.« Tenndorf blickte wütend an Carola vorbei. »Ich komme mir vor wie zwanzig Jahre verheiratet...«

»Auf den Gedanken, daß ich Angst um dich habe, kommst du aber nicht!«

»Wenn jeder Angst hätte, ginge die Welt zugrunde durch ein paar Menschen, die rücksichtslos sind.«

»Womit man auch Kriege begründen könnte...!«

»Du lieber Himmel, jetzt wird's auch noch politisch!« Tenndorf war aufgesprungen und hatte seinen pelzgefütterten Mantel übergezogen. »Kommst du nun mit einkaufen?«

»Ja. Dich jetzt allein zu lassen wäre noch schlimmer!«

In dieser Stimmung waren also Tenndorf und Carola in die Stadt gefahren. Wiga war zu Mike hinübergekommen, sie hatten gemeinsam ihre Schulaufgaben gemacht und sprachen dann über ihre sich so merkwürdig benehmenden Elternteile.

»Eins ist klar«, sagte Mike etwas altklug wie immer, »die haben Pumpi und Micky abgeschrieben. Die denken, die sind beide tot. Die sprechen ja auch gar nicht mehr darüber.«

Wiga antwortete mit einem traurigen Nicken. »Und wenn es so ist, Mike?«

»Für mich leben sie noch!«

»Aber wo?«

»In Otternbruch, bei Wulpert. Auch wenn mir keiner glaubt: Ich weiß, daß es der weiße VW-Kastenwagen war... einmal als Möbelwagen, einmal als Wäschereiauto. Und der Sohn von dem Hinkenden hat ihn gefahren.«

»Die Polizei hat keinen VW gefunden, Mike.«

»Die Polizei!« Mike machte eine großspurige, wegwerfende Handbewegung. »Das müssen wir selbst machen.«

»*Wir*, Mike? Wie denn?«

»Wie Winnetou. Wir legen uns auf die Lauer und beobachten sie.«

»Wo denn?«

»In dem alten Backhaus. Das ist ein prima Versteck. Da kommt keiner mehr hin, aber wir können von dort aus alles sehen.«

»Und wann, Mike?«

»Wenn du nicht zu feige bist...«

»Ich bin nicht feige!« rief Wiga empört. »Ich war nie feige!«

»... wenn du mitmachen willst, dann schwänzen wir morgen die Schule und fahren hinaus nach Otternbruch. Wenn wir später als sonst nach Hause kommen, sagen wir, wir hätten nachsitzen müssen.«

»Das gibt ein langes Verhör von Papi...«

»Also doch zu feige!« sagte Mike geringschätzig. »In

Ordnung, dann tu' ich's allein.«

»Und wenn uns mein Papi oder deine Mami von der Schule abholen, und wir sind gar nicht da?«

»Dann sagen wir, wir hätten die letzte Stunde freigehabt und wären in die Heide gefahren.«

»Das ist doch gelogen, Mike.«

»Na und? Lügen Erwachsene nicht auch? Und wie...«

»Dafür sind es Erwachsene.« Wiga blickte traurig auf den Teppich, auf dem Mike eine Industrieanlage aufgebaut hatte mit einem großen Kran, Lastwagen, einer Fabrik und Gleisanlagen. Wer sich in Mikes Zimmer bewegte, mußte mit hohen, weiten Schritten und vorsichtig alle Hindernisse übersteigen. »Ich will nicht lügen. Warum fragen wir nicht vorher?«

»Die sagen doch unter Garantie nein! Hat gar keinen Sinn! Entweder wir schwänzen die Schule, machen es heimlich, oder wir lassen es sein. Dann geben wir uns genauso geschlagen wie dein Papi und meine Mami.« Mike erhob sich, stieg über das Fabrikdach und stellte sich an das Fenster. »Ich versteh' die überhaupt nicht mehr. Sagen nichts mehr über Pumpi und Micky, und selbst reden sie auch nur immer dummes Zeug. Warum sagt dein Papi nicht zu meiner Mami: Du, wir heiraten!«

»Das weiß ich doch nicht...«

»Müssen wir das auch noch für die machen? Du, Wiga, eigentlich sind Erwachsene sehr dumm. Sie wollen alles wissen und tun so viel Unsinn. Das hab' ich Mami schon gesagt.«

»Und was hat sie geantwortet?«

»Wie immer: Davon verstehst du nichts.« Mike drehte sich am Fenster zu Wiga um. »Was ist nun? Schwänzen wir morgen die Schule?«

»Nur, wenn du mir bei Papi hilfst.«

»Ist doch klar.« Mike lächelte breit, er kam sich als großer Beschützer und starker Mann vor. »Nimm das Fernglas von deinem Papi mit... dann sehen wir alles ganz nah.«

Am späten Nachmittag kamen Tenndorf und Carola aus der Stadt zurück. In einem großen Kaufhaus hatten sie eine weite dunkelblaue Strickmütze gefunden. Tenndorf hatte sie in einer Kabine ausprobiert. Er konnte damit sein Gesicht völlig verhüllen. Um sich ganz der Nacht anzugleichen, kaufte er noch einen schwarzen Trainingsanzug und weiche, gefütterte, schwarze Halbstiefel mit Profilsohle. Daß er mit dieser Sohle die fabelhaftesten Spuren hinterließ, daran dachte er nicht.

»Fertig, mein Sonntagsgangster?« fragte Carola, als sie die Tüten zum Auto trugen. »Zu empfehlen wäre vielleicht noch eine Kinderpistole. Es gibt da dem Original täuschend nachgemachte: Smith & Wesson, 08, Walther PPK – wer nicht sofort die Kopie erkennt, kann höllische Angst bekommen. Stell dir vor: Die knallen sogar!«

»Ich wußte gar nicht, daß du so mit Spott geladen sein kannst.«

»Du weißt überhaupt sehr wenig von mir.« Sie schloß die Wagentür auf und wartete, bis Tenndorf saß. Dann setzte sie sich hinter das Lenkrad, steckte den Zündschlüssel ins Schloß, ließ aber den Motor nicht an. »Und trotzdem willst du mich heiraten!«

»Weil ich dich liebe.«

»Bist du dir da so sicher?«

»So sicher wie die Fundamente meiner Bauten.«

»Da würde ich nicht drauf schwören.«

»Bisher ist noch kein Bau von mir eingestürzt! Aber du...«

»Was ist mit mir?«

»Du und deine Modeheinis! Deine zur Schau gestellte große Sicherheit ist ja nichts anderes als ein besonders glitzerndes Kostüm. Was aber steckt darunter? Darauf kommt es an.«

»Aha! Und du weißt, was darunter ist?«

»Ja!« Er zeigte auf die Straße. »Fahr los...«

»Erst, wenn du mir sagst, was darunter ist!«

»Ein total verunsichertes Mädchen von dreißig Jahren mit einem neunjährigen Sohn.«

»Ha! Da werde ich dir das Gegenteil beweisen.«

»Tu es.« Er blickte aus dem Autofenster und klopfte ein paar Eiskristalle von seinem Mantelärmel. »Ich hätte mir, wenn meine Frau nicht verunglückt wäre, noch einen Sohn gewünscht. Jetzt hab' ich einen...«

Carola antwortete nicht, aber ihre Augen bekamen einen anderen Glanz. Sie ließ den Motor an und schoß aus dem Parkplatz hinaus.

Tenndorf stieß einen tiefen Seufzer aus, stemmte die Füße

gegen das Bodenblech und sagte nur noch: »Da will uns die Statistik weismachen, daß Frauen besser als Männer fahren...«

Unbeschädigt zu Hause angelangt, was Tenndorf eines der selten vorkommenden Wunder nannte, beschloß man, an diesem Abend nicht zu kochen, sondern um die Ecke in ein ungarisches Lokal zu gehen.

»Zur Aufheiterung«, sagte Tenndorf aggressiv. »Puszta-Musik hat für mich das gewisse Etwas, was mein Blut perlen läßt.«

Carola überhörte das und ging hinaus, um sich umzuziehen. Sie kam zurück in einem bunten Rock, einer grünen Bluse und roten Stiefeln.

Tenndorf starrte sie entgeistert an. »Was ist denn das?« fragte er nach einer Weile Staunen.

»Ungarisch! Joy Mama! Immer stilecht sein, mein Lieber!«

Es wurde ein merkwürdiger, aber doch schöner Abend. Das ungarische Essen war vorzüglich, der Wein herrlich, die Musik, wie man sie erwartet hatte: mit Puszta-Sehnsucht und Zigeunerklang. Und so ganz nebenbei blickte Tenndorf die Kinder an, ergriff ihre Hände und sagte feierlich: »Hättet ihr was dagegen, wenn wir eine Familie werden? Mike bekommt eine Schwester, Wiga bekommt einen Bruder...«

»Und was bekommst du, Papi?« fragte Wiga mit raffinierter Unschuld.

»Tja, was bekomme ich?« Tenndorf sah hinüber zu Carola. Sie saß mit verschlossenem Gesicht am anderen Kopfende des Tisches. »Das ist eine gute Frage, Wiga. Wer kann sie beantworten?«

»Vielleicht Mami?« warf Mike ein.

»Ich weiß gar nicht, wovon ihr redet.« Carola umklammerte ihr Weinglas.

Mike schüttelte den Kopf. »Nun tu doch nicht so, Mami...«

»*Mich* hat noch keiner gefragt.«

»Aber du weißt doch, worum es geht, Mami!«

»Halt den Mund, Mike!« Carola nahm einen Schluck Wein. Ihre Hand zitterte dabei deutlich. »Ihr seid noch zu klein, um das zu verstehen.«

»Das sagst du immer. Wir verstehen mehr, als du glaubst.«

»Einmal fragt dieser Herr Tenndorf zwischen Tür und Angel, einmal beim Autofahren, jetzt in einem ungarischen Restaurant, wo die Musik sein Blut perlen läßt... das soll ich ernst nehmen, Mike?«

»Soll ich mit einem Blumenstrauß auf die Knie fallen?« Tenndorf hielt die Hände der Kinder fest. »Wir drei sind uns einig. Es steht drei zu eins...«

»Spielen wir hier Fußball oder Tennis?!«

»Du liebst doch Onkel Horst, Mami...«

»Wer sagt denn das?«

»Du! Du hast einmal zu mir gesagt...«

»Mike, ich warne dich. Du bekommst eins hinter die Ohren.«

»Mike, sprich weiter«, sagte Tenndorf väterlich. »Ein

starker Mann läßt sich durch Drohungen nicht einschüchtern...«

»Mami hat mich einmal gefragt...«

»Mike!« rief Carola warnend und begann, rot zu werden.

»...sie hat mich gefragt: Was hältst du davon, wenn Onkel Horst dein neuer Papi wird? Und ich habe geantwortet: Klasse, Mami.«

»So hat Papi mich auch gefragt!« rief Wiga begeistert.

»Nun ist's raus.« Tenndorf sah über den Tisch hinweg zu Carola. »Schon um die Kinder nicht zu enttäuschen, sollte zwischen uns alles klar sein, Liebling.«

Sein Lächeln, das sonst so ansteckende Tenndorf-Lächeln, tat bei Carola wenig Wirkung. Sie nickte nur. »Das wäre ein Vernunftsgrund, zugegeben«, sagte sie.

»Also werden wir eine Familie, Kinder!« Tenndorf ließ die Kinder los. »Darauf trinken wir jetzt ein Glas. Alles andere besprechen wir, wenn euer Papi einen wichtigen Auftrag erledigt hat.«

»Wenn euer Papi diesen wichtigen Auftrag erledigt hat, habt ihr vielleicht die Freude, euren Papi im Gefängnis zu besuchen...«

»Das wär 'ne Wucht!« rief Mike begeistert. »So richtig hinter Gittern? Mit Fesseln an den Händen?«

»Mit allem Drum und Dran, Mike«, sagte Tenndorf.

»Toll, Papi!«

Tenndorf hob bedauernd die Schultern und blickte wieder zu Carola. »Du siehst, Liebling, wie sich die Sympathien verteilen.«

»Es ist schamlos, wie du den kindlichen Glauben ausnutzt! Warum sagst du ihnen nicht, daß ich vor Angst fast vergehe?!«

»Ihr habt's gehört, Kinder!« Tenndorf rieb sich die Hände. »Das war eine hundertprozentige Liebeserklärung vor euch. Und das ist wahr: Eure Mutti liebt mich, und ich liebe eure Mutti. Und weil wir uns so lieben, wir alle, werden wir selbst vor dem Teufel keine Angst haben.«

In dieser Nacht durften Mike und Wiga das erstemal zusammen in Wigas Zimmer schlafen, weil auch Tenndorf und Carola zusammen schliefen. Es war alles so selbstverständlich, als wäre es nie anders gewesen. Sie waren eine Familie.

»Na, wie haben wir das gemacht?« sagte Mike vor dem Einschlafen zufrieden. »Merkwürdig, daß man die Erwachsenen immer anstoßen muß.« Dann fügte er etwas leiser hinzu: »Und morgen schwänzen wir die Schule und fahren hinaus nach Otternbruch.«

Mit der Rückkehr von Arras war zwar die häusliche Eintracht bei Prof. Sänfter wieder hergestellt, was schon dadurch zum Ausdruck kam, daß Regina wieder zu einer ihrer mondänen Cocktail-Parties einlud, bei der sich dann alles traf, was in Hannover zur »Gesellschaft« zählte. Aber Prof. Sänfter hatte eine Wandlung durchgemacht, von der zuerst Horst Tenndorf erfuhr.

Erstaunt begrüßte er Prof. Sänfter, der am frühen Vormittag bei ihm im Architektenbüro erschien und um ein paar Minuten Gehör bat.

»Mit Ihrem Hallenschwimmbad bin ich noch nicht weitergekommen, Herr Professor«, sagte Tenndorf sofort. »Die letzten Wochen waren einfach zu turbulent. Aber wenn alles gut geht und das Bauamt mitspielt, können wir im Frühjahr den Bau zügig durchziehen. Ich glaube nicht, daß die Behörde gegen einen Hallenbad-Anbau etwas vorzubringen hätte... schon gar nicht bei Ihnen, Herr Professor.«

»Das Hallenbad!« Sänfter winkte ab, setzte sich neben ein großes Reißbrett und legte die Hände auf die Knie. »Das existiert bei mir im Moment ganz im Hinterkopf. Ich habe eine viel erfreulichere Mitteilung zu machen. Mein Arras ist wieder da!«

»Gratuliere! Er war also doch nur weggelaufen? Eine schöne Hündin, was? So eine Art Liebesausflug...«

»Nicht ganz.« Sänfter atmete tief durch. »Er lag bei mir im Institut auf dem OP-Tisch.«

Das Schweigen, das folgte, kam beiden ungewöhnlich lang vor, auch wenn es nur ein paar Atemzüge dauerte. Endlich sagte Sänfter: »Da sind Sie platt, Herr Tenndorf...«

»Das bin ich, Herr Professor. Völlig platt.«

»Am Nachmittag gestohlen, am nächsten Morgen schon auf dem Tisch – so schnell geht das bei den Halunken! Mein Laborleiter hat ihn und einen zweiten Schäferhund von einem privaten Anbieter gekauft. Der Kerl nannte sich Schneider. So heißen in Hannover Hunderte. Absolut sinnlos, da nachzuforschen. Außerdem dürfte der Name falsch sein.«

»Mit Sicherheit.«

»Sage ich auch. Kommissar Abbels sieht da keine Chance. Oberstaatsanwalt Dallmanns hat zwar Anklage gegen Unbekannt erhoben – eine reine Formsache. Mir zu Gefallen. Aber was bringt es?«

»Nichts.«

»Weshalb ich hier bin, Herr Tenndorf: Ich habe mir gedacht, daß es für Sie von großem Interesse ist, wie blitzschnell die Tiere verschoben werden. Sie... Sie verstehen...«

Tenndorf nickte. »Danke, Herr Professor. Ich habe nie damit gerechnet, Pumpi und Micky wiederzusehen. Aber das konnte ich ja den Kindern nicht erklären. Ich habe alles, was möglich war, getan, nur um die Kinder zu beruhigen, nicht mich. Noch glauben sie an ein Wiedersehen – es wird schwer werden, ihnen zu sagen, daß es Pumpi und Micky nicht mehr gibt.« Er lehnte sich an die Wand neben dem Reißbrett und blickte auf Prof. Sänfter hinab. »Stellen Sie sich vor, Ihr Arras wäre nicht an Ihr Institut verkauft worden, sondern zum Beispiel an die Biosaturn...«

»Darüber habe ich lange nachgedacht. Vielleicht wäre Arras heute schon mit chemischen Stoffen vollgepumpt...«

»Oder er hinge in einem Gestell, gespickt mit Schläuchen und Meßinstrumenten. Sie hatten da eindrucksvolle Fotos auf Ihrem Schreibtisch, Herr Professor.«

Sänfter schwieg.

Er hatte die ganze Nacht mit sich selbst gerungen, war in

seinem Schlafzimmer hin und her gelaufen – natürlich schlief man in der Sänfter-Villa getrennt. Regina hatte sich zum Schlafen ein Luxusreich eingerichtet mit weißgoldenem Barockbett, Barockengeln an den Wänden, schillernden Seidentapeten und dickflauschigem Teppich. Sänfters Schlafraum dagegen war wirklich nur ein Zweckzimmer, wenn auch mit Mahagonimöbeln und einem anschließenden marmorgefliesten Bad.

»Ich habe das alles zu leicht und zu selbstverständlich hingenommen«, sagte Sänfter nachdenklich. »Man muß das verstehen. In jeder Universität werden Tiere seziert, jeder angehende Mediziner arbeitet am Tier und verliert dabei das Gefühl, daß er ein lebendes, schmerzempfindendes Wesen vor sich hat. Für Promotionsarbeiten wird am Tier experimentiert, wo man hinblickt, findet die Forschung am Tier statt, und es gibt nur wenige Mediziner oder Chemiker, die laut sagen: Es könnte auch anders gehen, man muß sich nur umstellen. Natürlich ist es einfacher, einem Affen Gift in die Venen zu spritzen und später sein Gehirn aufzuschneiden, um die Wirkung des Giftes zu prüfen, als wenn man einen Computer einsetzt und mit Hilfe von Neuronen-Modellen simuliert, wie die Reaktionen eines Gehirns auf bestimmte toxische Einflüsse sind. Es ist die große Trägheit, die noch immer Millionen Versuchstiere kostet.« Sänfter nickte mehrmals. »Sie sehen mich mit großen Augen an, Herr Tenndorf. Jawohl, auch ich gehörte zu dem Heer der so fabelhaft eingespielten Forschermediziner. Aber seit der vergangenen Nacht...«

Sänfter griff in die Manteltasche und zog ein paar eng beschriebene Blätter hervor. Dann schob er seine goldeingefaßte Brille näher an die Augen und blickte zu Tenndorf hinauf. »Langweile ich Sie?« fragte er.

»Ganz im Gegenteil. Es ist äußerst selten, daß man eine Wandlung vom Saulus zum Paulus erlebt…«

»Ich habe in dieser Nacht viel gelesen und gelernt, und ich bin erschrocken, wie wenig man doch weiß. Kennen Sie den Philosophen Robert Spaemann aus München? Er schreibt in einem Aufsatz ›Tiere sind empfindsame Wesen‹ unter anderem: ›Von kompetenten Ärzten ist in letzter Zeit der Nutzen von 95 Prozent aller Tierversuche bestritten worden. Ja, es wird sogar mit guten Gründen ihre Schädlichkeit für den Menschen behauptet. Die Conterganschäden jedenfalls wären nicht aufgetreten, wenn man sich nicht auf die Ergebnisse der Tierversuche verlassen hätte. Übrigens hängt auch die Kostenexplosion des Gesundheitswesens u. a. mit diesen Versuchen zusammen. Die Tierversuche sind längst zum Selbstzweck geworden, deren Sinn gar nicht mehr ernsthaft geprüft wird. Es genügt, daß nur irgendein noch so absurdes sogenanntes Forschungsinteresse befriedigt wird.‹«

»Das ist in der Tat hart, Herr Professor. Aber vielfach auch wahr!«

»Wer bestreitet das? Ich nicht mehr! Doch hören Sie weiter: ›Auch die Menschenexperimente in den Konzentrationslagern sollten angeblich wohltätigen medizinischen Zwecken dienen. Ich sage nicht, daß das eine so schlimm wie das andere ist. Ich sage nur, daß beides schlimm ist und daß hinter beidem dasselbe verwerfliche Prinzip steht, daß der Zweck jedes Mittel heiligt ...‹«

»Das ist allerdings ein starkes Stück!« sagte Tenndorf gepreßt. »Dieser Vergleich gefällt mir nicht ...«

»Hören Sie weiter, was Spaemann schreibt, und Sie werden es verstehen: ›Auf dem Weg in die Gaskammern Psalmen singen – das kann kein Tier. Es ist der dumpfen Angst sprachlos ausgeliefert, und seine Angst ist fast immer Todesangst. Die Gemeinschaft der fühlenden Wesen geht über die Grenzen der menschlichen Art hinaus, und wir haben nicht das Recht, andere fühlende Wesen einem Leben auszuliefern, das nur aus Qualen und aus Angst vor dem Tode besteht. Es ist dies nicht eine Frage des Mitleids. Wir haben nicht das Recht!‹ Aber Spaemann sagt noch mehr in seinem Aufsatz, den leider die wenigsten kennen: ›Lassen wir uns bei solchen Erörterungen nicht durch kasuistische Extrembeispiele einschüchtern, schreckliche Beispiele von unerträglichen menschlichen Leiden – und dann die Frage, ob man das zulassen oder doch nicht lieber ein Tier leiden lassen soll ...‹«

»Vor ein paar Tagen fragte mich ein Professor Sänfter noch, was wichtiger sei: die bis heute noch ohne Hilfe dastehenden AIDS-Kranken oder die Tiere, mit deren Opfer man – vielleicht – das Virus bekämpfen könnte ...«, sagte Tenndorf ernst.

Sänfter nickte wieder. »Das war die Logik des Forschers. Tausende Forscher werden so denken. Aber Spaemann sieht das anders. Er argumentiert: ›Vorderhand dienen solche Argumente nur der Einschüchterung. Ein von jeder Kontrolle abgeschirmter, in sich selbst rotierender und nach Parkinsons Prinzip sich ständig ausweitender Betrieb der Folterung von Millionen von Tieren, ein Betrieb, der längst von allen einsehbaren Zwecken abgekoppelt ist, soll gegen Einwände immunisiert werden.‹ Das hat mich, Herr Tenndorf, wirklich erschreckt. Erschreckt, weil hier die Wahrheit so simpel dargestellt ist.«

»Das sind goldene Worte, Herr Professor.« Tenndorf suchte in seinen Taschen nach Zigaretten. Als er keine fand, hielt Sänfter ihm sein ledernes Zigarrenetui hin.

»Eine Havanna am frühen Morgen? Ob ich das überlebe?«

»Sie haben ja einen Arzt in der Nähe.«

Ein müder Scherz, man verzog auch nur die Lippen zu einem Lächeln.

»Goldene Worte«, wiederholte Tenndorf, als er die Zigarre angesteckt hatte. »Aber wen erreichen sie? Wer kümmert sich darum? Professor Spaemann mag ein bedeutender Philosoph sein ...«

»Ordinarius in München auf dem Lehrstuhl Philosophie I.«

»Was soll's? Die Mediziner, die angesprochen sind, tippen sich an die Stirn und denken: Bleib du bei deinen geistigen Spinnereien ... wir haben für Kranke zu sorgen. Das ist eine andere Welt als die unverbindliche Philosophie.«

»Genauso habe ich auch bisher gedacht. Mit philosophischen Erkenntnissätzen kann man keine Enzephalomyokarditis heilen. Wohl aber mit an Tieren erprobten Medikamenten.«

»Enze... und so weiter – ein ungeheures Wort. Damit kann man alle überzeugen!« sagte Tenndorf spöttisch.

»Oh, da gibt's noch ganz andere in der Medizin!« Sänfter lächelte wieder. »Seit heute nacht bin ich mir nicht mehr so sicher, ob eine solch stolze Antwort die richtige ist. Sie kommt mir plötzlich kaltschnäuzig vor.« Er blätterte wieder in seinen dicht beschriebenen Papieren. »Wieder muß ich Spaemann zitieren: ›Wir sollten uns nicht einschüchtern lassen durch das Argument: ‚Es gibt in der Welt soviel bestialisches Unrecht an Menschen, Hunger, Folterungen, Entwürdigungen. Solange all das existiert, haben wir Wichtigeres zu tun, als uns der Tiere anzunehmen.' Wer so argumentiert, den sollte man fragen, was er denn schon alles für dieses wichtigere Ziel getan hat. Meistens gar nichts. Es geht aber gar nicht um die Frage, ob es noch etwas Wichtigeres gibt. Wer von uns tut nur das Wichtigste im Leben? Was wäre das überhaupt für ein Leben? Das meiste jedenfalls, was wir tun und wofür wir uns engagieren, ist weit weniger wichtig, als eine Postkarte an den Bundestag zu schreiben: Schluß mit den Tierexperimenten! Zweitwichtigstes so lange zu unterlassen, bis alles Wichtigste sich erledigt hat, wäre das Ende aller Kultur!‹«

»Ich höre das Hohngelächter von Hunderttausenden von Medizinern...«

»Bitte nicht alles auf unserem Rücken! Da steht noch ein

Heer von forschenden Chemikern!« Prof. Sänfter blickte gedankenvoll den Rauchkringeln seiner Zigarre nach. »Wissen Sie, wie lang eine schlaflose Nacht sein kann? Lang genug, um an sich selbst zu zweifeln! Ich habe Ihnen von meinen AIDS-Forschungen erzählt und vielleicht erwähnt, daß wir sie in Kürze an sogenannten Primaten fortsetzen werden...«

»An Affen...«

»Aber es gibt natürlich auch Alternativmethoden. Allerdings verlangen sie eine völlige Umstellung unserer so gut eingefahrenen Forschungspraxis. So kann man zum Beispiel Wirkstofftests an Pilz- und Bakterienzuchten vornehmen, oder man nimmt menschliche und tierische Zellgewebe- und Organkulturen. Noch sicherer sind isolierte, künstlich am Leben erhaltene Organe, Herzen oder Lebern, mit denen man praxisnah experimentieren kann.« Prof. Sänfter atmete tief durch. »Prof. Gärtner erklärte ganz klar, daß Bakterien- oder Zellkulturen oft wesentlich schärfere Untersuchungsergebnisse liefern als Tierversuche, obendrein noch für weniger Geld und in kürzerer Zeit. Und eine Wissenschaftlergruppe an der Uni Münster, ein Forscherteam unter der Leitung von Prof. Niels-Peter Lüpke, hat den Anwendungsbereich von Hühnerei-Tests so erweitert, daß man an bebrüteten Hühnereiern, also an Hühnerembryos, nicht nur die berüchtigten LD-50 Tests, sondern auch Schleimhauttests ausführen kann. Bisher wurden die Substanzen lebenden Kaninchen in die Augen geträufelt. Es gibt also neue Wege, – man muß sie nur suchen, ausbauen und benutzen! Ich werde diese Wege ab sofort beschreiten.«

»Sie, Herr Professor. Aber die Tausende von anderen Forschern? Ich habe – wo, das steht hier nicht zur Diskussion – eine Liste eingesehen. Danach beziehen allein in Deutschland mehr als 1200 Laboratorien – also ohne die Kliniken! – Versuchstiere von Tierhändlern. Der Jahresumsatz eines gut eingeführten Tierhändlers liegt im Durchschnitt bei rund 700000 Mark! Ist die ›Ware‹ zu ›heiß‹, was vor allem für gestohlene Tiere gilt, kreist sie durch Europa. Sie wird in die Schweiz oder die Tschechoslowakei geschickt und kommt von dort mit ›sauberen‹ Abstammungspapieren zurück. Für den Käufer genügt ein einfacher Besitznachweis des Händlers... dann endet die Suche nach den gestohlenen Tieren im Nichts.«

»So geschehen bei meinem Arras. Und ich gebe zu: Ich habe mich nie um die Herkunft meiner Tiere gekümmert. Sie waren da... das genügte mir.«

»Wie viele Tiere leben noch bei Ihnen im Versuchstierstall, Herr Professor?«

»Keine Ahnung. Vielleicht dreißig, vierzig. Warum?«

»Wäre es sehr vermessen, wenn ich Sie um Überlassung der Schlüssel zu Ihrem Forschungstrakt bitten würde... für zwei Stunden nur...«

»Wozu?«

»Ich möchte Nachschlüssel machen lassen.«

»Das... ist Diebstahl, Herr Tenndorf.«

»Sie haben damit nichts zu tun, Herr Professor. Sie haben die Schlüssel verloren und dann wiedergefunden.«

»Aber im stillen bin ich Ihr Komplize geworden!«

»Verdrängen Sie das. Denken Sie nur daran, daß Sie Ihr Gesicht gewahrt haben.« Tenndorf streckte die rechte Hand aus. »Jeder kann doch mal Schlüssel verlieren, Herr Professor.«

»Geben Sie mir bitte Zeit bis morgen, das zu überlegen.« Prof. Sänfter erhob sich. »Ich bin zu Ihnen gekommen, weil Sie der Erste sein sollten, der meinen Rückzug vom Tierexperiment erfährt. Als ich Arras da liegen sah, narkotisiert dafür, vorbereitet, geopfert zu werden... da war es mir, als läge ein Teil von mir selbst zur Opferung auf dem OP-Tisch. Man muß erst selbst das Leid ertragen haben, um das Leid der anderen zu verstehen. Auch das ist eine Art menschlicher Unzulänglichkeit.« Er knöpfte seinen Mantel zu und legte die halbgerauchte Zigarre in den Aschenbecher. »Bis morgen, ja, Herr Tenndorf? Ich glaube, ich kann dann meine Schlüssel für zwei Stunden verlieren...«

»Danke, Herr Professor.« Sie gaben einander die Hand. »Erwarten Sie kein Kollegenlob. Im Gegenteil. Die Pharma- und Chemie-Industrie wird Sie – wenn die Wahrheit bekannt werden sollte – in die Reihe der Spinner eingliedern, die den Fortschritt für den Menschen verhindern. Und das bei einer Medikamentenflut, von der gut 75 Prozent überflüssig sind. Die Pharmalobby wird Sie zur Hölle wünschen!« Sie schüttelten sich noch einmal die Hände. »Ich wünsche Ihnen viel Stärke, Herr Professor.«

»Keine Angst, Herr Tenndorf. Ich bin ein geborener pommerscher Dickschädel...«

Sie waren schon um zehn Uhr morgens in Otternbruch und bezogen ihr Versteck in dem verfallenen Backhaus nahe am Eingang zum Wulpert-Hof.

Die Fahrt war schneller gegangen, als sie vermutet hatten. Die Landstraßen waren am frühen Morgen durch Schneepflüge geräumt worden. Es war zwar glatt, aber mit den Fahrrädern kam man auf der festen Eisschneedecke gut voran; nur scharf bremsen durfte man nicht und nicht so keck in die Kurven gehen.

Um ganz sicher zu sein, daß man sie nicht schon von weitem sah, hatten Mike und Wiga ihre Räder oben an der Chaussee an einen Baum gekettet, obgleich nicht anzunehmen war, daß in dieser einsamen Gegend jemand zwei Fahrräder stehlen würde. Aber eine verschlossene Kette beruhigt.

Dann waren sie den Weg zum Wulpert-Hof hinuntergeschlichen, von Busch zu Busch springend und das letzte Stück bis zum Backhaus auf dem Bauch kriechend. Nun standen sie in dem verfallenen Gemäuer, klopften sich gegenseitig den Schnee von den Kleidern und hüpften auf der Stelle, weil ihre Füße kalt geworden waren. Mike hatte eine Thermosflasche voll Tee mitgenommen, den er heimlich zu Hause aufgebrüht hatte, als er nach der »Familiennacht« schnell in Carolas Wohnung hinübergelaufen war, um angeblich noch einige Schulbücher zu holen.

Dieser heiße Tee war etwas Herrliches. Sie tranken jeder einen Becher davon und fühlten, wie die Wärme ihre Körper durchrann.

»Du denkst aber auch an alles, Mike«, sagte Wiga und gab ihren Becher zurück. »Toll...«

»Ich bin ja auch ein Mann.« Mike schraubte die Thermosflasche wieder zu. Er kam sich sehr stark vor. Nun, da er eine Schwester hatte, mußte er zeigen, was ein Beschützer ist. Er stellte die Flasche auf den Sims über dem halb eingestürzten Backofen, holte aus der Segeltuchtasche Tenndorfs Fernglas und trat an das glaslose, schiefe Fenster. Der Innenhof des Wulpert-Hofes mit dem Eingang zu Halle II, der Futterküche und der Laderampe lag vor ihm.

»Du, da ist er wieder!« sagte er leise und drehte an den Okularen, um ein schärferes Bild zu bekommen.

»Wer?« flüsterte Wiga in seinem Nacken. Sie stand ganz dicht hinter ihm.

»Der Kerl mit dem Bart. Fährt eine Karre Mist aus der Halle... Mensch, sieht der aus! Vor dem läuft jeder weg... aber wir nicht, Wiga!«

»Nein, wir nicht, Mike.« Es klang sehr kleinlaut, aber es stärkte das Selbstbewußtsein, sich selbst etwas zu belügen. »Was siehst du sonst noch?«

»Nichts. Die Wagen sind schon weg.«

»Wie willst du das wissen?«

»Die Spuren...« Mike sah Wiga kurz an und schüttelte den Kopf. »Du hast aber auch gar keine Ahnung. Zuerst fängt man mit den Spuren an. Und da im Schnee sind frische Spuren von Autoreifen. Zwei verschiedene Autos, weil es zwei verschiedene Profile sind.«

»Was du alles weißt, Mike!«

»Du mußt mehr lesen, Wiga. Im Karl May steht das alles drin...« Mike hob das Fernglas wieder an die Augen. »Jetzt kommt der Bärtige zurück, lehnt die Karre an die Wand und guckt hierher...«

»Mike! Kann er uns sehen?!« Wiga umklammerte ihn. »Geh doch vom Fenster weg, Mike!«

»Sei still! Er kann uns nicht sehen. Außerdem kommt er nie auf den Gedanken, daß jemand im Backhaus ist. Er guckt nur so in die Gegend. Jetzt bohrt er in der Nase...«

»Bah...«

»Er tut's aber. Jetzt geht er zum Haus und schabt seine Stiefelsohlen an einem Eisen ab... Jetzt geht er ins Haus...«

»Hurra! Er hat uns nicht gesehen...«

»Du bist zu dumm, jemanden zu beobachten!« sagte Mike trocken. »Setz dich da auf die Bank und halt den Mund. Ich sage dir schon, was ich sehe. Beim Beobachten muß man ganz still sein.«

»Sagt das auch Karl May?«

»Psst...«

Es dauerte etwa fünf Minuten, bis Laurenz Kabelmann wieder aus dem Haus kam. Mike hob das Fernglas an seine Augen, und plötzlich begann er zu zittern, als stehe er nackt im eiskalten Wind. Wiga starrte seinen Rücken an und verkrampfte die Finger in die alte Holzbank.

»Ist was, Mike?« fragte sie ängstlich.

»Da... da...« Mike begann vor Erregung zu stottern. Er bekam die Worte nicht so schnell heraus, wie sie sich in ihm bildeten. »Wiga... Wiga... komm schnell her... schnell...

da sind sie... da sind sie! Sie leben... sie leben noch alle beide... er hat Pumpi an der Leine... und Micky läuft hinterher...«

Mit zwei Sätzen war Wiga neben Mike am Fenster. Auch ohne Fernglas sah sie es ganz deutlich: Der Mann mit dem wilden Bart führte Pumpi durch den Schnee. Sein schwarzweißrotes Fell leuchtete in der Morgensonne. Und Micky lief hinter ihm her, wie immer, den Schwanz hochgereckt vor Freude, spazierengehen zu dürfen.

»Micky!« schrie Wiga hell, bevor Mike ihr seine Hand auf den Mund drücken konnte.

»Still!« zischte er. »Verflucht... still!«

Aber es war schon zu spät.

Laurenz Kabelmann war mit einem Ruck stehengeblieben und sah hinüber zu dem verfallenen Backhaus.

12

Ein paar Angstsekunden blieben Wiga und Mike wie versteinert stehen und starrten durch das schiefe, zerbrochene Fenster hinaus zu dem bärtigen Mann. Der wüste Kerl schien zu überlegen, ob er sich getäuscht haben könnte. Er hielt Pumpi an der kurzen Leine, während Micky mit hochgestrecktem Schwanz um sie herumstrich und plötzlich sehr unruhig war. Ihr Wildinstinkt signalisierte etwas Ungewöhnliches, etwas, das nicht in den Alltagsablauf gehörte.

»Jetzt hast du alles kaputt gemacht!« flüsterte Mike. »Wenn man schon mit Weibern loszieht...«

»Da... da sind doch Pumpi und Micky«, flüsterte Wiga zurück. Tränen standen ihr in den Augen. »Sie leben, Mike... sie leben! Wir müssen doch hin zu ihnen!«

»Nicht mehr nötig... die kommen zu *uns*!«

Laurenz Kabelmann hatte sich nun doch entschlossen, nachzusehen, was im alten Backhaus los war. Einen Augenblick zögerte Mike, dann trat er vom Fenster zurück. »Noch können wir weglaufen...«, sagte er leise.

»Nein!« Wiga stellte sich breitbeinig vor den zusammengefallenen Backofen. »Ich bleibe bei Micky! Mir ist egal, was dann kommt. Hauptsache, ich habe Micky wieder!«

»Wie du willst.« Mike sah aus der Mitte des Raumes, wie Kabelmann langsam näher kam. Plötzlich hob Pumpi die Nase, wurde, wie vorher Micky, unruhig und zerrte an der Leine. Dabei stieß er helle, winselnde Laute aus und streckte den Kopf weit vor.

»Da ist doch etwas«, sagte Kabelmann verwundert. »Fähnchen, du hast was entdeckt. Mausi, bleib hier! Mausi, benimm dich doch nicht wie verrückt.«

Er zog aus seinem Parka eine Art Totschläger, einen Lederknüppel mit Stahleinlage, und ließ ihn in der linken Hand wippen. Wenn jemand in dem alten Backhaus war, der sah jetzt, daß in wenigen Minuten eine böse Auseinandersetzung beginnen würde. Eine Lederrute mit Stahleinlage ist eine nicht zu verachtende Waffe.

»Er wird uns umbringen...«, flüsterte Wiga, kaum hörbar vor Angst. »Er sieht ganz so aus, wie ein Mörder aussieht.«

»Vielleicht tut er uns nichts, weil wir noch Kinder sind...« Mikes Augen waren kugelrund. Er starrte auf Pumpi, der jetzt wolfsähnlich heulte und wie verrückt an der Leine zerrte. Ein mutiger Gedanke durchzuckte ihn plötzlich. Er legte den Arm um Wiga und zog sie zu der windschiefen Tür.

»Was... was willst du tun, Mike?« stotterte sie.

»Das, was ein Indianer auch tun würde: Wir treten dem Feind gegenüber.«

»Schreibt das auch Karl May?«

»Davon weiß ich's doch.«

»Und dann, Mike?«

»Entweder verhaut er uns, oder wir können mit ihm verhandeln. Los, Wiga, es geht nicht anders.«

Er behielt den Arm um Wigas Schulter, drückte sie nur noch enger an sich, wie es sich für einen Beschützer gehört, atmete tief, überwand seine Angst und trat die Tür auf. Sie schlug scheppernd außen gegen die Wand, und dann trat er mit Wiga hinaus ins Freie.

Verblüfft blieb Kabelmann stehen, als er die beiden Kinder sah. Mit einem wilden Ruck aber reagierte Pumpi. Er riß die Leine aus Kabelmanns Hand, stieß einen seltsamen Laut aus, der wie ein bellender Aufschrei klang, und wetzte durch den aufstiebenden Schnee auf Mike zu. Micky folgte ihm mit langen Sätzen und stürzte auf Wiga zu.

Wiga kniete im Schnee, die Tränen liefen ihr über das Gesicht, sie breitete weit die Arme aus und konnte kaum noch sprechen. »Micky«, rief sie. »Micky...« und dann, immer leiser, weil ihr die Kehle zu eng wurde: »Micky, meine Micky... komm her... komm her zu mir... Micky...«

Mit einem mächtigen Satz sprang die Katze auf sie zu, prallte gegen sie, warf sie rücklings in den Schnee und drückte ihren Kopf gegen Wigas tränennasses Gesicht. Auch Pumpi hatte nun Mike erreicht, sprang winselnd an ihm hoch, und als Mike sich niederkniete und die Arme um Pumpi schlang, begann der Hund richtig zu heulen, sein ganzer kleiner schwarzweißroter Körper war ein einziges Wedeln, eine einzige Bewegung aus Freude und Liebe, Begrüßung und Befreiung.

Sie wälzten sich im Schnee, eng aneinandergedrückt, und immer wieder riefen sie: »Pumpi. Mein Pumpi! Mein kleiner Pumpi! Jetzt bin ich ja wieder da!« und: »Micky, Micky... mein Kleines... Ich hab' dich wieder... ich hab' dich wieder!« Der Schnee stob um sie herum, sie spürten keinen Frost mehr, keine Nässe, keine Angst vor dem Mann mit dem wilden Bart... für sie gab es in diesen Augenblicken nichts mehr auf der Welt als diese grenzenlose Wiedersehensfreude.

Laurenz Kabelmann war stehengeblieben und griff nicht ein. Er hatte sehr schnell begriffen, welch ein Wiedersehen sich da vor seinen Augen abspielte, und er überließ Tiere und Kinder völlig den glücklichen, herrlichen Minuten. Erst, als Mike und Wiga atemlos und mit kältegeröteten Backen im Schnee saßen, Pumpi und Micky auf dem Schoß, kam er näher. Mike starrte ihn aus großen Augen an und schluckte mehrmals. Pumpi begann warnend zu knurren. So sehr er Kabelmann mochte... hier war er jetzt bei seinem richtigen Herrn.

»Und wenn Sie mich totschlagen«, sagte Mike heiser vor Angst, »ich gebe Pumpi nicht wieder her.«

»Und ich Micky nicht!« rief Wiga.

»Wer will euch denn totschlagen?« fragte Kabelmann und blieb vor ihnen stehen. Erstaunt sah er auf die Tiere: Micky fauchte gefährlich, und Pumpi fletschte die Zähne.

»Sie! Sie... Sie sehen aus wie ein Mörder!«

»Das täuscht.« Kabelmann lächelte. Sein bärtiges Gesicht wurde dadurch nicht sympathischer, eher drohender. »Erzählt mir mal, was mit den Tieren los ist. Keine Angst, ich tu' euch nichts. Ich bin euer Freund.«

»So sehen Sie aber nicht aus! Sie haben Pumpi und Micky geklaut!« sagte Mike mutig. »Jawohl, geklaut, mit einem weißen VW-Kastenwagen, der im Boden eine Klappe hatte. Da rein haben Sie Pumpi und Micky gelockt, in der Großen Heide! Und Sie wollen unser Freund sein?!«

»Ich bin's. Glaubt es mir. Nicht ich habe eure Tiere gestohlen, sondern ein anderer. Ich war damals noch gar nicht hier.«

»Der Sohn von dem hinkenden Boß...«

»Sicherlich.« Kabelmann steckte seine Stahlrute ein. »Aber jetzt steht aus dem Schnee auf. Was haben Pumpi und Micky von euch, wenn ihr mit einer Grippe im Bett liegt?!« Er wartete, bis Mike und Wiga sich erhoben hatten, beide ihre Tiere auf den Armen und fest an sich gedrückt. »Kommt rein ins Backhaus, da sieht uns niemand. Ihr müßt mir alles erzählen. Ihr braucht wirklich keine Angst vor mir zu haben. Wenn ich so böse aussehe – das ist auch bloß eine Maske. Ich bin voll auf eurer Seite.«

Fast eine halbe Stunde blieben sie im Backhaus. Dann hatte Kabelmann Mike und Wiga davon überzeugt, daß Pumpi und Micky noch bei Wulpert bleiben müßten als eindeutiger Beweis, daß die Wulperts mit gestohlenen Tieren handelten. Was bisher gestohlen worden war, hatte man entweder längst an die Versuchslabors weiterverkauft oder mit sauberen Papieren versehen. Außerdem wußten die Bestohlenen ja nicht, wo ihre Tiere gelandet waren. Die wirklich einzigen Beweise waren Pumpi und Micky.

»Ich verspreche euch, daß ihnen nichts geschieht«, sagte Kabelmann eindringlich, als Wiga und Mike immer wieder den Kopf schüttelten und ihre Tiere an sich drückten. »So glaubt mir doch! Wir können Wulpert nur durch eure Tiere überführen! In zwei, drei Tagen ist alles vorbei.«

»Und wenn nicht?« sagte Mike argwöhnisch.

»Diese Frage stellt sich gar nicht, Mike. Ihr fahrt wieder nach Hause, erzählt euren Eltern alles, und dein Vater wird sofort die Kriminalpolizei alarmieren. Ich werde versuchen, meine Freunde anzurufen. Die hier auf dem Hof müssen alle völlig ahnungslos bleiben, und dazu brauchen wir Pumpi und Micky noch. Wenn ihr sie jetzt mitnehmt, kann man Wulpert nichts beweisen. Gegen Kinderaussagen hat er hundert Argumente... zugelaufen, von Fremden abgegeben, irgendwo streunend aufgegriffen. Ohne euch ändert sich nichts, und Wulpert stiehlt immer weiter Hunde, Katzen und Kaninchen und verkauft sie sofort weiter, ehe man ihn überführen kann. Das versteht ihr doch?«

Es war schwer zu verstehen, aber Mike nickte endlich. Ganz fest drückte er Pumpi an sich und sagte traurig: »Pumpi... du mußt noch hier bleiben. Du bist jetzt der einzige, der alles aufdecken kann. Verstehst du das, Pumpi? Nur noch zwei Tage, dann bist du wieder bei uns.« Er streichelte dem Hund über das Gesicht. »Und wenn du dann nach Hause kommst, haben wir einen neuen Papi, und du kannst mit Micky in einem Körbchen schlafen. Wir sind nämlich jetzt eine große Familie, verstehst du? Nur du hast noch gefehlt, und natürlich Micky. Du mußt ganz brav sein, hörst du, ganz brav. Es geht nicht anders, Pumpi, es sind ja höchstens zwei Tage...«

Es war ein jammervoller Abschied.

Mike und Wiga standen in der Tür des verfallenen Backhauses und sahen den Tieren nach, als Kabelmann zum Wulpert-Hof zurückkehrte. Er hatte Pumpi wieder an der Leine, und immer wieder blieb Pumpi stehen, blickte zum Backhaus zurück, winselte, legte sich in den Schnee, weigerte sich weiterzugehen und verstand die Welt nicht mehr. Er hatte seinen Herrn wiedergefunden und mußte doch wieder von ihm fort. Wie kann eine Hundeseele das verstehen?

Auch Micky wußte nicht, was sie tun sollte. Brav wie immer lief sie hinter Pumpi her, blieb aber auch mehrmals stehen, schlug mit dem Schwanz in den Schnee und blickte Wiga erwartungsvoll an. Aber kein Lockruf erfolgte, kein Handausstrecken... sie hörte nur das leise Weinen von Wiga, aber das war nichts, was sie befolgen mußte.

So lief sie also weiter hinter Pumpi her, wenn sich dieser weiterzerren ließ, und verschwand mit ihm wieder im Haus. Mike und Wiga blieben im Schutz des Backhauses stehen und hielten einander an der Hand.

»Ob das richtig war?« fragte Wiga leise.

»Ich weiß nicht«, antwortete Mike.

»Aber du weißt doch sonst alles, Mike.«

»Hier nicht mehr.«

»Er sagt, er wäre unser Freund.«

»Kann sein, kann aber auch nicht sein. Gangster arbeiten mit allen Tricks.»

»Er hat uns jedenfalls nicht umgebracht...«

»Auch das kann ein Trick sein.« Mike atmete tief durch. »Wir müssen so schnell wie möglich nach Hause und Papi alles erzählen.« Er nannte Tenndorf Papi, und es war für ihn selbstverständlich.

Gegen halb drei Uhr nachmittags waren sie wieder in Hannover-Bothfeld. Carola saß verstört auf der Couch bei Tenndorf, hatte rotgeweinte Augen und fuhr mit einem Aufschrei hoch, als Wiga und Mike hereinkamen.

Die vergangenen Stunden waren ausgefüllt gewesen mit Tränen, Verzweiflung, Beruhigungsversuchen und dem Zögern, die Polizei einzuschalten. Als die Kinder nicht pünktlich heimkamen, war Carola zur Schule gefahren und hatte dort erfahren, daß Wiga und Mike überhaupt nicht zum Unterricht gekommen waren. Verstört und das Schlimmste annehmend war Carola dann zu Tenndorf ins Haus gestürmt.

»Sie sind heute morgen pünktlich mit den Rädern abgefahren!« rief sie voller Angst. »Aber sie sind beide nicht bei der Schule angekommen. Da ist doch was passiert, Horst... da muß etwas passiert sein! Sie sind überfahren worden, oder sonst etwas! Horst, wenn den Kindern etwas passiert ist...«

»Bei einem Unfall hätte man uns längst benachrichtigt, Liebling.« Noch war Tenndorf die Ruhe selbst, nahm Carola in den Arm und küßte sie. »Wiga hat in ihrem Ranzen Name und Adresse, und Mike auch, soviel ich weiß.«

»Aber sie sind nicht bei der Schule angekommen! Sie sind pünktlich von hier weg...«

»Sie werden geschwänzt haben.«

»Das hat Mike noch nie getan!«

»Wiga auch nicht. Aber wenn ich an meine Schulzeit denke – du lieber Gott! Was hab' ich für eine Masse Ausreden parat gehabt, um mich drücken zu können. Ich habe auf der Schreibmaschine meines Vaters sogar selbst Entschuldigungen geschrieben, und keiner hat was gemerkt.«

»Auf dem Gymnasium. Aber nicht mit neun Jahren!«

»Da hast du recht...« Tenndorf wurde nachdenklicher, und er wurde immer unruhiger, je weiter die Zeit fortschritt. Carola begann zu weinen und wollte die Polizei einschalten, aber Tenndorf zögerte noch. Er wußte, was man ihm sagen würde: Wenn sie bei Einbruch der Dunkelheit noch nicht... Sie haben vielleicht Freunde getroffen und rodeln irgendwo... Sie müßten Hunger haben? Wenn Kinder rodeln, haben sie keinen Hunger... Bei Einbruch der Dunkelheit...

Wer kann bis Einbruch der Dunkelheit ruhig warten?!

Und nun plötzlich standen sie in der Tür, durchgefroren, aber heil und unversehrt. Gerötete Gesichter, strahlende Augen, Eiskristalle an den Parkas und Strickmützen.

Tenndorf zog Carola zurück und trat zwei Schritte vor. Wiga kannte diese stumme Demonstration und zog den Kopf ein.

»Habt ihr uns nichts zu sagen?« fragte Tenndorf eisig.

»Und was, Papi!« rief Mike fröhlich.

Das Wort Papi schlug Tenndorf voll aufs Herz. Sein Zorn schwand sofort... zuurück blieb ein glückliches Gefühl.

»Ihr habt die Schule geschwänzt!«

»Ja, Papi...« Das war Wiga.

»Wo wart ihr bis jetzt?«

»Das rätst du nie, Papi!« sagte Mike stolz und richtete sich noch höher auf. Es war ein Triumph, den man auskosten mußte. »Was ihr nicht geschafft habt, haben wir aber geschafft: Wir haben Pumpi und Micky wiedergefunden!«

Tenndorf hielt es nicht für angebracht, sofort die Kriminalpolizei zu benachrichtigen, um deren Räderwerk in Gang zu bringen. Was ja doch wieder damit beginnen würde, daß Abbels noch einmal die Kinder eingehend verhörte und ein

Protokoll anfertigte. Nein, Tenndorf rief Prof. Sänfter in der Klinik an.

»Nun dürfte es reichen, Herr Professor«, sagte er. »Die Tiere meiner Kinder, die auf offener Straße gestohlen wurden, befinden sich bei diesem Wulpert, Bravo, der Hund von Eberhard Lutz, ist bei mir von dem jungen Wulpert abgeholt worden unter dem Namen Bärtke, und Lutz hat ihn wiedergeholt – also ein einwandfreier Zeuge; und ich vermute, daß auch Ihr Arras von den Wulperts weggelockt wurde und dieser Herr Schneider, der Ihrem Institut die Hunde verkauft hat, kein anderer ist als der junge Josef Wulpert. Eine Gegenüberstellung mit Ihrem Laborleiter wird das bestätigen. Man sollte jetzt wirklich unverzüglich, sofort zuschlagen! Meine Kinder haben Pumpi und Micky als lebenden Beweis bei Wulpert zurückgelassen.«

»Fabelhaft. Sie haben mutige Kinder, Herr Tenndorf.«

»Ich bin auch stolz auf sie, Herr Professor.«

»Und ich handle sofort.« Die Stimme von Prof. Sänfter hatte einen forschen Klang. »Ich rufe sofort Oberstaatsanwalt Dallmanns an und bin sicher, daß in der nächsten Stunde etwas geschieht. Ich gebe Ihnen sofort Nachricht, wenn ich Genaueres weiß.«

»Ich möchte dabei sein, wenn man Wulpert aushebt, und Micky und Pumpi mitnehmen.«

»Auch ich werde versuchen, mich hier freizumachen und mit meinem Laborleiter nach Otternbruch kommen. Die Gegenüberstellung kann dann sofort am Ort erfolgen. Das erleichtert alles. Diese Halunken werden keinerlei Chancen mehr haben zu leugnen.«

Von nun an ging alles sehr schnell. Viel schneller, als Tenndorf erwartet hatte. Wer einen Oberstaatsanwalt zum Freund hat, darf sich glücklich schätzen – da rotieren sogar die Mühlen der Behörden. Da wird auch weniger Wichtiges plötzlich sehr wichtig.

Schon eine halbe Stunde später rief Prof. Sänfter bei Tenndorf an.

»Die Lawine rollt!« klang Sänfters Stimme fröhlich aus dem Hörer. »Dallmanns hat sofort den jungen Staatsanwalt auf Trab gebracht, der bisher die Sache bearbeitete. Steffen Holle heißt er...«

»Dann ist die Sache in den richtigen Händen!« sagte Tenndorf zufrieden.

»Sie kennen diesen Staatsanwalt Holle?«

»Flüchtig.«

»Ein Klient von Ihnen?«

»So ähnlich. Wir haben einmal über ein Projekt beraten... aber das kommt nicht mehr zum Tragen. Die Entwicklung der Dinge hat es überholt.«

Sänfter verstand den Sinn der Worte nicht, das tat nichts zur Sache. Architekten haben ebenso ihre eigene Sprache wie die Mediziner.

»In einer halben Stunde wird Kommissar Abbels mit drei Kollegen nach Otternbruch fahren. Ich breche mit meinem Laborleiter gleich auf. Und Sie?«

»Ich setze mich mit den Kindern und meiner Frau auch sofort in den Wagen.«

»Also dann eine Sternfahrt aufs Land!« Prof. Sänfter war bester Laune. »Womit kann man Ihren Kindern eine Freude machen?«

»Wiga mit Schokolade, Mike mit Kaugummi...«

»Bescheidene Gören!«

»Es sind ja auch *meine* Kinder, Herr Professor!«

»Nicht so laut, Herr Tenndorf.« Sänfter lachte gelöst. »*Eine* fremde Feder steckt an Ihrem Hut.«

»Aber sie schmückt mich, das ist die Hauptsache. Und ich habe sie mir redlich erobert. Bis nachher, Herr Professor.«

So schnell waren sie noch nie zum Auto gerannt. Mike hatte für Pumpi einen großen Kauknochen mitgenommen, Wiga trug einen Napf mit Katzenfutter – Rindfleisch mit Leber und Thunfisch – in den Händen. Sie zitterten vor Aufregung.

»Und du?« fragte Tenndorf, als er sich hinters Steuer setzte, sah Carola an und steckte den Zündschlüssel ins Schloß.

»Was ich?«

»Was hast du mitgenommen?«

»Eine Flasche Wodka. Richtig so?«

»Du bist eine Frau, die man sich von einer Fee wünschen muß! Genau das brauchen wir, wenn wir Wulpert das Handwerk gelegt haben. Einen Schluck Wodka...« Er ließ den Motor an und umklammerte das Lenkrad. »Familie Tenndorf, aufgepaßt! Festhalten! Es geht los!«

Mit quietschenden Reifen schoß der Wagen auf die Straße.

Mike schlug die Hände zusammen. »Wie beim Krimi im Fernsehen, Papi!« rief er begeistert. »Daß du so was kannst! Toll, Papi!«

Es war ein Augenblick, in dem für alle die Welt völlig in Ordnung war.

Laurenz Kabelmann ahnte, daß es keine zwei Tage dauern würde, bis seine Arbeit bei Wulpert polizeilich beendet wurde. Er richtete sich auf einen schnellen Abgang ein.

Willi Wulpert kam zuerst nach Hause. Er war gut gelaunt, ging zu Kabelmann in die Halle I, wo vor allem Kleintiere gehalten wurden und in einem Extraraum die berüchtigte »Glocke« stand, und klopfte ihm auf die Schulter.

»Das war ein guter Tag, Lauro!« sagte er leutselig. »Wir haben einen neuen Zwischenverkäufer aus Liechtenstein. Einen Teil unserer Tiere lassen wir jetzt – formell – über Liechtenstein laufen mit Liechtensteiner Papieren.«

»Gratuliere, Chef!« sagte Kabelmann fast ehrfurchtsvoll. »Dann kann uns die Kripo in Zukunft am Arsch lecken!«

»Kreuzweise, Lauro, kreuzweise! Die erste Lieferung bringt 20 kräftige Beagles... Einkauf 200 Mark, Verkauf 700! Glatte zehntausend Eier für eine Unterschrift. Steuerfrei! Ist Josef noch nicht zurück?«

»Er müßte jede Minute kommen, Chef.«

»Für morgen gebe ich dir frei.« Wulpert blinzelte Kabelmann kumpelhaft zu. »Für 'ne Pufftour durch Hannover. Mußt ja Geld genug gespart haben bei deinen Überstunden.«

Kabelmann lächelte schief, was unter seinem dichten Bart wie eine Fratze aussah. Wulpert humpelte durch den breiten Gang, guckte in die überbelegten Käfige und nickte mehrmals.

»Sehr gut, Lauro. So sauber war's bei mir noch nie. Sieht fast aus wie 'n Tierkrankenhaus.« Er lachte meckernd und schlug Kabelmann wieder auf die Schulter. Morgen, dachte Kabelmann dabei. Wenn du ahnen würdest, was morgen schon mit dir sein kann.

»Hast du dir das mal überlegt ... das mit dem Hierbleiben nach dem Winter?«

»Noch nicht, Chef.«

»Ich wiederhole: Bei mir kannste alt werden. Und wenn Affen kommen, dann fühlste dich doch richtig wohl, was? Als alter Affenpfleger vom Zoo.«

Er ging noch einmal einige Katzenkäfige ab und tippte mit dem Zeigefinger gegen einige Gitter. Dahinter lagen Katzen mit Geschwüren oder offenen Wunden, einige waren bereits erblindet und guckten mit starren, gräulichen Augen in die Richtung, aus der der Klang der menschlichen Stimme kam. »Voroperierte« Tiere, die Wulpert von einigen Kliniken und Labors zurückgenommen hatte und nun billig noch einmal verkaufte ... für tödliche Experimente. Es war immer ein Risikogeschäft – die meisten Experimentatoren wollten gesunde Tiere.

»In die ›Glocke‹ mit denen«, sagte Wulpert ungerührt. »Die kriegen wir nicht mehr los, die fressen uns nur die Markstücke weg.«

»Am Abend, Chef...«

»In Ordnung.«

Laß am Abend bitte alles vorbei sein, dachte Kabelmann und blickte auf seine Uhr. Es war kurz nach vier Uhr nachmittags. Langsam schob sich die Dämmerung über Felder, Moore und Wälder. Um fünf war es dann dunkel, und wenn man gegen sieben Uhr zu Abend aß, wollte Wulpert hören: In der »Glocke« alles in Ordnung.

Bis sieben Uhr waren es noch drei Stunden...

Wenig später kam auch Josef Wulpert zurück. Der weiße Kastenwagen war in einen dunkelblauen umgespritzt worden, an dem ein auswechselbares Schild hing: Tierhandlung Otternbruch. Dazu die Telefonnummer. Ein völlig offizieller Wagen, falls die Kripo mal wiederkommen sollte. Andere Schilder mit Phantasienamen von Firmen, die es gar nicht gab, lagerten in einem Versteck unter dem Boden der Garage.

Auch Josef Wulpert brachte gute Nachricht mit. Seine Rundfahrt durch Hannover hatte sich gelohnt. Mit einer Paste, die den Geruch heißer Hündinnen ausströmte, hatte er zwölf Rüden unter seinen Wagen gelockt und durch die Bodenklappe hochgezogen. Sieben Prachtexemplare waren dabei, darunter sogar ein Dobermann, der noch einen Maulkorb trug. Eine Tageseinnahme von bestimmt siebentausend Mark.

»Na also, das Geschäft läuft ja!« sagte der alte Wulpert zufrieden. »Morgen früh gehen sie sofort ab zu der biochemischen Fabrik Dr. Hakbert & Co. Die haben schon vor einer Woche bestellt. Leute, darauf kippen wir einen Schnaps!«

Kabelmann half noch mit, die zwölf eingefangenen Hunde durch den Laufgang zu den Käfigen zu treiben. Wer sich wehrte oder um sich zu beißen versuchte, bekam von Wulpert Schläge mit einer dicken Ledergerte. Nach drei, vier kräftigen Hieben zog auch der mutigste Hund den Schwanz ein und gehorchte winselnd dem menschlichen Befehl. Wer aus Angst einen Kothaufen setzte, bekam noch mehr Schläge und verkroch sich in den hintersten Winkel seines viel zu kleinen Käfigs, der nun auch noch voller Exkremente war.

Kabelmann blickte wieder heimlich auf die Uhr.

Halb fünf! Warum kam denn niemand? Der Vater der Kinder mußte doch längst die Kripo benachrichtigt haben. Warum lief das alles so langsam ab? Wußte denn keiner, daß jede verflossene Stunde für eine Reihe von Tieren schreckliche Qualen und vielleicht sogar den Tod bedeutete?

Endlich, um kurz vor halb sechs Uhr abends, knirschten durch den Schnee vier Wagen in den Innenhof des Wulpert-Hofes. Die Autos parkten so, daß ihre Scheinwerfer alle Gebäude in helles Licht tauchten.

Der alte Wulpert, der in einem Sessel die Zeitung las, zuckte hoch, als er die Motoren hörte. Fast gleichzeitig stürmte auch Josef ins Zimmer, gefolgt von seiner Mutter Emmi.

»Das muß wieder die Kripo sein!« rief er. »So wie die aufgefahren sind... Was nun, Vater?«

»Mach dir nicht in die Hosen!« Willi Wulpert zerknüllte die Zeitung und warf sie auf den Boden. »Uns kann keiner. Wo ist Lauro?«

»Ich glaube, bei der ›Glocke‹!«

»Um Himmels willen... hol ihn sofort da weg! Und die Tiere zurück in die Käfige! Los... saus los!«

Als Josef durch die Hintertür zu Halle I rannte, klingelte es bereits an der Haustür. Wulpert winkte Emmi ab. Er humpelte selbst zur Tür und öffnete sie. Zuerst erkannte er Kommissar Abbels, dann kamen zwei Männer in die Diele, die ihm unbekannt waren.

»Guten Abend!« sagte Wulpert laut. »Was soll das? Sind wir hier in Chicago?! Ich heiße Willi Wulpert und nicht Al Capone...«

»Da ist kein großer Unterschied mehr«, sagte einer der fremden Herren. »Capone hat man nie wegen seiner Morde verurteilen können, sondern nur wegen Steuerschulden...«

»Aha! Sie sind von der Steuerfahndung?« Wulpert machte eine einladende Bewegung mit beiden Armen. »Kommen Sie herein. Gerade bei der Steuer habe ich ein reines Gewissen.«

»Oberstaatsanwalt Dallmanns«, sagte der ältere Herr. »Und das ist Staatsanwalt Holle. Ahnen Sie was, Herr Wulpert?«

»Nee. Was soll ich ahnen?! Ein reines Gewissen kann nichts erschrecken.« Er lächelte sogar dabei und bot im Wohnzimmer rundherum Platz an. »Ihnen steht alles zur Verfügung, meine Herren. Ich verzichte sogar darauf, meinen Anwalt zu benachrichtigen... so rein ist mein Gewissen.«

»Lassen wir mal Ihr Gewissen beiseite, Herr Wulpert... wo nichts ist, kann man auch nichts strapazieren.« Steffen Holle trat ans Fenster und blickte hinaus auf den Innenhof. Dort hatte man, um den Schein zu wahren, Laurenz Kabelmann festgenommen; er stand zwischen zwei Kriminalbeamten, zog ein langes Gesicht und beschimpfte Josef Wulpert, der jetzt aus Halle II kam. Ihm folgten Horst Tenndorf, Carola, Michael und Wiga, zwischen sich den fröhlich wedelnden Pumpi und die an einem Halsband stolz dahergehende Micky. Josef Wulpert sah ein wenig lädiert aus... er drückte ein Taschentuch auf sein linkes Auge, das langsam anschwoll und tränte. Dort hatte ihn ein Boxhieb von Tenndorf getroffen, als er sich dumm stellte und behauptete, es gebe keinen schwarzweißroten Hund und keine rotweiß gestreifte Katze in ihrem Haus. Erst dieser gut gezielte Boxhieb belebte sein Gedächtnis. Als er sah, wie stürmisch die Tiere die Kinder begrüßten, ahnte er, daß alles verloren war. Nun schrie ihn auch noch Kabelmann an und beschwor, von all dem nichts gewußt zu haben.

»Ich bin doch hier nur Handlanger!« brüllte Lauro. »Was hab' ich denn eine Ahnung, wo die Tiere herkommen?! Ich füttere sie und karr' die Scheiße weg... das ist alles, was ich getan habe!«

Die Beamten nickten, grinsten und schwiegen. Kabelmann spielte seine Rolle vollkommen... in seinem dreckigen Arbeitsanzug und mit dem wilden Bart sah er furchterregend aus. Und so was war nun Akademiker.

Steffen Holle trat vom Fenster zurück und wandte sich wieder Willi Wulpert zu. »Ich glaube, Sie sollten lieber doch Ihren Anwalt anrufen«, sagte er gedehnt.

»Warum?«

»Sie werden ihn brauchen. Wenn gleich Ihr Sohn hereinkommt...«

»Was ist mit meinem Sohn?« Wulpert wurde vorsichtig, seine Augen verengten sich etwas. »Was wollen Sie von meinem Sohn? Was der sagt, ist oft Blödsinn. Er ist ein wenig bescheuert, wissen Sie? Hatte als Kind 'ne Hirnhautentzündung... da muß was zurückgeblieben sein.«

Die Tür wurde aufgestoßen, Josef Wulpert stürzte ins Zimmer und atmete schwer.

Willi Wulpert schoß hoch wie gestochen. »Das gibt allerdings ein Trara!« brüllte er. »Polizei schlägt Unschuldigem fast das Auge aus! Ja, wo leben wir denn? Im Busch oder im Urwald?! Jetzt rufe ich doch meinen Anwalt an...«

»Das war nicht die Polizei, Vater.« Josef Wulpert lehnte sich gegen die Wand und drückte das Taschentuch wieder auf sein geschwollenes Auge. »Das war dieser Tenndorf. Alles Scheiße, Vater... alles ist im Eimer...«

»Halt die Schnauze!« schrie Wulpert außer sich. »Was soll denn im Eimer sein?« Und zu den anderen gewandt, fügte er hinzu: »Sagte ich es nicht: Er ist leicht bescheuert... er redet Blech...«

»Dafür reden wir jetzt stahlhart miteinander, Herr Wulpert«, meinte Steffen Holle fast genußvoll. »Sie haben das

Pech, daß wir Sie des Diebstahls überführen können.«

»So einen Blödsinn habe ich lange nicht gehört!« schrie Wulpert.

»Ihre Pechsträhne ist geradezu romanreif. Ihr Sohn lockt in der Großen Heide neben anderen Tieren auch einen Hund und eine Katze in seinen Wagen... einen schwarzweißroten Hund und eine rotgestreifte Katze. Die Besitzer dieser Tiere sind Michael Holthusen und Ludwiga Tenndorf. Sie werden gleich hier ins Zimmer kommen, zusammen mit ihren wiedergefundenen Lieblingen. Aber damit nicht genug: Bei Tenndorf kaufte Ihr Sohn auch noch – ahnungslos, an wen er da geraten war – einen Vorstehhund Bravo, der nur geliehen war und den sein Besitzer mit einem Pfiff wieder abholte: der Förster Lutz. Bei Ihnen abholte, Wulpert, nachdem er unter dem Namen Bärtke – der Name Ihrer Schwester – erworben worden war. Und die Nummer drei: Sie lassen unter anderem bei Prof. Dr. Sänfter dessen Schäferhund Arras stehlen und verkaufen ihn sofort wieder als Versuchshund an das Forschungsinstitut der Klinik – Leiter Prof. Dr. Sänfter. Der Verkäufer, Herr Schneider, war auch Ihr Sohn... Ist das nicht eine Groteske?«

Willi Wulpert starrte mit geröteten Augen zu seinem Sohn hinüber. Der stand an der Wand und hob nur die Schultern.

»Du Rindvieh!« sagte Wulpert dumpf. »Du Hirnarsch! Du Arschloch!«

»Es ist aus, Vater...«, stammelte Josef Wulpert.

Am Kachelofen begann Emmi Wulpert zu weinen. Ihr Schluchzen war ein paar Sekunden der einzige Laut in der völligen Stille. Dann holte Willi Wulpert tief Atem und zog den Kopf zwischen die Schultern.

»Das war alles mein Sohn, der Idiot.« Er sagte es langsam und betont. »Wenn er mir Tiere brachte, war ich immer in dem festen Glauben, er hätte sie gekauft. Und das ist legitim: Ich habe ja mein angemeldetes Gewerbe als Tierhandlung.« Er zeigte auf Abbels. »Das hat der Kommissar doch alles genau überprüft. Da gibt es doch nichts zu leugnen, weil es ein reguläres Geschäft ist: Ja, ich verkaufe Tiere an Kliniken und an chemische oder pharmazeutische Labors. In Deutschland werden alljährlich Millionen Tiere an diese Versuchsstätten verkauft. Das ist nicht verboten, dafür kassiert der Staat auch Steuern... bei mir fünfundfünfzig Prozent! An jedem Tier, das irgendwo in einem Labor verarbeitet wird, ist der Staat mit über der Hälfte beteiligt! Von diesen Steuern werden auch Sie bezahlt, meine Herren Staatsanwälte, und auch Sie, Herr Kommissar! Der Staat verdient an den Versuchstieren mehr als ich. Und die Pharmalobby verdient daran, die Chemielobby, die Medizinerlobby... Warum erläßt der Staat kein gesetzliches Verbot der Tierversuche? Weil dann alle Lobbys losheulen, weil man mit neuen Arbeitslosen droht, weil man vom Untergang der Forschung schreit.« Wulpert richtete sich hoch auf. »Was wollen Sie eigentlich von mir?! Gehen Sie nach Bonn zu den Feiglingen, die sich um klare Gesetze drücken!«

»Da hat er leider recht«, sagte Steffen Holle ruhig.

Oberstaatsanwalt Dallmanns fuhr herum. »Ich bitte Sie, Herr Staatsanwalt...«

»In Bonn wird ein neues Tierschutzgesetz erlassen, und in dieses Gesetz hat der zuständige Minister – sicherlich von vielen ›wissenschaftlichen Seiten‹ beraten – eine ›Positivliste‹ von Tierversuchen aufgenommen. Das heißt, Versuche, die ausdrücklich als erlaubt zu betrachten sind. Mit anderen Worten: Aus einem Tierschutzgesetz wird ein Tiernutzungsgesetz...«

»Ich muß mich doch sehr über Sie wundern, Herr Holle!« sagte Dallmanns steif.

»Da haben wir's ja!« rief Wulpert und kostete den kleinen Triumph aus. »Und mir kleinem Schwein will man an den Kragen!«

»Mir liegt ein Thesen-Papier der deutschen Max-Planck-Gesellschaft vor«, fuhr Holle unbeirrt fort, »das in dem Satz gipfelt: ›Wir warnen den Gesetzgeber, aus opportunistischen Gründen bürokratische Schranken mit großen Folgekosten zur Erschwerung der wissenschaftlichen Forschung zu errichten. Tierversuche sind moralisch in gleichem Maße begründet wie das Töten von Tieren zu Zwecken der menschlichen Ernährung und Kleidung...‹ In Bonn hat man diese Warnung verstanden.«

»Bravo, Herr Staatsanwalt!« rief Willi Wulpert begeistert.

»Ihr Enthusiasmus wird gleich vorbei sein, Wulpert.«

Steffen Holle blickte wieder aus dem Fenster. In den Innenhof fuhr jetzt der schwere Wagen von Prof. Sänfter ein. Er hatte unterwegs mit Glatteis einige Probleme gehabt und kam deshalb etwas zu spät. »Professor Sänfter trifft gerade ein, mit dem Laborleiter, der die gestohlenen Hunde, darunter Sänfters Arras, bei Ihrem Sohn gekauft hat. Mit gefälschten Besitzerpapieren! Da haben wir ganz einwandfrei Diebstahl und Urkundenfälschung. Und um es klar zu sagen: Dieser Delikte wegen klagen wir Sie an unter Hinzunahme von Tierquälerei, Steuerhinterziehung und Betrug. Reicht das, Herr Wulpert?«

»Ich möchte meinen Anwalt sprechen«, sagte Wulpert dumpf. »Ich sage keinen Ton mehr.« Er zeigte noch einmal Regung, als Tenndorf und seine Familie mit Pumpi und Micky ins Zimmer kamen und dann Prof. Sänfter mit seinem Laborleiter, der beim Anblick von Josef Wulpert sofort rief: »Das ist er... der Herr Schneider! Ich kann das beschwören!«

»Daß ich so etwas Dämliches als Sohn haben muß«, sagte Wulpert fast mitleiderregend. »Seit Jahrhunderten leben die Wulperts hier, und jetzt ist alles im Arsch. Ich hab' es ja immer gesagt: In der jetzigen Generation ist der Wurm drin.«

Es waren seine letzten Worte in dieser Sache. Von da an schwieg er, auch als man ihn verhaftete, zum Polizeiwagen brachte und Dallmanns nach Besichtigung der Hallen und Ställe zu ihm trat und mit stockender Stimme sagte: »Diese Anklage vertrete ich selbst! Was ich heute gesehen habe, übersteigt meinen Begriff von Unmenschlichkeit. Für so etwas wie Sie sind unsere Gesetze geradezu lächerlich.«

Wenn ein Oberstaatsanwalt so etwas sagt, muß es stimmen.

Denn was soll man davon halten: Nach einem kurzen Prozeß erhielt Willi Wulpert zwei Jahre Haft mit Bewährung, weil er bisher noch nicht straffällig geworden war. Josef Wulpert kam mit einem Jahr davon. Das war die Strafe für Tiermißhandlung, Diebstahl, Betrug und Urkundenfälschung.

Der Prozeß wegen Steuerhinterziehung stand noch aus. Hier erwartete man eine weit höhere Strafe ohne Bewährung, denn dem Staat Geld vorzuenthalten ist weit verwerflicher als Tiermord. Auch Terroristen kommen manchmal glimpflicher davon als ein Steuersünder. Die Moral des Staates ist ein merkwürdig Ding...

Wulperts Tierhandlung wurde geschlossen, die Gewerbeerlaubnis wurde ihm entzogen. Die Tiere verteilte man auf verschiedene Tierheime, wo sie einem unbestimmten Schicksal entgegenlebten, schon deshalb, weil die Heime überfüllt waren.

Aber noch etwas machte nachdenklich: Da man Willi und Josef Wulpert die Ausführung des Gewerbes einer Tierhandlung für immer untersagt hatte, meldete kurz nach dem Prozeß Emmi Wulpert das Gewerbe an. Sie war unbescholten, nicht vorbestraft, hatte einen guten Leumund, und so gab es keinen Grund, ihr das Gewerbe zu verweigern. Ihr Anwalt führte dafür eine Reihe von Gesetzen an, denen das Gewerbe- und Ordnungsamt nicht widersprechen konnte.

Und so wechselte man einfach die Schilder aus. Statt »Tierhandlung Willi Wulpert« stand jetzt da »Tierhandlung Emmi Wulpert«, und niemand konnte einer Unternehmerin verweigern, daß sie einen Buchhalter und einen Lastwagenfahrer einstellte, auch wenn sie Willi Wulpert und Josef Wulpert hießen.

Nur eines störte die Wulperts ungemein und trieb ihnen bei jedem Besuch die Röte der Wut ins Gesicht: Ein junger Zoologe im Staatsdienst, gut gekleidet und immer peinlich rasiert, zudem Mitglied der Aktionsgemeinschaft »Rettet die Tiere e. V.«, kontrollierte in unregelmäßigen Abständen die Tierhaltung in der »Tierhandlung Emmi Wulpert«, und dieser Zoologe hieß Laurenz Kabelmann.

»Ich könnte ihn in Jauche ertränken!« knurrte der alte Wulpert jedesmal. »Das war der erste, der mich aufs Kreuz gelegt hat...«

Von Tenndorf, Carola und Mike und Wiga hörte man, daß sie eine glückliche Familie geworden waren... sicherlich das einzig positive Ergebnis dieses Dramas. Denn was war denn geschehen?

Man hatte *einen* Versuchstierhändler bestraft und ein neues Unternehmen gleich darauf wieder genehmigt. Die Gesetze ließen das zu. Und 1200 Laboratorien in Deutschland warteten weiter auf neue Versuchstiere.

Das Hin- und Herschieben der gequälten Kreaturen geht weiter... Tierbefreier werden angeklagt und bestraft. Ein Berliner Gericht verurteilte einen »Täter« wegen »Rädelsführerschaft« zu zwei Jahren Gefängnis *ohne* Bewährung, weil er im »Zentralen Tierlaboratorium der Freien Universität Berlin« zur Befreiung einiger weniger Tiere eingebrochen war. Wovon man nicht sprach: In der Betonburg der Universität warten rund 88 000 Tiere darauf, für die Wissenschaft geopfert zu werden.

Was soll man da noch sagen? Oder soll man Prof. Sänfter glauben, wenn er von sich selbst feststellte: »Ich beginne, den Menschen nicht mehr zu verstehen...«

Welch ein Wort in einer Zeit, wo Menschlichkeit das Maß aller Dinge sein sollte.

Warum schämt sich bloß niemand?